ヘスペリス
種族＊ダークエルフ
呉羽《くれは》
種族＊魔人
ZZZ
シア（主人公）
種族＊ハイエストエルフ
熊子《べあこ》
種族＊草原の旅人《フローリクス》
MMO RPG?
知ってますけどなにか？
JN258431

ウイングリバー・ブラックRX
種族＊猫種獣人
カレアシン
種族＊竜人《ドラゴニュート》
アマクニ
種族＊ドワーフ
クラリッサ・モンベル
種族＊普通人
アーデルハイト・アルブレヒツベルガー
種族＊普通人

MMORPG? 知ってますけどなにか?

Contents

序章の奇妙な冒険

「たかぁーい！　説明不要！」

「いや、説明はしてよ、ねーちん」

あたり一面、月明かりに照らされた見渡す限りの砂、砂、砂。

そんな景色の中にあって、唯一目の前に聳《そび》え立つのは、巨大な尖塔《せんとう》。

てっぺんは星空の彼方に霞《かす》み、確認できないほどの高さである。

根本の太さはだいたい野球場ぐらいだろうか。

「何だかわからないけど凄《すご》い高い塔」

「それを説明というなら出るとこ出てもええんやで」

塔を前に、見上げているのは六人の男女で、ハイエルフ、ダークエルフ、竜人、魔人、ドワーフ、フロリクスとそれぞれだ。

装備もハイエルフが太刀、ダークエルフが弓、竜人は大剣、ドワーフは巨大な両刃の斧《おの》、フロリクスは腰に一対の短剣とばらばらで、いかにも高価そうな装飾が施されている品々をこれでもかと揃《そろ》えている。

そんな彼らが居ることは、電子情報で形作られた世界。

多人数が同時に同じ環境に接続し、様々な役割を担っていくＶＲＭＭＯＲＰＧと呼ばれる仮想空間である。

「どこに連れてくのかと思えば、実装されて間もない砂漠フィールドの更に先、まだ情報も出揃ってない奥地で見つけた怪しい塔とはな」

どうやら彼らはいわゆる冒険者と呼ばれる存在であり、戦闘集団としてパーティーを組み、未《いま》だ余人に知られていないフィールドへと足を運んでいたようである。

その中の一人、六人の中でも特に抜きん出た巨躯《きょく》を誇る竜人の男は、見上げてもなおてっぺんが見えない異様な塔を、厄介な場所だとでも言うかのように顔をしかめていた。

竜人――いわゆるドラゴンの眷属《けんぞく》として高い膂力《りょりょく》

と耐久力を誇り、立派な体格と長い尻尾に皮膜の翼がトレードマークの種族である。

「石組みの塔……イメージ的にはアレかしら。砂嵐に隠されてる異星人の子孫な超能力少年風味な感じ？」

何やら懐かしげなネタの感想を述べるのは、魔人と呼ばれる種族の女性だ。

高い魔力と、魔人としての特徴である角を持つことで知られている。

「それにしては高さが違いすぎるかと。あちらはそこまでの高さはなかったと記憶してますが」

魔人女性の言葉に応えたのは、褐色の肌に尖《とが》った長い耳が特徴の、日本的に魔改造されたいわゆるダークエルフの女性だ。

見目麗しい容姿に加え、通常のエルフと比較してやたらとけしからん体型を誇る種族で、ほとんどの男性と一部の女性に大人気である。

「建設途中の人為的過誤による大損害で、完成に至らなかったのよね、完成してたらどれくらいの高さだったのかしら。ねえカレアシン？」

「完成してたらどうなってたかなんて描写なんざ、原作にあったかどうかすら覚えてねぇよ。何年前だと思ってやがる」

竜人に話を振る魔人女性だが、反応は芳しくなかった。

すると背後から補足説明が入った。

「老いたな爺さま。なお、本来の機能は故郷の星に通信を送るためのアンテナだった模様」

「ただの通信アンテナのくせにあんな機能満載とか何やってんの初代⁉　日本人気質だったのかよ⁉」

ツッコミとともに竜人が振り向けば、そこには背の低い黒髪の少女がニヤリとした笑みを浮かべていた。

フロリクスと呼ばれる種族の女性だ。

この種族は、成人しても普通の人間と比較して一〇歳ほどの見た目にしかならないという一風変わった性質を持ち、その見た目によらず素早さにかけては全人種随一を誇っている。

なお、別に足の裏に毛は生えていない。

「それで、わざわざ儂《わし》らを連れてきたのはなんで

じゃ？　嬢ちゃんよ」

他愛のない会話をぶった切るように口を開いたのは、まるで酒樽《さかだる》のような身体に太く短い手足を持った短軀の人物。

ドワーフと呼ばれる種族の男性である。

「んー？　いや、特に理由はないけど？　凄いの見つけたから一緒に見ようと思って」

ドワーフの男性からの問いかけに応え、小首を傾《かし》げながらそう口にしたのは、ほっそりした体型の、長い金髪に真っ白な肌と尖った耳を持つ、美しいエルフの女性であり、ここに彼らを連れてきた張本人であった。

「……いやまあ、確かに凄いけどな」

「見た目、切り出した岩を積み上げただけにしか見えないしねぇ……」

凄いから一緒に見たかったと告げられ、竜人の男と魔人の女性は、半ば呆《あき》れながら目の前の巨大な塔を見上げた。

そうして、どういう建築方法なんだろうかなどと、専門的な知識など持ち合わせていないが故の無駄話をしつつ、彼らは塔の周囲を巡っていた。

あたりは相も変わらず見渡す限りの砂・砂・砂、空には雲一つなく、真っ暗な星空に静かに蒼《あお》く輝く月が昇っているだけであった。

「うーん、ぐるっと見て回ったが、周りにはなんにもねえな」

砂漠の奥地に立つ、高さもわからぬほどの塔。

しかも――。

「ほらほら、こっから先近づけない。まだ封印解かれてないっぽいでしょ？」

「封印って……、それって、イベント開始まで待っててねってことなんじゃないのかしら」

やけに嬉《うれ》しそうにパントマイムにしか見えない動きをするハイエルフに、魔人女性は半ば呆れながらそう口にした。

塔の周囲をぐるりと回っていたのは理由がある。

肝心の塔に近寄れないのだ。

「やっぱりここまで近寄れたのって、バグかなんかじゃね？」

見えない壁を蹴りつつそう言うフロリクスに対し、竜人は頷《うなず》きつつ応えた。

「そのうち開催予定って話の、古代都市イベント関連っぽいな」

「データだけは入れておいて、実際に開放されるのは時限式とかなのかしらねぇ」

竜人の言葉に続いて魔人女性も口を開いたが、それ以上のことはわからない。

周囲をぐるぐると巡り、流石《さすが》に飽きてきた彼らは、さてどうしようかと思案にくれていた。

そして、ここに皆を連れてきた張本人はというと。

外見を眺めるだけでお終《しま》いでは物足りないとばかりに、結界のように行く手を阻む透明な壁に向かって何やらぶつぶつと一人呟《つぶや》いていた。

「うーん」

「なにしてんのねーちん」

「いや、どうにかして入れないかなーと。ここに来れたのがバグなら、他にも穴が空いてそうなもんじゃない」

「もちつけ。ここまで来れたのだってバグ臭いのに、下手なことしたら運営にペナ食らわね？」

ただのバグなら、そのうち緊急メンテにでも入って修正されるだろうが、バグを利用して下手なことをしたりすると、最悪アカウントが消される可能性がある。

とはいえ、好奇心旺盛なこのエルフの中の人は、どうにも気になって仕方がないようである。

「まあ確かに、実際バグ臭いわよ？　魔獣とか全然出てこないし。別に安全地帯でもないのに」

「わかってんじゃん。じゃあそろそろ帰ろうず」

彼女が言うように、ここは「安全地帯」と呼ばれる魔獣が出現しない地域ではない。

多くの人が住む町や村は当たり前だが魔獣は出現しない。

まあ襲撃イベントという例外の事態はあるが。

だが町や村以外にも魔獣が近寄らない区域があり、それらを総じて「安全地帯」とプレイヤーに呼ばれているのだ。

地脈の関係か空間に満ちる魔素の濃薄が影響するの

か、天然の結界とでもいうかのように魔獣たちが近寄ってこられない場所が存在する。

そこでは魔獣などに襲われる心配をせずに休息を取ることができるのである。

その他の地域は一歩足を踏み出すと魔獣がわらわらと湧いて出てくるというのにだ。

しかしながら、ここはそういった場所でもないはずである。

であるというのに、先ほどから一切魔獣が発生していない。

そのため、運営が構築途中のフィールドなのではないかと危惧しているのである。

「しょうがないか……。んじゃみんな、ギルドまで即帰る? ぼちぼち狩りながら帰る?」

「ああ、ギルドに即で頼む。ちと創《つく》りたい得物を思いついた」

「あら、こんな砂漠で何を思いつくのやら」

ハイエルフの言葉に頷き応えたドワーフに、茶化すように魔人女性が告げる。

「ええじゃろ別に」

「砂漠とくればシャムシールとか?」

「ああ、やけに反りが付いてる片刃のアレか」

「残念、ハズレじゃ」

「声を破壊力に変えたり自動的に飛んでく針とか?」

「汗とか回収して飲水に変える全身スーツとかか」

「あ、それ良いね。誰々の汗と(ピー)から精製した水です! とか。ものによっちゃあ超高値で売れるかも」

「どあほう。得物じゃっちゅーとろうが」

砂漠を見ていて思いついたというドワーフの言葉に、各々が思い思いのネタを告げていくが、どれも違うらしい。

内緒だと告げるドワーフに、最後の一言がハイエルフから告げられた。

「ふむん。砂漠といえば、投槍器《とうそうき》かしら」

「……なんでそう思った」

「いやあ、『砂漠に行くなら移動は夜じゃ』って言われたら、連想するのは達人止まりの某保険調査員」

「なるほど」

「なんでそれで納得するかな。わかるけど」

言われて空を仰ぐドワーフと、それに突っ込むフロリクス。

ここを訪れるのにこの時間帯を選んだのは、このドワーフの提案であった。

曰《いわ》く、夜の砂漠は日が差してないために気温が低く、氷点下にまで下がる場合があるが。

昼間に移動して、高い気温での体力の消耗と、火傷をする《ダメージ計算》レベルの直射日光を考えればどちらがマシかと言われたのである。

「まあそういうこったから、鍛冶場に籠もりたいんじゃ」

「らじゃらじゃ。みんなもそれでいい？」

「いーよ。下手に歩いて帰ると迷いそうだし」

「そうねぇ、道中の敵はろくなモン落とさないのばっかりだったし、さくっと帰りましょ」

「賛成」

「らじゃ、それじゃ帰ろっか、強制送還《チャーリー転送を頼む》！」

「ねーちん、スキル発動コード何種類入れてんのさ」

「思いついた分だけ」

皆の意見が一致したと見るや、エルフの女性は特に気負うことなく、『スキル』を発動させた。

それに伴って発生する、彼女らを包み込む青く光り輝くエフェクト。

次の瞬間、彼らの姿は塔の側から消え失せていた――。


――それから十二分に時間が経った頃、そこに現れた人物がいた。

皓々《こうこう》と冷たい光を投げかける月を背に、誰も入れないはずの塔から現れた彼は。

「……まさか、今の段階でここに足を踏み入れることができる者が居ようとは。これは素晴らしい――」

それだけ呟いたかと思うと、次の瞬間、声を発した人物は姿を消していた。

そこに刻まれるはずの、足跡すら残さずに――。

―― 幕間　おまえら ――

【フルダイブ版】ALL GATHERED 109レベル【楽しすぎ】

1：ネトゲ廃神@名無し
おまいらが紡ぐ人生が、世界を変えるん？
世界初のフルダイブMMORPG、【ALL G
ATHERED】を語るスレです。
【ALL GATHERED】とは、最近フルダ
イブ版サービスを開始した、MMORPG。
フルダイブとは、間接接触型神経接続機器によ
り、電脳世界に構築された仮想空間で再現された
自分に成り代われる技術。電脳空間に存在する剣
と魔法の世界に貴方も誘われてみないか？

939：ネトゲ廃人@名無し
フルダイブ版どうなん？
俺まだ筐体が手に排卵

940：ネトゲ廃人@名無し
専用の本体が高すぎるわカス

941：ネトゲ廃人@名無し
>>939
正直楽しすぎ

942：ネトゲ廃人@名無し
>>939
旧版よりも難しくなったな。かなりプレイヤース
キルがいる。

943：ネトゲ廃人@名無し
>>942
そりゃお前、自分の体動かすのとおんなじように
キャラ動かすんだからムズイのは当然
キャラ動かすのに慣れちまえば、ステータス通り
の出鱈目な機動が出来るぞ。

944：ネトゲ廃人@名無し
ソロな俺は避けに専念して攻撃は魔法とスキル任せ
インしたての頃は安全な所で散策してるだけでも
十二分に楽しめた

945：ネトゲ廃人@名無し
そういやこっちで下僕ども見ねえな

946：ネトゲ廃人@名無し
>>945
下僕ってなんぞ

947：ネトゲ廃人@名無し
>>946
旧版でブイブイいわしてたギルドの名前
あいつら絶対なんかチート使ってる

948：ネトゲ廃人@名無し
廃課金な連中だったのか

949：ネトゲ廃人@名無し
ウチのギルメン、旧版でもかなりの課金してたん
だけど、あいつらにはギルド戦一回も勝てんかっ
た。

950：ネトゲ廃人@名無し
旧版にまだいるんじゃね？

951：ネトゲ廃人@名無し
旧版もうじき終わるじゃん

952：ネトゲ廃人@名無し
あ、俺あそこのギルマスが旧版でソロ狩りしてるとこないだ見た
どこの無双ゲーだよって感じでサクサク狩りまくってた

953：ネトゲ廃人@名無し
>>952
ソース

954：ネトゲ廃人@名無し
>>953
つイカリ

955：ネトゲ廃人@名無し
ギルメン同士でなんかゴタって散ったんじゃないの？よくある話じゃん

956：ネトゲ廃人@名無し
ありうる。あそこギルメンの中の人に女多いらしいし。痴情のもつれとか？

957：ネトゲ廃人@名無し
俺あそこの連中リアルで見たことあるぞ
オフ会に潜り込んだ時に

958:ネトゲ廃人@名無し
>>957
kwsk

959:ネトゲ廃人@名無し
>>957
kwsk

960:957
おお、kwskされたwwじゃあちょっと書いて
くる

961:ネトゲ廃人@名無し

```
   +      +
 ∧＿∧   +
(0・∀・)   ワクワクテカテカ
(0 ∪∪ +
と＿＿)＿)  +
```

962:ネトゲ廃人@名無し

```
 ∧＿∧
(  ・ω・) みなさん、お茶が入りましたよ……。
( つ旦O
と＿)＿) 旦旦旦旦旦旦旦旦旦旦旦旦旦旦旦旦
```

963:ネトゲ廃人@名無し
おwwまwwえwwwwらwww
wktk

964:957
文才ないんで駄文は勘弁

一時期あそこのギルド、人増やすのに躍起になっ
ててさ結構頻繁にオフ会してたんだよ
俺臨公(臨時公平分配パーティーな)でよく混ぜ
てもらってたから、どうですかーって感じで居酒
屋オフに誘われ
て紛れ込んだんだけど、女率高すぎ。しかも地雷
な見た目の奴居なかった。レベルたけえって思っ
たね。
んでギルマスはマジ女、二十代半ば～後半くらい
の無口な人だったどんなデブスが出て来んのかな
って思ってたんだ
けど、すっげースレンダーなお嬢さんってイメー
ジの人だた
仕切ってたのはサブマスのこれも女の人。
いかにもキャリアウーマンですっ！って感じ
んでその二人とは別の、めっちゃ美人な人がい
て、話の輪に入れないような奴に話を振ったり
色々と雰囲気作りに奔走してた。
してたんだけど、空気読めよとか他人に言う空気
読めない奴居るじゃん？馴染みの面子以外の、そ
んな感じの調子に乗った新参が、ギルマス口説き
始めてさ。仕舞いには無理やり連れだそうとかす
んのそこでさっきのサブマスがそいつ店から叩き
だ
したんだけど、その後が

965：ネトゲ廃人@名無し
ちょwwいいところで切るなしww

966：ネトゲ廃人@名無し
途中で送信してまった

で、店から叩きだして空気悪くなったところか
ら、やっと会話が弾み始めたころにまたその新参
が来たのよ
その　suji　の方を連れて
普通にビビるよな？
だれだってビビる。俺だってビビった
でも、みんなビビってる中で一人だけさ、そのs
ujiの人に向かってこう言ったんだよ
「あら、○○さん。お久しぶり」って
さっきのめっちゃ美人の人だった

967：ネトゲ廃人@名無し
こええ
って思ったらなんだよ知り合いかよ

968：ネトゲ廃人@名無し
うわあ…筋モンの知り合いがいる美人とか…
極妻とかか

969：957
そっからはあっちゅう間だた
美人さんの知り合いだった、というか、美人さん
の勤めるお店の客だそうで、そのsujiの人は
逆に、空気読めない新参の首根っこ掴んで夜の街
に消えてった
それからその美人さんの温度でもっかい飲み直し
て結構盛り上がったから解散した

970：ネトゲ廃人@名無し
で、ギルマスは美人だったのか

971：ネトゲ廃人@名無し
と言うかその美人さんを更にkwsk

972：957
ギルマスの人は前髪で隠れてて目元とかがよくわからんかったけど、イメージ的にはアレだ。世界一かっこいい童帝が主人公のアニメに出てくるエロい人

973：ネトゲ廃人@名無し
エロまっしぐらじゃねえか

974：957
いやでもあの顎と鎖骨のラインだけでご飯3杯はいける

975：ネトゲ廃人@名無し
本当のネトゲ廃人はオフなどしない

976：ネトゲ廃人@名無し
>>971
その人水商売してるらしいよ
新宿2丁目で

977：ネトゲ廃人@名無し
>>976
まじで！？
うわあ行ってみてえ

978：ネトゲ廃人@名無し
行くんかい！

979：ネトゲ廃人@名無し
　リアル男の娘？

980：ネトゲ廃人@名無し
　いんや、改造人間の方

981：957
　まじか…
　いや、アレならいける

982：ネトゲ廃人@名無し
　>>957
　行くなーww

1000：ネトゲ廃人@名無し
　1000なら新宿2丁目で美人さんと握手

1001：1001：Over 1000 Thre
　ad
　このスレッドは1000を超えました。
　もう書けないので、新しいキャラを作って転生し
　てくださいです。

第1章

彼女彼氏の事情

近年ずっと人気で、不肖私めも嵌《はま》りまくっているＶＲＭＭＯＲＰＧ『ALL GATHERED』のフルダイブ化が発表され、専用の家庭用筐《きょう》体《たい》も発売開始、滞りなくサービスが開始された。

これまでのＶＲ――ヴァーチャル・リアリティ――版は、いわゆる仮想現実というやつで、視覚は網膜投影による映像、聴覚はハイクオリティな立体音響で、触覚などは専用のグローブやブーツを装着することで再現され、電子世界に構築された空間に擬似的に赴けるというものだった。

だが次世代機はそれが一気に進歩して、脳内を巡る電位差等々を走査して、五感全てを電子的に置き換えるという、全感覚投入型《フルダイブ》の筐体による、ＭＭＯＲＰＧへと生まれ変わったそうなのである。

ちなみにＭＭＯＲＰＧというのは、Massively《マッシブリー》 Multiplayer《マルチプレイヤー》 Online《オンライン》 Role《ロール》-Playing《プレイング》 Game《ゲーム》の頭文字をとってそう呼ばれているものだけれど、日本語にすると大規模多人数同時参加型通信式役割演技遊戯と更に訳わからん状態になることお立ち会いな訳語と相成る。

いわゆるごっこ遊びの拡大発展版なゲームなのだが、人の全神経接続を外部からの通信と置き換えるという、ＳＦ的な技術が発表されたのと同時に、このゲームにのみ利用されることも大々的に発表されたのだ。

いや、むしろこのゲームに利用したいがために開発されたと言うべきなのだろうか。

たぶんそうなのだろう。

おまけにα版テストが公開されなかったどころか、クローズドβ版のテスターすら募集しないでいきなりとか、開発陣が頑張ったのか諸々暫定でスタートすんのかと話題にもなったのである。

であるが、そんな調子のスタートにもかかわらず、今のところ公式な不具合は発表されておらず、せいぜいネット上で呟かれたりする個人的な文句程度であった。

そして更に不思議なことに、サービスを開始したばかりの、しかも新規筐体を利用するしかないネトゲなんて、不具合上等人柱乙って感じで敬遠する人も多いんだけれど、このゲームは違ったのだ。

『あなたたちが紡ぐ人生が、世界を変える』という新キャッチフレーズが付与されていて、サービスが開始されるや、それはもう凄い勢いで旧バージョンとなってしまったVR版からのプレイヤーの移籍が進んでいるらしいのだった。

私こと阿多楽真実矢《あたらくまみや》とて自称ゲーマー、ニューバージョンに興味がないとは言わない。

アップデートがあったらメンテ終了と同時に飛び込んでいくのが日常である。

しかしながら現在、旧版を時間と金の許す限り延々とやっている。

それというのも、個人的な縛りをかけてのプレイが、あともう少しで完遂できるから、である。

あっちも気になるが、こっちもあと少しで目標達成。

そんな感じで移るに移れない状態のまま、発売日もサービス開始日も過ぎ去って、現在に至っているのである。

正直、新版がサービス開始するときにはやきもきしましたわ。

普通は新規サービス開始とかいうと、事前登録特典とか、スタートから暫くはいろいろと美味しい様々なおまけをつけて登録人数の増加を狙うのが普通だし。

しかし、今回はそういった話を一切聞かないのだ。

VR版でギルド組んでた他のメンバーからの情報も呟かれてこないあたり、情報規制がかかってるのかしらとも思う。

特典があればあるで、なければないで、先行プレイヤーからの情報《自慢》が氾濫するのが今どきのネトゲ界の常識だから。

わからないならわからないで、今のプレイをちゃんとやりきってしまおうと、私はいろいろと考えた挙句の今のこの現状に、特別焦りとかは感じていない。

まあ気持ち悪いというか、踏ん切りがつかないというか、そういう焦燥感は無きにしもあらず。

なんていうのかなー、期間限定イベントでドロップアイテムをいくつ集めろ！　とかでさ。

なんとなく規定数超えてもキリの良い数字にしたい

とか、そういう感じ？

そういうのだけが心の片隅に居座っているのである。

そんな私の個人的な都合はどうあれ、フルダイブ版は世間では大人気である。

どれくらい人気かっていうと、ご家庭用筐体とは別に、お試し用的なアーケード向け大型筐体があるんだけれど、そいつを買う一般人が出るほどに。

ゲームセンターとかに置いてある、巨大体感ゲームサイズなのが一般家庭に、とか。

メーカー自重しろ。売るなよ。

そんで、そういう話を、聞きもしないのに振ってくる同僚がいる。

しかも就業時間中に。仕事しろ。

私は立派に社会人ゲーマーのつもりである。

まっとうに会社組織に籍を置いて生業《なりわい》としているのだ。

親の残した莫大《ばくだい》な遺産とか、宝くじで大当たりしたとか、実は社長が趣味友だとかいう都合のいいコネなんかはないから、普通に会社員をしつつ、空いた時間を全部ゲームに当てている。

その同僚も割とディープなプレイヤーらしく、色々と振ってくる話は相当にやり込まなければわかり得ない事柄ばかり。

だからといって、同じだと思われるのは嫌だ。

なけなしの金を泣く泣くはたいて、通勤用にきちんと一般人的なファッションをしてるってのに。

できてるかどうかは別にして。

なので一緒にされたくない。

総合職だったらスーツ着てりゃそれでオッケーだから良いだろうけど、いわゆる一般職のＯＬに過ぎない私が同じようにスーツで出勤とか、流石に無理がありすぎる。

基本、部屋着はジャージかスウェット。

たまに日常の買い物に出るための外出用には、着古したジーンズとジャンパーという格好がデフォの私が、だ。

流行を追わない普段着的な――ひらがな四文字とかカタカナ四文字の衣類量販店を利用して揃えたとはい

え——それなりの格好をするわけで、自分としてはかなり頑張っていると思うのだ。

故に、いかに同類とはいえ一緒にされたくはないのだ、あんなのと。

どれくらい嫌かっていうと、会社の机の上に、ゲームとかアニメのフィギュアを飾っている奴と同類扱いされるぐらい嫌。

しかも、複数。

というか一揃い《シリーズコンプ》。

飾んな。

そういうわけで、正直ネトゲ絡みのネタは勘弁して欲しい。

せっかく今の会社じゃゲーマーとしての顔は隠しているのだから。

当たり前だ、しゃかいじんだもの。まみや。

仮面社会人の心得としては、仲の良い人が一般人向けの温《ぬる》いゲームの話をしても、食いつかない。「へ～、そうなんだ～」と流す。

ワタクシ、スルースキルのレベルはＭＡＸです、カンストしています。

なのに奴は振ってくる。

出たくもない会社の宴席でその手の話題が誰かから出れば、こっちの様子を窺《うかが》うように視線をくれやがります。

こっち見んな。

しかし、冗談抜きにどこで嗅ぎつけられたのであろうか。

この会社に勤め始めるようになって以降、ゲーム関連のものは一切身につけてないし、携帯《スマホ》の待ち受け画面も着信音もゲームキャラとか効果音とかＢＧＭとかじゃなく、デフォルト画像に昔懐かし黒電話の音。

バレ要素はないはず。

なぜに私がこんなにヲタバレを嫌うのかというと、前職場での嫌な思い出があるからだ。

前の会社ではディープなゲーマーを公表《カミングアウト》していたのであるが、自分の子供が同じＭＭＯをやっていると知った上司が、我が子にいい顔をしようとして、アイテム融通強要とか、パワーレベリングしてやってくれだとか言ってくる。

同僚なんかはレアアイテムを実際《リアル》に現金《マネー》で取引《トレード》してやるからよこせだとか、果ては顔も知らない別の部署の人が「君があのキャラ使っている人？　うちのギルドに入らない？」なんて就業時間中に粘着してきやがったり。

今仕事中だと、正直邪魔だと思ってるのが聞こえんのか。

まあ聞こえんわな。

ていうか雰囲気で察しろ。肩さわんな。呪うぞ。アブトル・ダムラル・エコエコ・エッサイム我は求め訴えて滅ぶべし！

それはともかく、その他いろいろな軋轢《あつれき》とか揉《も》め事とか刃傷《にんじよう》沙汰《ざた》になりかけたりがあって退職。

いやまあ、パワハラとかセクハラとかストーキングとかの認定を労基局やら警察やらにお願いして裁判沙汰になったりしたけれども。

懐具合的にやり返したけれども。

結果として、若干トラウマというかＰＴＳＤ《心的外傷後ストレス障害》標準装備になってしまった。

リアルで状態異常ktkr《キタコレ》とか笑えん。

半年ほどの無職期間というか治療期間を経て、その後社会復帰。

だいぶ落ち着いてきたのでこの会社にも勤めていられるのだけれども。

こうして思い返すと、奴の視線も私の自意識過剰か？　というか、気のせいなのではないだろうか、と愚考するに至るのだが。

しかし、思考を捻《ね》じ曲げて無理やり無関係だと結論づけようとしているというのに、奴は容赦なく話を振ってくるのである。

「今度の奴はね、ログイン中、身体は寝ている状態になるんだ。まあ脳は活動しているから眠りは浅くて、後できっちりと熟睡する必要はあるけど、身体はそれなりに休めるわけよ。仮眠レベルだけど睡眠も取れてゲームもできて無駄な時間ができないからさ、一石二鳥どころか三鳥四鳥だな。んでもこのゲーム、デスペナがキツイんだよなー。デスペナっていうより、死んだら基本それまで。その場で復活の魔法とかかけてもらわない限りそこでおしまい。死んだらそのキャラの子供とか親族っていう立場のキャラに生まれ変わるって仕様で、スキルは残るし金も持ち物も引き継ぐんだけど、レベルは1だし能力値も最初からやり直し。まあ、スキルには能力値上昇の奴とかもあるし、やり込んで慣れてしまえばめったなことじゃ死なないけどね。あとプレイヤー対戦はやり放題。街中だろうと森だろうとダンジョンだろうと、関係なし。だけど、街中とかでやるとNPC《ノンプレイヤーキャラ》、ああ、ゲームの中でコンピューターが操作してるキャラね。そういう衛兵とかにセイバイされたり捕まって牢屋行き。罪状にあわせて懲役・禁錮・拘留・死罪とかあってさ、時間も長かったり短かったり。ログイン中ずっと牢屋で過ごすとかドンだけマゾプレイなんだか（笑）。あとさ――」

知らんがな。

知っているけれども。

というかね、ほぼ一般人な連中ばっかりが集《つど》うこの大衆居酒屋の空間で、濃ゆい内容のお話されると正直ドン引きですわ。

そういうのは仲間内でコソコソっと集まって馬鹿話をするのが楽しいんであって、間違っても一般人に広めようとか知名度が上がったんだから市民権を得たと思って大手を振って歩くというのは違うと思うのだよ。

そもそもサブカルチャーですよ？　サブ。メイン張ってるカルチャーに対してのサブってアレですよ？

マイノリティーって意味なんですよお兄さん。

周知化された昨今ようやく大衆文化の一部的な扱いになりましたけれど、その中でも凄く偏った領域なんですよ？　っていうのがわかってらっしゃらないのではないでしょうか。

いやまあしかし、興味がないシロウトさんに話をするな、とまでは言いません。

言いませんが、そもそも、このゲームは敷居が高い。

素人にはお勧めできない。

いや、素人さんの参入自体は大歓迎ですけどね？

なにしろVR版ですら専用の筐体を使用しなければならなくて、そのご家庭用の筐体は六桁に近い額でしたから。

おまけに発表当初はこのゲームだけしかできなかったから、よっぽど金が余ってるか、真性のゲーマーな人でなければ手を出さなかった。

んだけど、参加人数が低迷していたのを打破するためか、一社独占をやめ、ゲーム業界のみならず多種多様なサードパーティーの呼び込みを始め、それらが本格的に参加して以降、一気に筐体の売上が伸び、次いでゲームへの参加人数も増えたのである。

なお、その原動力となった業界というのはビデオデッキの普及に一役買ったと言われている男性の下ネタ方面だけどな！

欲望は全てを凌駕するのである。

といった経歴を持つゲームだもんで、将来を見越して購入する人も居るんだろうけど、フルダイブ版のご家庭用筐体、実際お高いです。

六桁の大台ですわ。

三台買ったら七桁に届く勢いです。

無理。

いやローン組むかリボ払いならいける……いや待て落ち着け私。

ろくな蓄えもない赤貧チルドレンならぬ赤貧ＯＬには現状無縁のものだった、うんしょうがないねと納得するのだ。

そもそも旧バージョン自主的完全攻略で忙しいなう。

今んところ移籍するつもりなんてナッシングですから。ナッシングですから！

大事なことなので二度言いました！　なあんて思いながら帰宅したら、自宅マンションの宅配ボックスにシロイヌムサシの宅送便が届いてた。

なんじゃらほいと部屋に帰って開けてみると。

フルダイブ版『ALL GATHERED』のご家庭用筐体が、入っていた……。

あなたは選ばれました。

フルダイブ版『ALL GATHERED』の順調な滑り出しに伴い、近日サービス終了予定のVR版『ALL GATHERED』をお楽しみいただいている方の中から無作為抽選により、バージョンアップした新型フルダイブ接続機器をお送りさせていただいております。これを機会に次世代の『ALL GATHERED』にご参加いただき、新たな世界への扉を開いていただければと、弊社社員一同、心より願っております。

なんか当たったらしい。

近所に中古品高価買取り店あると便利で良いね！

いやー、まさか現行機種の新品価格に更にプレミアついて三割増のお値段で売れるとは、流石新型!!

悪いねー、運営の中の人、せっかくのお心遣いを無下にしちゃって。

ちゅーか、欲しくなったら自分で買います。

懸賞で当たった高額商品は基本売却、家計の足しです。

社会人とゲーム廃人の二足の草鞋《わらじ》は結構金がかかるのですから当然なのです。

ていうか、旧版『ALL GATHERED』が終了とか、噂《うわさ》はあったが本決まりとか聞いてないぞ。

運営の中の奴、ちゃんと仕事しろ。

広報担当、広告薄いよ何やってんの！

くそう、課金はできるだけ避けて（課金しないとは言ってない）のんびりやろうと思っていたのに、このママじゃ間に合わん。

ということで、売った金で有料アイテムその他諸々買い込んで、っと。

レッツログイン!!　旧『ALL GATHERED』!!

――といっても安心安全にプレイするためにはログイン前の準備にひと手間かかるのよね。

まずは戸締まり。

んで火の元の確認をして、ベッドに横になる。

まあソファーとかに座るってのでもいいんだけど、そんときは周りに倒れたり壊れたりするものがないのを確認してから。

んで手袋型＋ベルト型＋ショートブーツ型のコントローラーつけて、網膜投影ディスプレイ＋立体音響システム搭載のフルフェイス型ヘルメットを被って電源をオンにすれば、自動的にシステムチェックが開始される。

手足のコントローラーは、物に触れたり歩いたりする際に、その感触を伝えてくれ、細かな作業なども行える優れものだ。

そしてヘルメットを含む各装置に内蔵されたモーションセンサーがその動きを感知して、ゲーム内の身体を動かしてくれる。

盛大に動かす必要はなく、僅かな動きを拾ってソレを増幅して反映させるのだ。

慣れていない頃、マトモに動けなかった時代が今は懐かしい。

網膜投影と立体音響のチェックを兼ねたゲームのタイトルロゴ＆ＢＧＭで異常のないことを確認すると、気持ち良い起動音とともに、目の前が真っ白になってゆく。

そうして私は、仮想現実の世界に足を踏み入れるのだ。

白い闇を抜けて、視界が徐々に色を帯びてくる。

何度か目を瞬いた後、見覚えのある天井が私を出迎えた。

こうして現実世界の冴《さ》えないＯＬ阿多楽真実矢は、可憐《かれん》で強く美しいハイエルフの女冒険者〝シア〟へと生まれ変わるのだ。

「ふむん。異常なし、メッセージもなし、と」

異常なしは良いとして、メッセージが何もなしとは寂しい。

ギルドメンバー一覧の名前は全て消灯している。

ということは、ログインしていないということであり、すなわち皆フルダイブ版の方に移行したということなのだろう。

みんなサービス開始前日はフルダイブ版の話題で持ち切りだったし。

置いてかれた感が半端ないが、まあコッチをきっちりと終わらせてから行くとは言っておいたし、そのときもそう遠くないだろう。多分。

それはそれとして、ベッドから起き上がり周囲を確認する。

ここは昨日ログアウトした宿の一室だ。

基本このゲームではログアウトは宿、もしくはそれに準じた状態でないとできないシステムになっている。野営とかね。

ただし、街中にある宿に泊まってのログアウトは、再ログインまでの期間が宿泊時に決めた日数よりも規定日数空いた場合、部屋から放り出されるという仕様になっている。

そんなときは、ログアウトした宿のある町の広場の片隅で目が覚めることになるのだ。

おまけにそんなときは所持品がたまになくなる鬼畜仕様。宿でログアウトするなら計画的な再ログインは必須なのだ。

なお宿代が勿体《もったい》ないといって橋の下なんかで野宿すると、ヘタすると再ログイン時に身ぐるみ剝がされていたりする。

実際、リアル世界で金も払わず何日も部屋から出てこない客がいたり、道端で寝てたりしたら「まあそうなるな」としか言えない。

平和な日本じゃないんだから。

現実として考えてみると、宿に長期滞在どころじゃないレベルで部屋から出てこない客がいたら正直怖い。

逆に宿の人何考えてんの？　ってなっちゃうし。

で、宿に泊まるのにゲーム内通貨を使うのは嫌だ、野宿や野営ログアウトで手持ちアイテムやら資金がなくなるのも嫌だ、となると、いちいち冒険者ギルドの本部や支部のある街まで行ってギルド内宿舎でのログアウトになるのだけれど、正直なところ高レベルで狩場が深部になってるとめんどくさい。

超めんどくさい。

各街を繋《つな》ぐ転移魔法陣の使用料よりは宿の方が安いので、次にログインできるのがいつになるかわからないときぐらいしか利用しない。

まあ、そんな予定入ることなんてないんですけれども！

んで、危険な魔獣が居る地域は高レベル育成に最適だけれど、だいたいそういう地域は最前線の開拓地という設定になっているために転移魔法陣は設置されていない。

そしてお宿は絶対足元見てるだろうレベルでお高いから、そのへんは個人の自由ということで。

ヘビーユーザー的には大した額でもないから、普通に利用するけどね、私。

色々と抜け道もあるけれど、ライトユーザーのアクティブ化のためなんだろう、運営上手いことやってるな、と思いながら私は装備を検《あらた》めて部屋の外へと足を踏み出したのである。


部屋の外は当然廊下。

下の階に下りる階段を通って中年太り体型の、いかにもファンタジー世界の宿の女将《おかみ》って感じの女性が居るカウンターに会釈すると、向こうも頭を下げて見送ってくれる。

毎度違う反応を返してくれるので、まるで中の人が居るようである。

宿を出て、町中を歩く。

網膜投影の映像は、モニターを見るのとは違って光を直接目に送り込むため、ドットの隙間が網目のように見える「スクリーンドア効果」がない。

そのため3DCGなんかは造形の出来がはっきりとわかるんだけど、このゲームは同種のそれらと比較しても遥《はる》かに高い完成度を見せている。

町中の石畳や建物、アチコチに居るプレイヤーに、それら同様に動き回るゲーム内の住人たち。

モブとはいえ同じ外見はまず居ないし、そのどれもが活き活きとしていて、現実に存在しているかのようである。

空に浮かぶ雲も太陽も、時折視界を横切る小鳥なんかも同様だ。

ちっさい羽虫まで出てくるのはかんべんして欲しいところだけれど。

森の中や藪《やぶ》の中で小粒のような小さな虫が山盛りでひと塊になってたりするのは正直かんべんして欲しいんですけど！

それはともかく町中を抜けていく最中、見上げた太陽の角度的に、時刻はおおよそ昼前ぐらい。

ゲーム内ではだいたい日が昇ってから沈むまでが一時間程度。

すなわちこの世界では約二時間が丸一日となっている。

ってことで、日が沈むまでの残り三〇分間をとりあえず目的の獲物を探す時間に当てることにして、のんびりと歩きながら、街角に出ている屋台の食べ物なんかで空腹ゲージを満たしつつ町と外を区切る門をくぐる。

微動だにしない門衛を横目に、一歩一歩町から離れていくと、徐々に野生動物の気配を感じ取れるようになっていく。

といっても視界に矢印が浮かんで示されるわけですが。

索敵スキルのレベルによって発見できるかどうかが変わるという、コレも仕様である。

それら動物に交じって、真っ赤に染まった矢印が、進行方向にある茂みの中に浮かび上がる。

赤い矢印は、敵だ。

腹が減っている肉食の動物や魔獣、そして――敵意を持っているプレイヤーも、当然それに含まれる。

戦闘時に攻撃目標を決めるとオート戦闘モードになり、自動的に攻撃が狙った目標に向かうのだが、自分が攻撃目標とされている場合、索敵系のスキルが高いとそれが敵意としてわかる。

わかるのだ。

一人歩きのプレイヤーを狩る気なのだろう、いわゆるプレイヤーキラーという奴だ。

このゲーム、他の同種のゲームだと特定の区域でないとできなかったりするプレイヤー対戦が自由に行える。

先にもキモオタ同僚が言ったと思うけれど、町中でやると衛兵にとっ捕まるが、外ではやり放題なのでそういう盗賊プレイを楽しんでいる輩《やから》も居るわけである。

とかなんとか考えていると、真っ赤な矢印のある方向から、矢が飛んできた。

おそらくは毒矢だと思われるが、大人しく当たってやる気はない。

飛んできた矢は一直線にこちらに向かって迫ってくる。

のんきに考えているうちにとっとと操作しろと思われるだろうが、「対処する」と心の中で思ったならッ！　その時スデに行動は終わっているんだッ！

視界の端に浮かび上がる、【PASSIVE《常駐》 SKILL《スキル》 EXERCISED《発動》】【DEFENSIVE《防御》】の文字。続く【COUNTERATTACK《反撃》】【REVERSAL《反転》】の表示とともに、私は駆け出した。

今回発動したスキルは常時発動型の防御系で、主に飛んできた矢などを防ぐものだ。

スキルはものによっては熟練度が上がるとその能力が拡大・進化してゆく。

そして高熟練度の防御スキルはそこから更に別スキルに繋がって反撃に転じてゆくのである。

スキルはこのように常時発動型と呼ばれる、普段は待機状態で何かに反応して発動するものと、任意で発動するものの二つに大別される。

常時発動のスキルは今のように意識していなくとも敵の攻撃を防いだりしてくれるのだ。

そして任意発動の場合は、音声と動作による発動、またはそのどちらかだけでも発動が可能となっている。

ようするに、掛け声とともにポーズを決めるか、そのどちらかだけでもオッケーということなのだが、皆好きなように合図を決めて多種多様な発動方法にしていたりする。

それはともかく、低レベルではせいぜい弾くか避ける程度しかできない矢を、某一子相伝の暗殺拳的に二本の指で受け止め、受け止めたその矢をそのまま敵に投げ返した。

件《くだん》の暗殺拳の技そのままに。

矢の軌道を追うようにして駆け出した先には、全身黒ずくめのいかにもな格好をした男が腕に刺さった矢を抜こうとしている状態で姿を表していた。

その間抜けな姿を見て、「あ、攻撃スキル使うまでもないわ」と思った私は、動作入力で起動させるつもりだったスキルをキャンセルし、そのままの勢いで剣も抜かずに無手でぶん殴った。

そうして盛大に転がっていった男を足で踏みつけ、言う。

「次にお前は『なんでエルフのくせに肉弾戦するんだよ』と言う」

「な、なんでエルフのくせに肉弾戦するんだよ……はっ！」

「ノリは良し。だが死ね」

まだ何か言いたそうな感じであったが、言わせない。

「アバー」とか「オタッシャデー」とか言いたかったのかもしれんが知らぬ。

私の大っ嫌いなプレイヤーキラーなんぞをする輩は、わざわざ背中のデイパックから取り出した巨大な長剣の一撃により、呆気《あっけ》なく死亡判定を食らって光の粒となって消えていった。

あとに残るは所持していたゲーム内通貨と装備、ヒーリングポーションなんかの消費系アイテム類。

毒消しもあったのでやはり毒矢だったようである。

襲撃失敗も見越していたのかしょっぱい装備だったけど、なんでも入るアイテム袋である魔法のデイパックに適当に突っ込んで再び歩き出した。

そもそもここに来る人って、高難易度のレベリングする廃人かそれに準じたレベルのキャラと装備持ってるに決まってるのに、なんであんな素人じみたのがいたんだろう。

イジメか？　罰ゲームか？　私みたいに縛りプレイなのか？　まあいいか。

そうして道すがら出てきた敵意ある魔獣をバッサバッサと切り倒して目的の獲物が生息する狩場へと到達した。

目指していた狩場は、でかくて固くて倒しにくいと評判の、大王陸亀《グランド・トルテュ》が棲息《せいそく》している森の奥深く。

　このやたらと巨大で硬い亀は、時には足元からでは頭も見えないレベルにまで巨大に育つことで知られている。

　そしてその大きさ故に、高火力な攻撃魔法や高い殺傷力を持つ武器か、特殊なスキルの組み合わせなしでは中々狩れないＨＰを持っているのだ。

　故に、私の目的には最適なのである。

「さあ、しばらくのお付き合い、宜しくね」

　そうして暫くの探索の後、巨大な亀に遭遇した。

　現在私が装備している武器はゲーム内最弱の、初心者御用達の小剣。

　攻撃力は最低の、だがしかし、壊れにくさは最強。まあはなっから文字通り壊れてるレベルの威力しかないわけだけれども。

　ソレとは逆に、防具や特殊能力付与が付いてる装飾品の類《たぐい》は最高級の品を身に纏《まと》っている。

　コレで私は攻撃力はろくにないが、防御力だけは黄金の鉄の塊でできている某ナイト級である。

　こうして私は、長いスキル熟練度上げの戦いに飛び込んだのである。


　そしてそして、とうとうやりました！

　教師生活二五年、じゃねえ。ネトゲ生活うん年、新規アカウント作成してからこっち寿命以外での死亡回数０回、寿命が来る前にレベルカンスト、寿命が来たら転生を繰り返しての全種族転生、全スキルコンプリートというステキキャラの完成だ！　まあ別段珍しくもない話なんだけども。

　って、誰も褒めてくれない。褒めてくれる人どこにも居ない。ギルドのみんなどこにも居ねー。ギルドハウスに戻ってみても誰も居ねー。いやまあ自己満足のためにやってたことですけどね？

　でもやっぱりちょっとくらいは見せびらかしたいのに。せっかく全種族転生してスキルも全取得して無死のままでココまで来たのに、自慢できる奴らが居ないのは寂しい。

ギルドのメンバーリスト見ても誰もログインしてねー。まさかもしかしてマジで全員フルダイブ版に移った？　……んだろうなー、ギルメンみんな廃人だったし。

せっかく育て切った最後のキャラ、見せたかったのにー。

ちなみにギルメン以外のフレンドリストもなくはないのですが。どいつもこいつも廃人を通り越して職業冒険者な人たちなのでとっくの昔にフルダイブ版に行っていることでしょう。フレンドリスト、点灯してる人いないし。

悔しいからスクショ撮っといて次の機会《オフ会》にでも見せよう。えっと、ステータス画面開いてと。

◆種族　至高《ハイエスト》のエルフ
◆称号　光の神　魔神　騎士王　女帝
◆累積Level　1000
◆HP　65000／65000
◆MP　65535／65535
◆STR　999
◆VIT　999
◆DEX　999
◆AGI　999
◆INT　999
◆スキル　コンプリート！

どうよ、この麗しの素敵キャラ！　って何この称号。騎士王とか女帝はともかく光の神とか魔神て。

せーっかく筋力上げても腕とか足とか太くならないように、課金してスリムアップポーション飲ませまくって、すっきりスリムなエルフ体型維持してるってのに魔神て。

いやまあちょっぴり胸は盛ってるけれども。

ていうか神様って称号なのか？　つか女帝とかないわー、国民居ないし、それこそ信者も居ないよ光の神！　ひとりぼっちの女帝陛下は一人寂しく国家の繁栄に従事しましたとか？　支配者も国民も部下も全部私で一人何役……。

疲れた。

とりあえず、もういい時間だし、ログアウトしよう。

ログアウトしてから携帯《スマホ》を弄《いじ》くってみたけれど、誰もなんにも連絡くれてなかった。

悲しい。

こちらから連絡すれば、なんて思ったりもしましたが、夜中にそんなハイレベルなリア充的行動取れませんできません勘弁してください。

うざがられたりしたら私死ねる。

そんな感じで気落ちしたままいつもの毎日が始まったわけなのですがががが。

「阿多楽さん⁉　あなた何やってんですか‼」

「はい？」

翌日、出社していきなり会社の玄関口で絡まれた。

例のアレに。

自称ゲームヲタクの無分別な同僚男に手を摑《つか》まれ、彼のテリトリーであるパーティーションで囲まれたスペースに連れ込まれたのである。

コヤツ外見は良いので傍目《はため》からすればイケメン男子に手を引かれ、あたふたとついて行く喪女に見えたことだろう。

これっぽっちも嬉しくないが。

「はい？　じゃないでしょ！　はい？　じゃ！　せっかくフルダイブ版『ALL GATHERED』筐体贈って差し上げたのに、中々来ないと思ったら、何売り払ってるんですか‼　アレですか？　せっかくの僕の心遣い無駄にして嬉しいんですか？」

……えと。

アレを送りつけてきたのはおまえか――――っ‼

何？　運営を騙《かた》って送りつけてなんぞするつもりだったとか？

ストーカーですか？　ストーカーですね？

もしくは貧乏な私だったら垂涎《すいぜん》だろう的な高価なゲーム機恵んで悦に入ってるのか？

そんで軽くスルーどころか売り払ったら逆切れか！

知らんがな！

ちゅうか、お前から贈られたってわかってたら、売り払う以前に叩《たた》き壊してぶち捨てるわっ!!

「せっかく、せっかく、せっかく僕が……本当に、あなたときたら……」

あ、嫌な感じ。やけに深刻そうに語る彼に、私は心の奥底に沈めていたはずの何かが――記憶が――蘇《よみがえ》るのを感じていた。

✕

『ネットで男を漁ってたりするんだろう？　んでオフ会とかでさぁ』

顔も知らん奴相手になんで抱かれなきゃあかんのだ。するか馬鹿。

そもそもまだ処女だっつの orz
処女のまま三〇過ぎたら魔法少女とかになれるとかないのかな。

三十路の魔法少女とか需要ないだろうけど。

魔法熟……魔法少女まみやさんじゅっさいです！　とか笑えん。

魔法少女になった途端に魔女化するわ。

男はいいよね！　三〇過ぎても童貞だと魔法使いになれるんだし！　童帝の称号ももらえるんでしょ!!

なんかむかつく。

『あんた、うちの人に色目遣わないでよね。なに？　ちょっと男に声かけられたらほいほいついてくんじゃないの？　だったら他の男にしてくれない？』

知らんがな。

お前の男とか誰だよ。

だいたい色目ってどうやって遣うんだよ。

魔眼的な何かか？

あとな、声かけられることくらいしょっちゅうあるわ！　だけどついて行ったことなんぞないわ！　まあ声かけてきたのホストクラブの兄ちゃんとかだけどな！

よっぽど喪女オーラ漂わせてたのか知らんが、ついて行ったことなんぞあるかぁ！

あ、うちのお店に勤めない？　ってスカウトされたことも何回かはあるぞ！　ＳＭ倶楽部の女王様に是非って話だったけどな！　……私そんなにサドっ気ありそうに見えるんだろうか。

それはともかく夜のお仕事してたらイベント消化できないじゃん！　昼はお仕事、夜はネトゲでいそがしいっちゅーねん！　それに突発イベントとか、週末夜のが多いんだよ！　いやゲーム云々《うんぬん》なくてもやらんけど！

『あなたね？　あなたのせいで彼が……。あんたのせいよ、あんたがいなければ!!』

なんか知らんが逆恨み？　されている件について。って、まて——い。

お前の彼氏がネトゲにハマったのは私のせいなのか？　ていうかアンタの彼ってどちら様？

確かに初心者を取っ替え引っ替えしてギルメンと一緒にあっちこっち引っ張り回してパゥワァレベリングとかして遊んだことは何度もあったりしたけど、せいぜい中堅どころの集まる狩場でそこそこ恥ずかしくない程度に立ち回れるようになったら放流しといたわ。

それ以降はそいつ自身の責任でしょーが。

ネトゲのご利用は、使用上《接続時間と》の注意をよく容量用法《課金額は》を守って正しく《常識的に考えて》お使いください。

とか言ってやったら、実力行使されますた。

ひゅんって目の前を銀光が閃《ひらめ》いたのです。

はっ！　刃物とか！　コロスキか！　コロスキナリか？

『死ね、馬鹿女』

そっくりそのままお返ししますわそのお言葉！　とか思ってたら、再びひゅんって目の前を横切っていった、どう見てもそこら辺のスーパーで売ってる安物ステンレス包丁。

……前髪が切れた。

よく避《よ》けた！　私よく避けたよ！

ていうか殺す気満々マンだぁ――――!?

『よけんなぁ――――ッ！』

よけるわ――――!!


「ちょっと、阿多楽さん？　阿多楽さんって、どうしました？　大丈夫ですか？　顔色真っ青ですよ!?」

嫌な記憶が蘇り、身動き一つ取れない私に、目の前の原因男が一応気を遣ってくれてるようでそんなふうに問いかけてきたのである。

「ごめ、あんま大丈夫じゃない。ちょっとやなこと思い出した」

ちゅうか、今回の原因は貴様だがな！

薬飲もう。

「状態異常ですか、仕方ありませんね。ちょっとすいません、じっとしててください」

そう言って奴は私の額の上に、手のひらをかざした。

「ん、と。混乱＋３、ですか。キツいですねぇ」

は？　ああ、ほんとキツいのよ。

だからちょっと薬《パキシル》飲ませてくんないかな？

早い話がどいてくれ。

人前でお薬飲みたくはないのだ。

って声にはしないが全身全霊を振り絞って雰囲気で言ってんのに！　まさに空気読めや状態をまるっと無視か、このやろう。

「仕方ありません。話を聞いてもらうためです、本当は駄目なんですけど。今回は特例ということで、許していただけるでしょう。【ピースフルスピリチア《平穏なる精神を》】」

はい？

なにそれ。


ピースフルスピリチア。

『ALL GATHERED』世界における、神聖魔法だ。

世界を生み出し、育み、見守り続けている、三柱の大神のうちの一柱、慈愛の女神から賜る、優しい力。

私がこのネトゲに嵌《はま》るきっかけになった、素敵な女神様。

その神聖魔法を現実世界で唱えてどうする。ゲームで使える技だからって現実でも使えると錯覚してるのか、このキ印め。

現実と仮想現実をごっちゃにしてしまうことが最近増えてるとかなんとかいう事例もあるらしいし。

よくあるコピペネタに、ＲＰＧのやりすぎで「今日の昼飯は通学途中にスライムでも狩って稼いだ金で食うか……って何考えてる俺」的なのもあったし。

目の前のこの男もその類のヤバゲな頭が逝っちゃってる人だったのか――って。

思ったりした私でしたが、なんでお前のその手は光って唸《うな》ってるん？　私を癒せと轟《とどろ》き叫んでいるのか？

そう、ただの怪しいヲタクな同僚だと思っていた奴の右手が金色の輝きに包まれ、おんぼろブラウン管テレビのスイッチを入れたときのような音が響き渡るや、私の頭上にかざされたその手のひらから、黄金色の雫《しずく》が降り注いだのだ。

「あ……？　って、ちょっとあんた、今何したの⁉」

「何って。女神にお力をお分けしていただいて、癒しを行ったんですが……。あなたもご存じでしょう？」

ご存じですよ。

ゲーム内ではな！

「アンタ、何者？　ただのゲーヲタ兼ストーカー糞野《くそや》郎《ろう》じゃないみたいね」

「ちょっ⁉　……はあ、理解しました。あなたの私に対する態度がやけに刺々《とげとげ》しいと感じていたのはそういう認識からですか」

がっくりと肩を落として嘆息するのを見て、常々芝居がかったリアクションをする奴だと思っていたが、もしやそういうことなのか？　と悟った。

ありれ得ん。

「では改めて自己紹介をさせていただきましょう。あるときはあなたの同僚サラリーマン、またあるときは某ネットゲーム配信企業の関係者。しかしてその正体は！」

アー、ハイハイなんとなくわかったから、そんなに両手広げてポーズとらなくていいし。

ていうかどこの複数の顔を持つ男なんだよ。

「女神の御使い、青銅の蛇《ネフシュタン》と申します」

おー、天使の類じゃないんか。

ごった煮神話大系なゲーム内だから、熾天使《していし》あたりかと思ったんだけれど違ったか。

あ、でも旧約聖書にそんな名前の銅像かなんかが出てきたっけ。

列王記だか民数記だっけか……モーセのお話だったような気が。

まあいいや。細かいところなんて覚えてないし、ただゲームを楽しむためのフレーバー的な意味合いで目を通した程度だしね。

「驚かれませんか。流石私が見込んだだけのことはある。あ、私のことはなんなら『ねふしゅタン♪』と呼んでくださっても結構ですよ」

絶対にお断りである。絶対にだ。

それはそれとして、私が驚かないでいるのはあんたがかけた神聖魔法のおかげじゃね？

あの神聖魔法ってば、状態異常を治した上で、その後暫く同系統の攻撃も防御するし。

言わば今の私はアレよ？　心の中にさざ波一つ立たないわよ？　明鏡止水ですよ？

身体の動きトレースする系の格闘ロボに乗せれば、スーパーモード通り越してハイパーモードすら起動しちゃうわよ？

「落ち着かれたところでお話を続けさせていただきたい。よろしいですか？」

よろしいも糞も、会社の玄関口で私を半ば拉致る勢いで引っ張ってって、パーティーションで区切られた自分のスペースに引きずり込んだよね？　周りに人がいるのにもかかわらず。

目撃者多数です。死にたい。誰か殺して。

「えー、それに関しましては申し訳ありませんとしか……」

流石にそう指摘した瞬間に、大きく頭を下げてきた。

だからとりあえず一言言わせてもらおうか。

「先にタイムカード通させろ。話はそれからだ」

ふっ、長時間ログインしてても入社以来続けていた無遅刻無欠勤、こんなことで途切れさせてなるものか。

まあ遅刻防止には平日は超早寝して超早起きの生活で、早朝っていうか夜明け前からログインすれば良いんだけの話なんだけどね。


「で？　あんた、何がしたかったの？」

タイムカードを通して、いつもの制服《OL姿》に着替えてから上司に「青銅の蛇――人間名、龍野起源《りゅうのきげん》――さんが手を貸してくれって言ってるんですけど、かまいませんね！」と尋ねてから、答えは聞かずに再び奴のパーティーションの中に舞い戻ったわけですが。

「何が、と申されましても。あ、お茶どぞ」

手渡された湯のみには、程よい温度の緑茶が淹《い》れられており、ずずっと啜《すす》ると鮮やかな香気が口腔《こうこう》を満たした。

「あんがと……。あ、美味し。いい茶葉使ってるの？　なに？　玉露？」

いいお茶と言えば玉露しか知らんのです。

「いえ、会社支給のティーバッグですよ。ただ、調理スキルを使って淹れさせていただきました。いやー、日本に赴任してから、食う物飲む物全て美味しくって。ついには自炊も始めましてね。いやもう、調理スキルの熟練度が上がる上がる。おかげさまで、調理系スキルは全てカンストです」

スキルを有効活用してやがる。

私はごく普通の家庭料理が関の山だった上に、今じゃ色々とアレでソレなせいで現実世界じゃまともに刃物を持てないのに。ちくせう。

私だってゲーム内の調理スキルが現実で使えれば、いつでもどこでも「超絶上手に、焼っけましたー」の連発で、どこぞの少年食堂店主が裸足で逃げ出して変な料理会の偉い人が口からビーム出したり某陶芸家な美食家と新聞記者夫婦が土下座でメニューに加えさせてくれって言いに来るわよ。

あ、でもフカヒレスープを産湯に使う人とか同じ値段でステーキ提供しろとか言われる人はなしな。

「で？」

「あ、はい、実はですね」

相変わらず話し始めると止まらないコイツの話の腰を叩き折って、本題に戻させる。

興が乗ると、コイツは職場の飲み会でも話が止まらんのだ。

「えー、とですね。要は、あなたにフルダイブ版に参加していただきたかったのですよ」

「ふーん。で、一旦ログインすると異世界逝っちゃってもう戻れないとか？　よくある話よねー。で、チートな能力くっつけてくれるんだー？」

「え？　ええ、よくご存じで。こちらとしても精いっぱいのことはさせていただきますので、是非ともおいでいただけたらなーと」

「え？」

「え？」

冗談だったのにマジだった。ハハハこやつめ。

いきなり異世界行きとかいうデスゲームに一方通行なログインさせる気だったんか。ブチ死なす。

「あ、あの。他の方は嬉々《きき》としてご参加してくださいましたが……」

ん？　なにそれ。

「みんなって、誰よ」

「え、と。阿多楽さんのお作りになったギルドのメンバーの方々ですが……」

――は？

――モルダヴィア大砂漠。

地平線の彼方まで連なる砂の山。大砂漠。

その砂漠は、ＭＭＯＲＰＧ『ＡＬＬ　ＧＡＴＨＥＲＥＤ』世界内での主な舞台である様々な国が存在するエウローペー亜大陸の東端にあり、この地より遥かに北へと伸びるリフェアン山脈へと続く大地の終端で、これより南はポントス暗黒海と呼ばれる海へと至る。

人跡未踏の地とされるアフローラシア大陸の様々な脅威から、神が創り賜うた人の住む地を守るために存在する、緩衝地帯であると言われているこの地は一切の生命の存在を拒絶する、虚無の大地なのである。

「向こうから来るのを防ぐためか、こっちから向こうに手出しさせないためなのか、どっちなのかにゃー」

「両方じゃね？　ウチらでもあんまここ通って行きたいとは思わないし」

この砂漠を越えるには、何事もなければ、という但し書きがつくが、徒歩であればおよそ一ヵ月前後。

馬などの乗用生物を用いたとしても二週間はかかるとされている。

だが、過去にこの砂漠に歩を進めて、まともに戻った者は少ない。

昼の厳しい日差しは肌を焼き、高地故の薄い大気は体液すら日中の気温で沸騰する。

そして夜は氷点下に達する極低温が旅人を襲う地獄の旅程となる。

「ホットやらクーラーなドリンコがあったら楽なのににゃー」

「寒さ対策のは酒か何かか？　って思えるけど暑さ対策のってなんなんだったんだろ」

このような極悪な環境の砂漠を抜けて無事な者など、まともな生き物ではない。

事実、ごくまれに砂漠を渡ってくるモノが存在するのだが、それらは常識的な生物であったためしがなく、ほとんどが非常に強大な魔力を秘めた魔獣と呼ばれる異形の生物たちであった。

だが、それらの魔獣はこれまでは問題にならない程度の数しか現れず、こちら側にたどり着けたとしても、緩衝地と亜大陸の境界に位置する砦《とりで》に駐在する守備隊や、傭兵《ようへい》などの戦闘技能などが秀でた者たちにより撃退されることが常であり、危険性は低いものと認識されていた。

「まあ大体死にかけにまで疲弊してるし？」

「一晩寝たら元気いっぱいなのはゲームだけにゃ」

ちなみに守護の砦がある理由はそれともう一つ。

この砂漠のどこかに、人々が恐れ敬うとされ、その存在が世界を揺るがす、得体の知れないモノが潜んでいるという伝承によるものであった。

それは、この世界においては遠い過去から存在する現実であり、いつかもたらされるはずの悪夢でもあった。

そして今、その大砂漠へと至る手前の荒野には、数《あま》多《た》の軍勢が集結していた。

「そんでウチラは斥候に出ているのであった」

「正直面倒にゃのにゃー」

その軍勢は、東の果てから魔獣の大群が砂漠を越えてやってくるという神託を得たために動員された、人類の生存圏を防衛するために集結した者たちである。

国家の枠組みを越えて集められた兵たちは、空前と表現しても差し支えないその規模にもかかわらず、国の代表とも言える立場の国家騎士は別にして、参加している一般の兵たちは皆一様に暗い表情であった。

そこに浮かぶのは、不安と怖《おそ》れ、疑念と困惑。神託故に集ったはいいが、本当に魔獣の群れを相手に自分たちが役に立つのか。役に立てるのだろうか。

「ヒント：役に立たない」

「ホントのことを言っちゃだめにゃのよ？」

一人ひとりが一匹や二匹を相手にするならば、兵たちも尻込みすることはなかったであろう。事実、これまでに単体や少数で砂漠を渡ってやってきた魔獣は、彼らによって殲《せん》滅《めつ》されているものも多い。

しかし、群れをなして押し寄せる魔獣相手では、通常の軍では戦線を維持できないと考えられていたからだ。

戦略も戦術も通用しない相手。

故に今回、国家間の利益やら駆け引きなどを無視した、生存圏の守護という大義の下、常備兵である国家騎士や王軍、貴族たちの領軍、更には傭兵まで雇い入れ、果ては近年冒険者ギルドなるものをいつの間にか設立、運営を始めた『何でも屋』と揶揄《やゆ》されるヤクザ者まで動員されている。

各国軍の騎士や兵たちは忠誠のため、名誉のため、国家のため、傭兵たちは主に金のため、命をかけて戦うつもりであるが、果たして冒険者などという者どもがどこまで役に立つのやらと、どの陣営も訝《いぶか》しんでいた。

「どっちかってーと魔獣狩るのの専門家はウチラの方じゃんね」

「それを言っちゃーおしめえにゃ。あ、熊子《ベア》。見えてきたにゃ」

そんな軍勢から離れ、砂漠の先へと先行していた人物が二人。

砂の山の頂点から顔を覗《のぞ》かせた先には——。


どんな状況であれ、大勢の人が一処《ひとところ》にまとまっていれば、そこには消費という経済活動が発生する。

大なり小なり差があれど、軍というのは専ら消費するためだけに存在する集団だ。

しかし、無為に消費するためだけに存在するわけではなく、何かを生み出す存在を失わないために働くからこそ、その存在意義があるのである。

「各国の部隊も、なんとか間に合ったか」

「はい、参戦を表明していたところは全て到着、配置についたとのことです」

「うまく撃退できればいいが」

そんな折、斥候として先行している者によるものと思われる合図が、地平線の彼方に打ち上がった。

「信号弾、というやつでしたか」

「予《あらかじ》め取り決めておけば、色や数で遠くからでもわかるな。存外に役には立ちそうだが、隠密性を求められる場合には使えんな」

この男たちは某国の国家騎士の任についており、この世界の住人としては非常に高い身体能力を持つ者たちである。そんな彼らが地平の彼方で縦に伸びる数条の煙を見つめていると、彼らよりも若干低い位置に配置されている一団が、ざわつき始めた。

「おーおー、赤い赤い。三本全部赤か」

「びっくり!!　君の信号弾も真っ赤っ赤！　といった

ところでしょうか」

「そのまんまだな、捻《ひね》りが足らん」

その中でも一際目立つ、竜人の男とダークエルフ女性の二人が何やら会話しながらその視線の先で信号弾を眺めていた。

「赤赤赤の彩煙弾で魔獣急速接近・頭数大盛り・戦意マシマシってことでしたか」

「だな。せめてどれかは黄色か白であって欲しかったがな」

信号弾の意味を再確認するかのように口にしたダークエルフ女性に、顎の下の鱗《うろこ》と皮の境目付近をボリボリと掻《か》きながら応えた竜人は、背後に向き直るや声を張り上げてざわついている配下の面々に対して声を荒げた。

「信号弾ネタで遊んでる奴ら！　その辺にしとけよ！」

「そうです、現実では都合の良いときに『物語的には最強』な、騎士で王女様な人が助けに来てくれるなんてことは起こりませんからね」

そんな二人の言葉に、彼らの周囲の面々はにやりと笑みを浮かべて準備に取りかかったのであった。


砂混じりの風が吹きすさぶ魔獣撃退連合軍の最前線で、慌ただしさを増した仲間たちを背に、竜人とダークエルフの男女は魔獣の侵攻してくる方角を向いて眼を閉じていた。

「来たか。実際こうして見てみると、圧倒的だな、敵軍は」

「はい隊長。斥候に出ていた熊子が、珍しく涙目でしたしね。危うく死にかけたらしいですよ？」

未だ通常の視界にはこちらに迫る魔獣の姿はなく、地平線の向こうに薄っすらと靄《もや》のようなものがかかっているのが確認できるに過ぎない。

とはいえ事実、予想以上の数と巨体を誇る魔獣の群れが、まるで砂嵐を起こしているかのように砂塵《さじん》を巻き上げ、砂漠一面を覆い尽くして迫ってきているのを、両者共に、眼を閉じた状態で確認していたのである。

ゆっくりと瞼《まぶた》を開いたダークエルフの女性は、同じく眼を開けた竜人に対して視線を合わせずに斥候から寄せられた情報を告げていった。

まるで秘書のように、自分たちの部隊を率いる男に報告をするのは、褐色の肌を持つダークエルフ。と呼ばれているが、邪悪属性も精神抵抗ボーナスもない。この世界では。

ダークエルフは、いわゆる深い森を住処《すみか》に自然と調和して暮らす種族であるエルフの眷属の一翼を担う者たちで、肌の色以外には能力的な差はない。

ただ、ほっそりとした起伏の少ない体型の者が多いエルフという種族において、彼らダークエルフは女性に関してのみ、何というか女性的な魅力が著しく増大している部分があるというか、母性的な意味で発達しているのである。

ようするに、巨乳が多いのだ。

そんな平均的エルフ女性及び一部の女性に敵認定されそうな体型をしている、秘書的な雰囲気を持つ女性ダークエルフ。名をヘスペリスという。

彼女はこの部隊での情報統括担当者で、偵察を担っていた者からの報告などをまとめて、目の前で腕組みをして立つ竜人の偉丈夫に伝えるのが、現在の主なお仕事であった。

「スキルがなければ即死だった、だそうです」

「ばっか野郎、『魔獣が多すぎて砂漠が黄色く見えない！』とでも魔報《メール》してから言えってんだ。敵が七分に、砂が三分！　ってな」

隊長と呼ばれたこの竜人はカレアシンといい、冒険者ギルドから派兵された『赤い肩』隊の隊長である。

額から突き出た鋭角に尖った角と、側頭部に左右対になって後方へ伸びる流線型の角を別にしても、二メートル余りの長身を誇っている。

首から下が黒光りする鱗で覆われており、防具はといえば肩や胸、膝などが、気休めのような部分装甲鎧《よろい》で備えられているだけだ。なお、肩の防具のみ赤く塗られている。右肩が。わざとである。

戦闘が間近に迫っているにもかかわらず、男はのんきにヘスペリスに向かって軽口を叩いた。並び立つ彼女も、毎度のことなのか気にせずに相槌《あいづち》を打ち、話を続ける。

「はいはい、じゃあ根性が足らんって伝えときます。で、実際のところ、九分ほどが魔獣ですけどね」

「やるせねえなぁ」

「いやまったく」

竜人――三柱の大神に次ぐ力を持つと言われる竜神の末裔《まつえい》としてこの世界のどこかに存在する竜の眷属として、その力を具《そな》える種族である。

しかしながらその数は極めて少なく、人里に出ることはごくまれと言われている。

その膂力は、下位の竜種であるランド・ドラゴンと呼ばれる竜の亜種程度ならば、素手で身体を裂き、頭蓋をかち割ることができるほどだ。

そんな希少な種族である竜人の彼は、口では今回の戦闘の成否が危ぶまれそうなことを言いつつ、余り気にもしていない口調である。

「で？　軍の連中は、やっぱスキルが使える奴が？」

「はい、皆無とまでは言いませんが……およそ各国の筆頭騎士レベルでないと、使いものになりそうにありません」

会話からわかるように、彼らはいわゆる現世からの移籍組とも言える、元ゲーマーな連中である。

ゲーム同様にスキルを扱え、その肉体に秘められた高い身体能力はこの世界の一般人を遥かに超越している。

そして、彼女の言うように、彼ら冒険者の能力はこの世界でトップレベルの力を持つはずの騎士たちと比較しても、まるで大人と赤子だったのである。

「あー、やっぱほとんどの奴らは御使いの言ってたように伸び代がないか、あるいは……」

「はい、もしくは伸び悩み《レベルキャップ》でしょう。幾人かは我々のように自然と使えるようになってはいるみたいですが、それでも児戯に等しいですね」

二人はそれぞれこの世界に転生を承諾した際に、御使いから聞いた話を思い出していた。曰く、この世界は暫く前から停滞し、衰退を続けている、と。

過去にはこの惑星全土に覇を称《たた》え、膨大な魔力を操り巨大な人工物を空に浮かせたり、様々なスキルを駆使して星の世界へと旅をしていた者までいたというが、今ではそんな技術も能力もなく、彼ら転生者からすれば実際に血や肉片が飛び散る以外は、本当にここが剣と魔法の世界なのか？　と思うほどに残念なレベルだったのである。

「ほっとんど全員が無料体験版《フリートライアル》状態かよ。そりゃ女神も焦って俺ら呼ぶわけだわ」

「魔獣の類も低レベルなのが救いといえば救いでしょうか」

元の世界のネトゲにも、一定のレベルに到達してしまうと正式に課金してプレイしなければ経験値が入ってこない仕様のものがあり、現状のこの世界の住人たちの状態はそれに相当するのではと転生者たちの間ではまことしやかに論議されていた。

無論ゲームのように課金すれば良い、と言われても何をどうすれば課金できるんだ、という話になるわけで、これといった解決策は未だに見つかってはいないのだが。

もしや神様にお布施したらレベルキャップが開放されるんじゃ、などということを言い出す者もいたが。いやだがしかし、と実際地元民に試してもらったがやはり効果はなかった、という過去もあったという。

「手に負えない魔獣がいないのは助かるかもしれんが、ソレはすなわち単純に高位魔獣を狩って一足飛びにレベルアップってのが不可能な世界ってことだぞ。根気よくちまちま弱小魔獣を狩り倒してやっとこさっとこレベルアップなんて芸当は普通のやつにはできんわ。俺らでも音を上げそうになった奴がいたじゃねえか。ファンタジーノースアイランドさんじゃねーんだから」

「ですね。でもまあ御使い曰く、適性のある魂魄《こんぱく》を持つ者たちがこんなにまとまって見つかるとは夢にも思わなかったらしいですけど」

長い銀髪を掻き上げながらそう言うヘスペリスに、カレアシンも嘆息しながら応えた。

「どんだけこの世界の奴ら、魂が鈍ってるんだろうなぁ。まあ、そういう俺らも前の世界じゃ引き籠もりとか多かったけどな！」

「私はリア充でしたけどね」

「ははっ、女になりたかったからこの世界選んだくせに」

「う、うるさい！　女に生まれたかったんですから転生させてくれるだなんて渡りに船だったんですよ！　実際棒も玉も取ってましたし！」

「あー……すまん。中の人のことはお互い言いっこなしだ。俺だって元は寝たきり老人だしな」

「いえ、かまいません。そのうちこんなことを言い合える人も減っていくのですから……」

　二人は長命種である竜人とエルフである。

　故に、この世界に来てもうずいぶんになるが、未だに身体に衰えや老化の兆しは見えない。

　他の転生者にも長命種は居るが、普通人や戯れる者《フロリクス》たちと呼ばれる種族などは、一〇〇年前後の寿命しか持たないためいささか老け込み始めており、種族選びに失敗したーとぼやいているとか。

　中には適齢期が過ぎる前にと、この世界で配偶者を見つけ、子を産み、育て、死んでいくと決め、市井に交ざり込んだものも居る。

　それらの子供たちは、親の資質を継いでいたため、ギルドを設立して暫くの間は彼らを保護することに奔走していたりしていたものであった。

「さってと。いつまでも無駄口叩いてても仕方ねえ。いっちょあいつらブチ殺してくるか」

「はい。他のみんなも、やっとスキル全面解禁だと張り切ってますよ。ギルマスが来たら、全部俺らで済ませたぜって言ってやりたいそうです」

「あー。気持ちはわかりすぎる。あいつ、今頃何やってんだろうなぁ」

　この二人は彼らのギ《シ》ルドマ《ァ》スターの中の人、阿多楽真実矢のリアルの顔をある程度知っていた。

　ヘスペリスはネカマでオカマだった自分をネタに、真実矢の興味を引いて二人きりで実際に会ったりもしたほどだ。

　リアル世界での、真っ当な若い娘の友人が欲しかったための努力が、実を結んだ結果とも言える。まあ真実矢が真っ当かどうかは別にして。

カレアシンの方は、若い連中の話を聞くのが楽しく、まるで自分にはできなかった子や孫のようにも思えていた。

そんな二人に対人スキルが劣悪な真実矢もある程度心を開き、自分の事情を話していたりしていたのである。

なので彼女の状態も知っていたし、ゲームならばともかく、実際に人死にを見るのは彼女の精神状態的にいささか不安があるとも思っていた。

それにまあ、実際驚かせてやりたいという気持ちもある。

「あの娘のことですから、色々仕込んでここぞってときに出てきますよ、きっと」

「だったら良いなぁ」

そうして遠くの砂煙を見つめていると、味方の布陣した中心部から、甲高い音を立てて飛ぶ鏑矢《かぶらや》が放たれた。

「攻撃開始の合図か。さって、と。……出るぞ！ 野郎ども！ 何でも屋の実力を、見せつけてやれ‼」

いつの間にか彼らの背後に整列していた冒険者たちに、カレアシンは雄叫びを上げて出撃を命じた。

次いで各陣営から投射武器が稼働を始め、射程の長い大型の弩《バリスタ》などが撃ち出され始めた。

「よっしゃー！ 全軍突撃‼ どこかの誰かの笑顔のために、戦って死ね！」

「俺は死なん！ ギルマス来るまで絶対死なん。リアルギルマス見るまで死ねん！」

「新参乙」

「かわいいよギルマス。ハアハア」

「今ハアハアした奴、お前が先陣切れ」

「エーー⁉ そりゃないっすよ隊長！」

そんなふうに傍目から見ればのんきに騒いでいるだけにしか見えない冒険者たちを遠目に見ながら、とある威風堂々とした騎士は嘆息して呟いた。

「……相変わらず、冒険者ギルドの連中はわからんなぁ。敵が目と鼻の先に居るというのに何を遊んでいるのやら」

「所詮は何でも屋ってことでしょう。装備もバラバラ、騎乗する馬さえ持たぬ者たちです。我等と轡《くつわ》を並べることさえもおこがましいほどです。我らが力を見せつけてやれば大人しくなりましょう！」

騎乗したプレートメイルの騎士が冒険者たちの振舞いに眉をひそめていたところに、寄騎の騎士が声をかけ進軍を促し、ちょうど冒険者ギルドの右側から、迫り来る魔獣の群れに向かい始めた。

彼らは故国において最強とされている国家騎士団の筆頭騎士とその配下の騎士で、彼の国では並ぶものなしと言われる男であった。

少ないながらも戦闘スキルを持つ、この世界においてはトップクラスの戦士なのは間違いない。

が。

「ハイハイ行きますすよ、行けばいいんでしょう？　スキル発動！【サモンゴーレム《来いっ！ロボー》】！【全力疾走《ローラーダッシュ》】！」

無駄口を叩いて《ハアハアして》いたために先陣を切るように言われた冒険者の一人がパンッ、と眼前で手のひらを合わせるや、続けざまに地面にその両手のひらを叩きつけた。

すると彼の周囲に金色に輝く魔法陣が描かれ、そこから巨大なゴーレムが生み出されたのである。

そのまま彼は自身の足元からせり出すように出現したゴーレムの肩に乗り、何もつけていない左手首に向かって叫んだ。

「行けっ！　ロボー！」

そう指示を与えると、それに即座に応えたゴーレムとともに、風のように一騎駆けを始めたのである。

それに追い越される形となった先行していた騎士らは、開いた口を閉じるのに大変な苦労を強いられることになるのであった。

後方の陣から放たれる攻撃魔法と長弓などの射撃武器が頭上を越えてゆく中、冒険者たちの先陣を切った者の名は、ダイサークというゴーレム使いのフロリクスの男である。

彼らは見た目は普通人の子供であるが、種族的には既に成人しているという、幼態成熟種《ネオテニー》ともいえる存在なのだ。

　ちなみに中の人は元ショタ趣味の女性であったりする。ショタが高じて少年に生まれ変わったという、色んな意味で筋金入りと言っても過言ではない人なのだった。

「パンチだ！　ロボ！」

　命令する言葉を聞く限りマ！　とでも吠《ほ》えそうだがそんなギミックはないようで、むしろむせかえるような熱を帯びた雰囲気を見せるゴーレムは、そのままの勢いで魔獣たちに突貫して、肘から先がスライドして伸びるパンチで敵を磨り潰し始めたのである。

　魔獣の群れを分断するように突進し、叩き潰し始めたダイサークのゴーレムを確認し、カレアシンは改めて命令を下した。

「続け！【全力疾走】《加速装置》！」

「了解です。総員、我らの至上命題、『命を大事に！』を忘れずに！　いざ！　【全力疾走】《V-MAX発動》！」

　それぞれが、思い思いにつけたスキル発動の言葉を口にして、思い思いにデザインされたエフェクトを身に纏いながら、冒険者たちは迫り来る魔獣の群れに飛び込んでいく。

　そんな中、幾人かの者たちは、取り残されたようにも見えるゆっくりとした速度で、肩に武器を担いで歩みを進め始めた。なお本人たち的にはコレでも急いでいるのである。

「急いで行かんでも、あっちから来てくれるだろうに」

「まあ一応、本隊からの指示ですし。できない俺らはしゃーないとして、できる人らはやっとくべきっしょ。文句言われても面倒ですし」

「ま、そういうことにしておこうかの」

　その面子は一様に全員が短躯でありながら、丸太のように太く逞《たくま》しい腕を持ち、これまた太く短い足で大地を踏みしめる、ビヤ樽のような体型を誇る種族、ドワーフであった。

　速度は子供の駆け足にも劣るレベルであるが、その一方で、担いだ武器はそれぞれが途轍《とてつ》もない大きさで、見かけ通りであろうその重量により地面に残る彼らの足跡の凹みは、その一振りの威力を知らしめていた。

　無論、身に纏う鎧もそれに見合ったもので、むしろゆっくりといえど動けるのが不思議とも思える重装備であった。

「さて、皆に当たらんように」

「アイアイ、了解です。全員並べー！」

もう既に魔獣とぶつかり合っているところに割り込んでいくのかと思いきや、その手前でドワーフたちは歩みを止め、一斉に武器を振り上げた。

「ゆくぞぉ！　投擲《トマホーク》スキル《ブーメラン》発動！」

「んじゃ俺も。投擲《ダブルトマホーク》スキル《ブーメラン》発動！」

片や短軀とはいえその背に倍する巨大な戦斧を、片や両手ですら持てるかも怪しい巨大な両刃斧《ラブリュス》を二丁、魔獣目がけて放り投げたのである。

横一列に並んだ他のドワーフたちも、その身の丈に似合わない巨大な斧や鉈《なた》、槍《やり》斧などをぶん投げ始めた。

「おーおー、魔獣がゴミのようだ」

巨大な、常識的に考えて投擲《とうてき》などできないサイズの超重量武器を投げつけられて千切れ飛ぶ魔獣を横目に見た、先行していた冒険者たちは苦笑交じりにそう呟いた。

「あの質量は反則ですにゃー。それにしても、魔法が使えればかなり楽になるんですけれどにゃあ……」

「それは言わない約束でしょ、おっかさん」

「誰があなたのお母さんですか」

「にゃーってつけろよ、真顔になるなよ」

魔獣の大群に突っ込んで武器を振り回している最中でも、減らず口を叩く余裕があるのか基本的にのんきなのか。真っ白な毛並みの猫種獣人の女性が、隣で片手剣を振るう魔人男性につい口から零《こぼ》れた不満を突っ込まれていた。

「まあそれはともかく、下手に物理で殴る方面のレベルを上げてしまっていたばっかりに……本職は魔法使い《スペルユーザー》だったはずなんですけどねぇ、私」

「まあこっち来てからは魔法職もクソもなく、だいたい皆さん物理攻撃主体ですしおすし」

「順調に物理攻撃のスキル取れちゃった自分の身体操作能力が恨めしいわね」

などと口々に語りながら、魔獣に向かって攻撃を放ちまくっていた。

冒険者たちが戦場を駆け巡り、まるで豆腐を叩き潰すような勢いで敵を屠《ほふ》っていくが、やはり多勢に無勢。次第に押され始めることになっていた。

「やっぱ戦いは数だな、兄貴」

「兄貴って誰ですか。私に弟は居ませんよ、っていうか今の私はそもそも女です」

長大な、自身の身長を超える刀身を持つ分厚い鋼の塊のような剣を片手で振るいながら、カレアシンは傍らで周囲に気を払い、回復と援護射撃を続けているヘスペリスに声をかけた。

そのヘスペリスも、元の世界ではジャマダハルと呼ばれていた、ナックルダスターの拳部分から刃を伸ばしたような剣を更に弄り、弓を取りつけた異形の武器で、遠近自在な攻撃を行いながらカレアシンに追随しつつ返事をした。

数えるのも億劫《おっくう》になるほどの魔獣を蹴散らしているとはいえ、徐々に後退を余儀なくされていたのである。

自分たちの部隊だけが戦線を維持できていても、他から防衛線を抜かれては意味がないからだ。敵は倒されても倒されても怯《ひる》まず前に進むだけの、まるで死兵のような魔獣たちである。

その勢いは未だ止まらず、倒した屍《しかばね》は山となり、その山すら越えて魔獣は押し寄せてきていた。

「お前まだＭＰあるか？」

「ありますけど、皆の回復用に取っています。死んでしまうとまず復活できませんからね、ここじゃ」

この世界は女神の加護が篤く、明らかに衰えを見せている詠唱魔法などとは違い、様々な神聖魔法が伝えられているが、流石に死者蘇生《そせい》は難しかった。

一応あるにはあるが、それを行うには条件が厳しすぎるのである。

「死者蘇生は、魂が肉体から離れるまでのおよそ一〇分以内、か」

転生時、あらかじめこの世界のことをレクチャーされた際に、更に突っ込んで聞いた者によれば、死者の蘇生は基本的に不可。

新たに生まれ直すことでのみ、この世界に魂が回帰する。というのがゲーム準拠の転生設定、というよりもこの世界に合わせたのがゲームの設定であった。

それでも一応、死後一〇分ほどの間は、肉体から魂が離れていないために、グレーゾーン扱いで引き戻せるのである。

であるが、こうも乱戦になっていては、死んで一〇分以内に死体を確保し、安静にした状態で行う必要のある蘇生魔法や貴重な蘇生の霊薬、もしくは極稀に手に入る蘇生アイテムを使おうにも、余裕がないに等しい。

「灰からでも復活できる某寺院の神官が超有能に思える」

「しょっちゅう失敗する彼らにかける慈悲などありません」

そんな軽口はともかくとして、もう少し早くギルドメンバーたちがこの世界に溶け込めていたら、ちっとは冒険者以外の人たちを鍛えることができて、全体的なレベルを上げられたのかもなぁと嘆息する。などと思考する最中にも、手足は無駄なく動き、周囲の敵を切り刻む。

しかし、今や集団戦闘を維持できているのは冒険者たちの部隊のみ。他は瓦解しているという表現が生易しいほどに蹂躙《じゅうりん》されていた。

目に見える範囲だけでも、まともに戦えている味方兵士や騎士たちの集団は一〇に満たない。

「いよいよやばいですか？」

「ああ、撤退もやむなし、かもなっ！」

とりあえず、身内から死人が出ていないウチに、と首肯する。目の前に現れた、ひときわ巨大な魔獣をスキルを用いて一刀の元に断ち切って、剣を肩に担いだ。

そうして撤退だ！　と口にする直前。

それは。

天に蓋するように、姿を現した。

「おいおい、マジか」

まさしく、空を覆わんばかりに巨大な、岩山のようなものが、空に姿を現したのである。

「まさか……天の磐船《ギルドハウス》？」

それを理解した直後。

ギルドメンバーが快哉を叫んだ。

「来た！　ギルドハウス来た！　これで勝ツる！」

「アレが来たってことは！　来た？　来る？」

喜びの声が上がると同時に。

ごう、と。

周囲を風が走り、渦を巻き始めた。

そして、あたりを埋め尽くす轟々《ごうごう》とした騒音の中、甲高い、全てを切り裂くような鳴き声が響き渡ったのだ。

その声が響いてきた方に視線を向けるや、全身を紅《ぐ》蓮《れん》の炎に包んだ巨鳥が彼方から姿を現し、魔獣で埋め尽くされた大地を舐《な》めるように飛び、その飛行経路に位置した魔獣全てを焼き尽くし始めたのである。

「あれは！　神の翼、《焔《ほむら》舞う》鳥之石楠船神《とりのいわくすふねのかみ》！」

「なげーよ。天鳥船神《あめのとりふね》でいいじゃん。もしくはゴッドフェニックスで」

その言葉が終わるか終わらないかのうちに、今度は砂漠に白銀の輝きが広がり、その範囲にいた全ての魔獣に氷の牙が襲いかかり、乾いた大地に血を撒《ま》き散らした。

「魔獣……《神喰い》フローズヴィトニル！」

「フェンリルでいいじゃん。別名で呼ばなくてもよー」

そして、魔獣の群れの中心部。

地平線までを埋め尽くす魔獣たちの中から、轟きを上げて大地を割り、真紅の姿をそそり立たせた姿は、全ての魔獣に等しく滅びを与えんと雄叫びを上げた。

それは周囲の全てを飲み込む黒い渦を生み出し、モルダヴィア大砂漠一面に広がると言っても過言ではない魔獣たちの群れを尽《ことごと》く飲み込んでいったのである。

「伝説の巨人……《無限力》ギガンティス」

「はいはい、何番目だかの文明人乙」

「ナンですか隊長、ノリの悪い」

「いいや、あいつらみっつのしもウゴゥ？」

「いけません隊長。あの三体は《トライアングラー》であって、間違っても、しもべだとか、護衛団なんかでは、ありません。わかりましたか？」

「お、おう」

途中まで言いかけたカレアシンを、初動時に無敵状態になりそうなジャンピングアッパー《昇竜拳》の一撃で口を塞ぐダークエルフ。酷い扱いである。

二人がそんなどつき漫才をしている最中、天空を埋めた岩塊から、一粒の光が煌《きら》めいた。

「おい、来たぞ」

「ええ、来ましたね」

二人は嬉しそうに、空を見上げて微笑んだ。

「こ――――り――――ん!!」

虹色に煌めく魔力光を放ちながら、金糸銀糸で編まれたひらひらの服をたなびかせ、ハイエストエルフ、シアが戦場に降ってきたのである。


虹色の光を纏って天空から降ってきたシアは、真っ先に馴染《なじ》みの二人を見つけその傍《そば》へと降り立った。

「お待たせ！　元気にしてた？」

「待たせすぎだ、馬鹿」

「一〇年や二〇年、いい女ならそれくらい男を待たせてもお釣りが来ます。それに待つのも男の甲斐性《かいしょう》ですよ、隊長」

「あはは、ごめんねー。色々あってさー」

本当に色々あったのです。


うちのギルメンが、『ALL GATHERED』の世界に転生というかなんというか。

事務所の片隅、青銅の蛇の占有空間であるところのパーティーションで区切られたスペースで、私は奴の椅子を占拠し、足を組んで肘を乗せ、頬杖をついて考え込んでいた。

「そうですねぇ、しいて言うなら魂魄憑依《ひょうい》と言ったところでしょうか」

「へーほーふーん」

「あ、今のなんとなく美少女戦士みたいですね」

「うるさいだまれ」

美少女戦士へーほーふーんとか守護星どんなのだよ。

うだうだと会話をしているが、この場所の本来の主である、人間名龍野起源は、気をつけの姿勢で立ちっぱである。

むしろ跪《ひざまず》け。土下座しろ。

ちなみにこいつの名前は龍野起までが苗字で源が名前である。

源さん……大工とか運送屋が似合いそうな名前よね、どうでもいいけど。

で、本題である。

どうもウチのギルメンたち、向こうで楽しく暮らしているらしい。

苦労しつつもギルドを興し、冒険者としての生活を成り立たせているという。

しかしだ。

「当初は皆さん苦労なさっておりましたよ。てっきりあなたも来ているだろう、そのうち来るだろう、と楽観していたらしくて、結構不満も溜《たま》まってきておられたり、とか」

「はあ」

私が行かなかったことで、何か困ることがあるのだろうか。

ていうか、チートな能力もらっているんじゃないんか？　それで苦労するとか、向こうの世界でどういった困難が押し寄せてきたのか。

「どうもご理解いただけていないようなので詳しく説明させていただきますが。彼らに提示した能力付与は選択肢が二つございまして。これまでに御自身で育て上げたキャラクターの能力を受け継ぐ存在を創造し、転生。改めて育て直すというものがひとつ。これは旧『ALL GATHERED』での転生とほぼ同じですね。もうひとつは今の御自身に、育てたキャラクターの能力を付与させていただき、その姿のまま、向こうに転移させてしまうというものです。こちらはいわゆる異世界トリップと言われるものと同じでしょうか」

蛇曰く、転生の場合は抜け殻となった身体には別の新しい魂魄に記憶や人格データをコピー、元の身体に

入れてごまかすんだそうだ。

　このダミーというかコピー魂魄により、これまでと同じ生活をして、元の自分と同じように行動をして、人生を全うすることになる、と。

　こちらで『ネット接続中に死亡？』とかの問題が起こっていないのは、どうやらそのためらしい。

「でもさ、それ選択肢にする意味あるの？　姿を変えて生まれ直すのが嫌、とかいう人向け？」

「えー、これに関してはですね。仕様ですとしか言いようがないのですが、転生を行うと基本的に持ち物がない状態でキャラクターが生まれますよね？」

「そうね、シャツにスパッツに体育館シューズみたいな靴。男キャラはパンツ一丁……だったわね。それが？」

「いえ、ゲーム内ですと、転生先は元キャラの関係者……子や養子、あるいは親類縁者、もしくは友人知人として生まれてくるという設定なわけで、アイテム類は御存じの通りそのまま移行しております。ですが、これは言ってみれば遺産相続的な扱いなわけでして。今回の場合、ゲームからの転生と考えた場合と同様ではあるのですが、ある意味まったくの新規キャラクター扱いなわけですよ」

「あー、なんとなくわかる。シリーズ物の新作にキャラ移行したパターンかしらね。友好的なラスボスがたまに居るダンジョンゲーだと、所持品なくなって端金だけしか残らないとかさー、鬼畜よねぇ。……ん？　と、いうことは、アイテムなしの素っ裸状態で1レベルになってる……？　まあ累積でスキルがあるからそうそう死にゃしないでしょうけど。ていうか、その話の流れ的に、トリップだとアイテム持ち込み可なわけ？」

　言いにくそうに喋《しゃべ》る青銅の蛇……いや、源さん？　ああもう、めんどいから蛇でいいや。が、何か言葉を濁しているのが気にかかる。っていうか、それマズいよね？　と問うた。

「左様です。というわけでですね、これまでの方々は、全員が転生を希望なされたのですが……」

「何が『というわけ』なのかわかんないというよりわ

かりたくないけど、軽く流さないでくれないかしら。もしかして……ってやっぱりそうなのか？」

向こうに親類縁者なんて居るはずがない、ということは。

「はい、皆さんどうせ異世界に行くなら外見も種族も新規作成！　着の身着のままなんのその！　とおっしゃって、無一文で向こうに渡っていかれました」

「ちょっとお前死んで来い」

立ち上がり、某自称暗殺拳継承者と同じように拳を鳴らして糞蛇に近づく。

「すいません勘弁してください」

私が次の言葉を発する前に、予備動作なしのバックステップジャンピング土下座。

マジ土下座久々に見た。

ちなみに前に見たのはネトゲ廃人と化した彼氏を持つ女に斬られかけた後、その親と廃人彼氏からだ。

「私、女神の使いなので、そういった力の存在しないこの次元世界においては本来無敵なのですが、今回転生のお願いをして回っている間は、転生選抜者の方に危害を加えられないのです」

額に浮き出た脂汗をどこからか取り出したハンカチで拭いながら、蛇の奴は何か別方向の話をし始めた。

「なんでまた」

「無茶苦茶な要求してくる転生者がいた場合、私たちが切れてぶちのめしたりしないようにと……」

「ああうん、了解」

ニコポとかナデポみたいな笑顔を見せたり相手を撫《な》でたら好感度ウナギ上りな毒男の妄想的能力ならまだしも、神様連れて行かせろ！　って言われたら使徒的には切れるわな。私だって切れる。ていうかニコポとか、アレ精神汚染なんじゃね？

「まあそんなことを考えるような方には、そもそも転生をお願いすること自体あり得ないんですけどね。これでも一応神の使徒なんで人を見る目はあるんです。私が選んでるわけじゃないというのもありますが」

「あんた女神の使徒の中でも駄目な方だろ」

「いやあ、よく使徒になれたなと自分でも思いますが。というわけで、私があなた相手に攻撃しても、物理ダメージゼロな上に攻撃魔法は発動すらしません。ですが」

「ですが？　何よ」

「私への攻撃は、ゲームのキャラと同等の能力でダメージ計算されます」

「ふぁっ⁉」

　非力なこの私を捕まえて、腕力カンスト状態のマイキャラの攻撃力があると？

「いえ、そもそもこのお話の内容ですが。私、人間モードではリミッターがかかっていて口にすることすらできないのですよ。転生をお願いする方と二人きりになって初めて解除されるものでして……。で、ですね、二人きりになって結界を張ると、私も本来の存在、神の使徒へと戻るわけでして。それくらいの能力を付与しておかないと、並の人間のままだと私という存在への認識すら怪しいもので」

　光り輝く何かにしか見えなくなるとかなんとか。力を抑えるのが下手なだけなんじゃね？　とは言わないが、神の使徒という、人と接点を持つ必要のある存在としてそれはどうなのよと問いたい。問い詰めたい。小一時間ばかり問い詰めたい。

　それはさておき、普段のリーマンスタイルのときは、あくまで人間だから誰とでも話せたのか。

「で？　女神の御使い状態のアンタとは、普通の状態の私だとお話もできないから、ってことね。話を戻すけど、それで？　向こうでギルメンどうやって生計立ててんのよ。ていうか、一文無しで放り出されてるのよね？」

「ええ。ですが、転生当初は普通に素手で狩りなどを行って食料確保、ある程度落ち着いてからは素材調達に移行、それを売って日銭を稼ぎ、人によってはそれらの素材を加工して販売したりして、皆で協力してひと財産築いてましたね。それを元手に更に取引相手を増やしてその後ギルドを興し、最近ようやく軌道に乗ったところでしょうか」

　ああ、普通のサバイバル的な苦労はしなくて済んでるのか。まあ鑑定スキル持ってりゃ食っても平気かどうかわかるし、精霊魔法かじってりゃ水くらいは出せるし、神聖魔法全部修めてるのも結構居るから怪我とか病気でどうのってこともない、と。売り買いも鑑定スキルがあったらぼったくられることもないし。交渉事ならお任せの人も結構居たはずだから、ある意味異世界無双は簡単そうだ。

それに大人数異世界転移にありがちな、一番の懸念である仲違《なかたが》いとか人を見下すとか俺が俺が的な奴とか。あくどいのが居たら、責任は他に押しつけて美味しいところだけ総取りとか搾取する輩が出てこないとも限らん。そういうのは居なかったからね、うちのギルド。全部蹴った《追放した》ともいうけど。まあ一人でふらっとどっか行く人は何人か居たけど。

わ、私じゃないわよ？

うん、まあともかくウチのギルメンたちならその辺は上手くやるでしょ。

って、ちょい待て。

「ねえ蛇。アンタの話聞くと、もう向こうでは何年も経ってるような口ぶりじゃない。その辺どうなってるの？」

「えー、変動はありますが大体こちらの一日で向こうの一年ほどでしょうか」

「やっぱり死ね。仕事が遅いわ貴様！　フルダイブ版サービス始まってもう何日経ってると思ってんのよ！」

「そ、そう言われてもですね。あなたずっと旧版しかやらないし、私を警戒して絶対二人きりにならなかったですし？　仕方なく贈った筐体だって売り払っちゃうし！　あなたに贈った筐体のシリアルナンバーでログインしてきたのが別人だったときの私のがっかり感がご理解いただけますか？」

「知らんがな。あんたの普段の行動が悪い。きもい。いくらパーティーションで区切られてるからって、机にフィギュア飾んな。デフォルメフィギュアで戦場ジオラマ作んな。普通の女子は近づくのも嫌がるわ！」

「ええー？　どっちも可愛いじゃないですか。どちらも学校守るために頑張るあたり特に。世界の存続がかかっている私としても共感できる部分がございますし」

可愛いのは認める。

でも仕事場に飾んな並べんな。

色々と言い募りたくはあるが、ここは寛恕《かんじょ》しておこう。それよりも何よりも、だ。

「で。私はどうすればいいの？」

「え⁉　と申しますと、行ってくださるので？」

「行くわよ。どうせ今までの人生ろくなもんじゃなかったし、これからどうなるわけでもないしね」

男性恐怖症もあの糞セクハラ野郎どものせいで多大にあるしな。おまけに勘違い女のせいで色々とキツイ。ぐぬぬ。

だいたい私みたいな痩せぎすの女に粉かけるどころか、直接行為を強要するとかどんだけ悪趣味なんだよ。

おかげさまで見知らぬ男性相手には、目を見て話すことすら無理。今では実際にホストクラブの客引きなんぞに声かけられた日には、悲鳴上げて猛ダッシュする自信があるわ。

まともに応対できたのはゲームの中だけ。リアルにちゃんと話せたのなんて、ギルメンの玉なし竿なしネカマでオカマな元男の彼——彼女？　と、自称寝たきり爺さんでリアル要介護だった爺ちゃんくらいである。何度か見舞いに行ったのだ。

ギルドのオフ会でも、ギルマスとして開始の挨拶の一言だけはやらされたけど、後はほとんど無言だったしなぁ。

対人スキルがリアルだと皆無だってのは、古参ギルメンの人らには既知の事実だから、混乱はほぼなかったけど。

新参の勘違い君が何度か出てきたときには、ほんっとーに色々と参りました。

ウチには他のギルドよりも比較的中の人も女性なメンバーが多く居たわけですよ。

ギルマスがリアル女だって結構知れ渡ってたので馴染み易かったんでしょう。これでも旧版はβテスト時代からの古参でしたから。

おかげさまでオフ会が華やかでした。綺麗どころ揃えましたって感じで。

まあ毒男《独身男性》連中にとっては居辛かったかもと思うけど、

目の保養だと思え。

なお一番見目麗しいのがオカマだった件について。

知らん、私のせいじゃない。

とまあそういった女性メンバーが多いっていう話が臨公で組んだ縁でオフに招いた人あたりから外部に漏れて、ギルド加入希望者が一時期増加したことがあったのです。

それも性質の悪い系のやつらが。

細かい話は省くけど、ヘスペリスの中の人のリアル知り合いに本職の方が居て、どっかに連れて行かれました。

行き先は知りません。

どこに行ったのかしらね。

それ以降はギルメンの勧誘にも気を遣ってまともな……いや、実生活がまともじゃなかったかもしれないけど、比較的似たようなベクトルの考えを持つ人たちを厳選したのだよ。

もしその系統の輩があのときに間引けてなかったら、今頃あっちに行っちゃってる皆は大変なことになっていたかもしれない。

「さ、て。それじゃ転生とやらをしてもらおうじゃないの。って、転生だとアイテムゼロなのよねー。うーん」

流石にアイテムゼロは厳しい。ただでさえレアな装備にこれまたレアなアイテム注ぎ込んで強化しまくった逸品とか持っていけないのは泣けてくる。向こうに行ってから同じの作れるかどうかわかんないし……。

といって一人だけこのままの姿でってのも、なんかアレだし悩みどころですわ。そう思い悩んでいたところ、蛇のやつが軽い感じでこう言ってきた。

「あ、それなんですが、あなたはギルドマスターということで特典がつきます」

「は？」

「ギルドマスター特典として、転生と転移のどちらを選ばれてもギルドハウスが一緒に転送されます。これはギルドハウス機能も使えるということでして。実は他の皆さんが転生をお選びになった一因がこれなんですよ」

ギルドハウスごとって。

ウチのギルドハウスは、高レベル廃人プレイヤーが多くいたおかげで、割と出鱈目《でたらめ》仕様だ。

通常、ギルドハウスはギルド設立時に課金する際に手に入るのだけれど、その時点では正直しょぼい建物が人の住む地域、というか村とかの集落に隣接して建てられる。のだが、大きな町や都市に隣接させようとすると、更なる課金が必要だったのである。

更に課金額によって建物が強化され、更に更に、指定された地域――海や山や森一帯――をテリトリーとした屋敷や城、海の上に浮かぶ島丸ごとなんてのにレベルアップしていったりする。

ウチのギルドハウスはその中でも期間限定課金ガチャのレアアイテム、浮島リゾートを魔改造した変態仕様である。

もうね、本当にあったんだ！　とか浮遊城とか一〇〇層あるんだろ攻略させろとか言われてましたよ。

それを持って行けると？　それならもしかして！

「ギルドハウス持って行けるって言うなら、中の倉庫は？」

「ええ、入れたものはそのまま向こうに持って行けますよ？　だからこそ、他のメンバーの方々は転生を選択なさったわけでして。皆さん転生時には旧版のキャラが装備していた品々から魔法の鞄《かばん》に収めていた個人持ちの各種アイテムに至るまで、全部引っくるめて放り込んでおいてくれと頼まれましたし」

なるほど納得。それなら誰だって転生する。私だって多分そうする。

すまん、私が縛りプレイに没頭していたせいで皆に苦労かけちゃってる。

「じゃあ、さっさと転生させなさい！　ほら早く！」

「い、いえ、そのお言葉は嬉しいのですが、色々と準備がございまして」

ああ、ネット繋がなきゃね、フルダイブ版の筐体で。

「はい、そうなんですよ。市販品は現状売り切れ状態でプレミアついてますし、あなたにお渡しした新型を用意するというのもちょっと難しくて」

流石に神の御使い、口に出してなくても私の思考を読んでるのかの如く返事しやがる。まあいいけど。

「あ、そうなんだ。ごめん。やっぱ新型だとそう数がないもんでしょうしね。メーカーの倉庫まで取りに行かなくちゃとか？」

「いえ、あれは新型は新型でも、むしろ半ば試作品の一点物でして……そもそもアレ以外存在していません。なので暫くお待ちいただかねば、と」

「……えーと、ごめん。それで、どれくらいかかるの？」

流石に試作品だとは知らんかったが正直スマンかった。

　とはいえ、こちらでの一日が向こうじゃ一年だ。のんきにしてられない。

「そうですね……二ヵ月ほど？」

「だめじゃん！　種族によっちゃ死ぬじゃん！　寿命尽きちゃったけどNDK《ねえどんな気持ち》？　とか聞けっちゅーんか！　笑えなさすぎるわ！」

「他の方法もないことはないんですが……」

「あるならさっさと言いなさい？　殺すだけじゃなくて呪うわよ？」

　今ならできそうです。能力付与されてるしね！

「えー、転生トラックや転生ダンプといい――」

「だ　い　きゃ　っ　か　だ　ば　か　や　ろう」


「で、結局。ヘスペリスの中の人と連絡取って、借りて来た」

「なるほどのう」

「あ、今じじいっぽかった」

「うるせえ」

「それで、向こうの元私はどんな感じでした？　ちゃんと生活できていましたか？」

　ヘスペリスが元の世界の自分の話に食いつき、どんな状態になっているのかを知りたがっていた。

　まあ仕方ないわよね、とは思う。

「普通。前に会ったときのままだった。ただ……」

「ただ？　何かあった？　彼氏ができてたとか？」

　知らん。つか知りたくねぇ。

「うんにゃ。ゲームに興味なくしてた。危うく捨てるところだったたって、筐体。もう要らないからあげるって言われたし」

あらま、と驚くヘスペリスとは逆に、苦虫を噛《か》み潰したような顔をするカレアシン。

「わしの方もゲームに興味なくしてるとしたらアレじゃのう。寝たきりじじいの唯一の趣味が……せめてもの縁《よすが》が……」

あー、大変かもねー、残されたコピー魂魄。寝たきりだし。

だがそれは私の知ったこっちゃないのです。こっち来たのは自己責任だしね。

私は親兄弟親類縁者なんぞ居なかったから、あのまま OL続けても、そのうちお局になってそのうち首切りされて結果、路頭に迷っちゃたりするのだよ、きっと。

だから、決めたのだ。こっちの世界で好きに生きようと。

「で、嬢ちゃん」

「何？　カレアシン」

何か言い足りないことがあっただろうか。

「あー、その。なんだ」

「はい？」

「とりあえず、目立ちすぎた。ずらかろう」

見渡せば、既に生きた魔獣の姿はなく。

あたりには生き残った人たちがグルリと輪を描いて、私たちと、周りに集まったギルドメンバーとを変な目で見つめていた。

「えっと、逃げちゃっていいの？　後で敵前逃亡とか言われたりしない？」

「はっ！　もう敵なんぞいやしねえ。どの道この魔獣撃退が済んだら、ギルドにゃ各国から無理無茶無謀な召喚が来るに決まってんだ。力を見せびらかしたからな！　それがなくともどうせ難癖つけてくるだろうが、その手の厄介事は、俺の責任範囲じゃねぇ」

「まあ、ちょっと力の差を見せつけすぎましたしね。特に隊長とか、どこぞの国が騎士団長にってオファーが来ても驚きませんよ」

「いきなり騎士団長って。そこまで低レベルなの？

今のこの世界。ゲームんときだと超高レベルでも衛兵さん相手に軽くひねられてたのに⁉」

蛇の馬鹿から一通り聞いてはいたが、そこまで酷いとは想像だにしていなかった。ゲーム内で悪事を働くと衛兵さんが飛んでくるのだが、どんなに高レベルでもどんなにスキルを駆使しても、まず間違いなくとっ捕まるのだ。仕様ですと言われればそれまでだが、中には悪事を働いても衛兵から逃げることができたものが居て、『大泥棒三代目』やら『狙撃公爵』なる称号を得られたという。

⚔

しかしギルドメンバーの中でも最も辛抱強いと思われる、呑《の》んだくれ相手の客商売を生業としていたヘスペリスと、大自然を相手に長年農業を営んでいたカレアシンの二人がここまで投げやりにぼやくのならば、余程のものなのかとシアは思った。

今のシアには知る由《よし》もないが、実際、先行して転生してきていたメンバーの苦労は、枚挙に暇《いとま》がない。

ギルド設立までの道程と、その運営開始から今に至るまでの苦労は当然のことながら厳しかったという言葉が生易しいと思えるほどだろう。

それに加えて、この世界の住人から新規メンバーを集めるのも同様に、恐ろしく難航している。糅《か》てて加えて、彼らに対する各国の対応が酷かったのである。

まあ、既存の製造職ギルドに関わらないアイテムをスキルで製造し、その売買で顔を繋いだ人物からの紹介や、そのアイテムの評判から逆に招聘《しょうへい》された際に国の重鎮に話を通して、という形だったため、冒険者という印象よりも製造職人の集団と見なされていたことが大きい。

故に当初は既存の各種職人・商人ギルドに加入すればいいと、けんもほろろであったのだ。

実際に剣を交えて腕を見せると主張するも、「我が騎士団相手に力を見せるだと？　笑わせるな」と一笑に付されるなど、冒険者らに厳しいものが多く、不遇の時期が続いているのである。

そもそも氏素性のわからぬ者に、権力機構の一端を担う者が、まったく新規の、どう転ぶかわからないものを興すためになど、力を貸すはずがない。

失敗すれば自分の経歴に傷がつくために、官僚も貴族たちも嫌うためだ。

多くの交渉失敗……というか交渉の席にすらつけない状態が続いた末に、なんとかとある小国にギルドの設立に向けての協力を承諾してもらえたのは、つい数年ほど前だった。

それも狭い平地に山が迫り海に挟まれた肥沃とはいえない土地で、細々と暮らしているような人々ばかりの小さな王国。

アイテムを売りつけに行ったときに対応してくれたのがそこの王太子という、金もなければ人材もない、弱小国だった。

しかしながら他国に比べると非常に友好的で、亜大陸の辺境とでも言う位置にある貧乏王国であるため、色々と都合がよかった。

何より王太子の伝手《つて》で直接王と謁見できたため、そこに至るまでに賄賂だの何だのという無駄な交渉なしに最上位者と交渉できたのだ。

借款の約束と有事の際には更に金銭面でも人的な面でも無償で協力するという、しかも期限付きで更新時にまた金銭の上納ありという非常に不平等に見える契約を結び、ようやくギルドの設立がなったのである。

小なりとはいえ一応国家の後ろ盾ができたために、主要各国に支部のようなものを作ることもできたが、設立当初はろくな活動ができない状態だった。

冒険者というものが、どのようなものか周知されていないのもあるし、その活動による他業種への軋轢も生まれ、加えてかかる租税も高額であった。

そのあたりは無駄に高い能力を持っているメンバーによる高難易度地帯への探索行による収益が物を言ったが。

ゲーム時の記憶による探索地選定が、希少な品々を持ち帰る頻度を大幅に上げていたのである。

そしてそれらにより表向きの無理難題は、結果として時間と金はかかったがどうにか終息したのであるが、残る課題としての人員の増強というギルドとしての最大の案件が解消されなかったのである。

募集に対しての応募が少なかったのは、まあ何をするのかわからないお仕事という点で仕方がなかったのかもしれないが、それ以上に難点だったのは、ギルドの募集に応募してきた者たちに採用試験をクリアできるほどの能力がなかったことである。

……まさか、ゲーム開始時のチュートリアルと同様の試験――最弱モンスター《ゴブリン》一匹の退治、案内役のギルドメンの監視《助言》付き――をクリアできる者すらろくに居ないとは、転生者たちも想定外であった。

できたものも少数居るが、純粋にこの世界で生まれた者は一握りで、他は調べてみれば早々に市井に紛れた転生者の子女だったり、中にはギルドメンバー以外の『ALL GATHERED』からの新規転生者であったりと、これまた面倒な事柄が見つかったのである。

今把握している自分たち以外の転生者の存在に、冒険者ギルドの上層部は慌てた。

自分たちの優位性がどうのという問題もないとは言わないが、むしろ下手に能力が突出した新規転生者が、どこかの国や組織に所属でもしようものなら、嫌な未来が想像できてしまうためだ。

というのも、高レベルの転生者による指導が順当に反映された場合。

この弱体化した世界においては比類ない最強の暴力機構が生まれてしまい、すなわち国家間の戦力バランスが崩れるのと同義であるのだ。

現状の戦力では魔獣などの外敵排除にかかり切りになってしまうために、国家間紛争自体が起こり得ない。

あったとしても、せいぜい国境近辺での水利などの小競り合いで収まってしまう程度で比較的安定している世の中が、荒れ始めてしまうのではと。

そこで此度《こたび》の魔獣襲撃の神託を契機に、これに参加し名を上げて冒険者の地位向上を図り、名実ともにギルドの存在を各国に認知させ、立場を確立するつもりであった。

冒険者ギルドが有名になれば、今後もやってくるであろうギルドメンバー以外の転生者が他に行かずにまず立ち寄る場所にもなるだろうというのも目論見の内にある。

そしてそれに伴い、おそらくは舞い込むであろう召致にある程度応じ、各国の戦力引き上げを平均的に行えれば色々と捗《はかど》るだろうという打算もあったのだ。

なので、今とっ捕まるわけにはいかない。

下手に一人でも捕まってしまえば、そこからなんらかの強制的な手段が取られかねない。

いくら高レベル転生者集団であるとはいえ、国家機構相手に殺戮《さつりく》など、できはするがやる気などない。

故に、人海戦術などで囲まれてしまった場合は逃げ出す手段が極端に減る。

盗賊相手などならともかく、逃げる際にまかり間違って国軍相手に下手な手傷を負わせたりしたら、ギルド自体の存在が危ぶまれる。未だにその程度の立場なのだから。

故にカレアシンがそのように動き出そうとするのも当然の帰結なのであった。


「おいお前ら！　うまく逃げろよ！　できるだけ早く近場のギルド支部に集合だ！」

「隊長、ちょっと」

「おい、ヘスペリス。お前も何人か連れて行け。俺は逃げ遅れが出ないように最後まで残る。いざとなれば俺は飛べるしな」

言いながら、背中に折り畳んだままであった皮膜でできた翼をばさりと広げる。

「いやだから隊長」

「なんだ、ギルド長代行への言伝ならないぞ。まったく、あのアマ、物理的に面倒なことは全部俺に押しつけやがって」

「いや、だから隊長」

「なんだ！」

「上」

「ん？」

色々と考えを巡らし、この状況からのとりあえずの脱出を目論んだカレアシンだったが、ヘスペリスのしつこい呼びかけに、苛立《いらだ》ちを隠せずに答えながら振り向いた。

見れば、ヘスペリスの魔法銀製のガントレットに包まれた指先が、天を指していた。

そこでふと思い出して横を振り向く。

そこには小首を傾げたシアが、お前は何を言っているんだ、とばかりに腕を組んでカレアシンを見つめていた。

その背後に並ぶ、同じような表情をしたギルメンとともに。

第2章

魔獣使いの女（たち）

「っかぁ――――！　うめ――――！」

　ギルドハウス『天の磐船』に設置されている大浴場でひと風呂浴びて、汚れと疲れを洗い流したカレアシンが、同じく内部に存在する個々人に割り振られている個人倉庫であるロッカーから、缶ビールを引っ張り出して一気飲みしたところである。

「ふぅ。さて、とりあえず落ち着いたな」

「はい。ですが、まさかゲーム内でのネタアイテムであるはずの、各種企業との提携《コラボ》アイテムがそのまま持ち込めているとは思いませんでしたが、嬉しい誤算です。結果が出るまで時間がかかりすぎたのはいただけませんでしたが」

「それはごめんってば」

　ヘスペリスもカレアシン同様、自分のロッカーに実際に向こうの世界で売られていた商品をアイテム化したキャンペーングッズを放り込んでいたのを引っ張り出してきたのである。

　その手には、当人たちには懐かしの、えべっさんビールや本塁打バーのアイスが握られていた。

　あの直後、ギルマス権限による強制送還《もうおうちかえる》スキルが発動。

　同じフィールド内にいる全てのメンバーを、ギルドハウスに転送するというこのスキルにより、空に浮かんだギルドハウス『天の磐船』に転移させたのである。

　目くらましついでに、シアは効果範囲最大で神聖魔法『聖なる癒やしの輝きを《セイクリッドブライトネス》』を発動。

　眩《まばゆ》いばかりの光を受けて、周囲の面々がにわかに塞がっていく傷に驚いているうちに、全ギルド員の転移を完了させたのである。

「いやはや、嬢ちゃん《ギルマス》が来てくれて助かったわい。あのままでは、ワシらのうち何人かはどこかの国に囲まれる以前に、魔獣から撤退するのもおぼつかんかったわ」

　寛《くつろ》ぐカレアシンらの横にひょっこりと現れたのは、座っているカレアシンとさほど頭の位置が変わらない背丈の、ビヤ樽に丸太のような手足と巌《いわお》のような頭を乗せて髪と髭《ひげ》をつければ出来上がり、といった感じのいかにも鍛冶大好きなドワーフ族の親父、であった。

その彼も、他の面子と同じようにコラボアイテムのジョッキを片手に微笑んでいた。

ただしこちらは本来入っているはずのビールではなく、琥珀色《こはくいろ》の高アルコール度数の蒸留酒で満たされていたのであるが。

この男、ギルド内では製造スキル持ちのリーダー格であった男で、名をアマクニという。

ゲーム時代は刀剣を鍛えるのが専らの職人プレイヤーであった。

が、こちらに来てからというもの、自分で刀剣を打つための材料集めや、打ってからの試し斬りに至るまでを全てこなすようになり、今では戦闘においても前衛職と比肩しうるレベルに達してしまったという変わり種だ。

カレアシンが魔獣をぶった斬っていた大剣も、彼の作である。

「伊達や酔狂で鍛冶屋兼前衛職をやっとらんかったが、種族的な属性である鈍足さ加減はどうにもできんかったでなぁ。ほんに良かったわい」

「素早さ上昇用の課金アイテムでもあれば別だけど、この世界ではどうしようもないもんね。残念だね、ヒゲじじい」

「喧《やかま》しいわ！　このくそチビが！」

シアに頭を下げていたアマクニに横から茶々を入れたのは、ゴーレム使いのダイサークと同じ、フロリクスの女性であった。

見た目は子供、中身は大人な種族であるために、中の人はこの世界に転生する際、「合法ロリ！　ヒャッホー！」と叫んで喜び勇んで転生を承諾した。

だが、自分がロリになったのでは愛《め》でられないではないかと、転生し終わってからがっくりと膝をついた馬鹿である。

なお余談であるが、同じくフロリクスであるダイサークは、男として転生するのを積極的に選んだ側であった。

「じじいはともかく、ウチは楽勝で逃げれたけどね」

「ふん、斥候もろくにこなせん奴が何を抜かすか」

この娘——とはいえ、この世界に来てからの時間を考えれば、最低でも四〇近いはずなので、ちょいと子供っぽすぎる言動ではあるが——先の戦闘前に、信号弾を打ち上げた斥候役を担っていた者である。

「まあまあ、アマクニよ。スキルを取ればいいことじゃねえか。加速系とかに効果延長スキル併用なんかで、逃げ足程度ならどうにかなるだろ」

「ふん、おぬしドワーフ族の転生経験はないのか？ワシらドワーフは加速系スキルがろくに取れんし取ったとしてもその効果は微々たるもんなんじゃよ。早く走るためには、別種族で素早さステを最大限伸ばした上で加速スキル取得後に転生するか、課金アイテムの大量使用しか方法はなかったんじゃ」

カレアシンの助言にアマクニは苦虫を嚙み潰したような顔で返した。

移動系を含む各種能力値上昇スキルは、キャラクターの能力値に対してスキル熟練度に比例した割増加算となる仕様のため、移動速度上昇を目的としたスキルを取得したとしてもドワーフでは他の種族ほどの恩恵はなく、普通は他のスキルで戦力の補塡《ほてん》を行うのが常道であった。少ない素早さを増やすよりも、器用さを上げて元から高い力を確実に的にぶつける方が有用であるからだ。

「あ……っと。そうだったな。スマン」

そして、今のこの世界では、ゲーム世界時の課金アイテム相当の品はほぼないに等しい。あっても王家の秘宝やら、到達が困難な秘境に隠遁《いんとん》している高位魔獣や幻獣が秘匿していたりする程度である。

ある程度のレベルと懐具合に余裕があれば、そう苦労せずにエリクサーや若返りの薬やらが作れた往時とはわけが違うのだ。

「あ、素早さ増強剤『何よりも、速さが足りない』なら、倉庫に山ほど在庫ありますよ？」

「何ぃ⁉」

落胆気味だった周囲の面々がシアの言葉により、一斉に目をむいた瞬間であった。

ギルドハウスの私の個室。

今ここに居るのは私ともう一人とで始めた、ゲーム内ギルドの最初期からのメンバーだ。

現在冒険者ギルド長代行の立場で頑張ってくれている人との、たった二人で始めた弱小ギルドの募集に、快く応じてくれた人たち。

今ここには居ないが他にも何人か居るんだけれど、どうも後方支援役として事務処理を担当しているらしく、現地の冒険者ギルド本部で待機中らしい。

そんなギルド設立当時のメンバーは、現在上手い具合にというかなんというか、種族がバラバラに分かれていたりする。

他のギルドでは、メンバーの種族を統一していたりする所もあったが、ウチはなんでもありで混沌《こんとん》としていた方が楽しかろうということで、来る者拒まずでやってきたのである。

一時期はゲーム的に戦闘に有利な種族だから、とかで偏ったりしたこともあったりしたけれど、何度か転生を繰り返すとお気に入りの種族というものができてしまい、自然と綺麗《きれい》に分かれたのだ。

それに、プレイスタイル的に固定しているメンバーも多い。今居る面子はその代表格でもある。

ダークエルフ女性へと転生を果たしたヘスペリス。元はオカマなネカマであったが、念願叶《かな》って女性の身体で超美形。

銀髪さらさら鼻筋スッキリぷにぷにつやつやほっぺにつやつや唇。

褐色のすべすべお肌に切れ長の目と、シャープなラインを描いて左右斜め後方へと伸びる長い耳が超らぶりい。

前の世界でもお綺麗でしたけどね？

改造人間的《ニューハーフ》に、アレを取ったり弄ったりはしたけれど、顔とかその他は未改造だったと聞いたときの女性としての矜持《きょうじ》が吹き飛んだあの頃……ぱねぇっす。ウエスト五〇センチ台とかないわー。肋骨《ろっこつ》抜いてないいって本当ですか？　って聞いちゃったし。

竜人のカレアシン、よぼよぼの寝たきりじじいだったのにこんなに巨大になっちゃって。あっちじゃ「床ずれがwwwwやべえwwww尻に穴がwwww笑えんwww」とか言ってたのに、面影なし。たまに出ちゃうっぽいじじい言葉が、唯一の面影ってところなのかしら。

ドワーフのアマクニは、私の製造職としてのお師匠さんだ。

昔ながらの職人気質を標榜《ひょうぼう》していて、スキルも能力値も種族さえもほぼ鍛冶とかアイテム製造に特化していた。

一度、やけに悩んでいたときがあって、何を考えているのやらと思っていたら「これだけ自由度が高いんだから、スキルなくても余裕じゃね？」とか言いながら、火が燃え盛る炉から焼けた金属を取り出して、スキルを使わず槌でぶっ叩いたことがあった。――結果、材料は下に敷いてあった金床ごと粉砕され、床にはクレーターが生まれた。おまけに鍛冶場の周囲は灼熱《しゃくねつ》の弾丸と化して飛び散った素材による被害を受けて、ボロボロになってしまった。本来通常の使用方法では燃えたり焦げたりしないはずのオブジェクトである周辺設備が、おそらくは攻撃と見なされた素材の散弾によりダメージ判定されたのだろう。高級素材を使ってたおかげで、下手な攻撃よりも周囲へのダメージが出かかった模様。

近くで見ていた私もその余波を喰《く》らい、そのときたまたまアバターの見栄えのみに重点を置いて時間をかけて設定した髪形やら装備だったために、かなりの被害を被ったのである。外観だけ整えて、まだ耐久値とか装甲値を鍛えていなかった、能力的にはごく普通の服だったので、綺麗にまとめた髪はちりちりに焼けるわ、着ていた服は燃えるわ焦げるわで修復不可に至るほどに台無しになるわ……。まあその後ちゃんと、スキル使って調髪してもらって、服も新品を作ってもらいましたから、もう怒ってないですけどね？

でもまあ、忘れないけどな。

髪の恨みはリアルじゃなかったときだって大きいのだ。

おんなのこだもの。

そしてフロリクスの女性。

えーっと……名前なんだったっけ。

中の人が地味に印象薄いし、転生ごとにその折々で気に入ったアニメとかのキャラ名に変えるから中々思い出せない。

以前はカード集めがお仕事の子そっくりだったり、無意味に球形関節っぽいアイテムを身につけた雛《ひな》なんとかだの、そのまま育ったら将来出鱈目なくらいの魔力量になりそうな、なのなの言うのが口癖の子だの、直感スキルを目いっぱい上げたプルプル言う子だったり、腹黒ロールプレイする、にぱーとか言う子だの。

ああ、名前変えすぎて付いた渾名《あだな》が、ロリ好きの変態紳士君、だ。エーと、今は熊子さん、だっけ。熊吉じゃないいんだ。

くりっとした目を片一方だけ出して、もう一方は前髪で隠している。

フロリクスの特徴である、その成人しても低い身長と薄い胸が彼の嗜好《しこう》に合っていたらしく、転生を繰り返してもずっと同じ種族だった。

まあ、デザインは前述の通り、様々に変えてたけど。

会ったばかりの頃は、長い金髪をツインテールにした、やけに露出度の高い装備を身につけた美幼女だった。

今は、黒髪の黒目で元気よく動き回っているあたり、完全にキャラクターとしてロールプレイしてたんだなと思う。

今のが地なんだろうか、実に生き生きしてる。

私もこの世界でなら、そんな充実した人生が送れるだろうか。

ギルドメンバーには元の名前を知らないとか、顔は見たことなかった人とかも居るんだけど、みんなとても良い人たちばかりだった。

人は悪いけど。

てなことを考えてたら、なんか皆のお話が重い方向に行きそうになる。

遅い・重い・太いの三拍子が揃った種族、ドワーフの泣き所である、鈍足さ。

その遅さは、全力で走っても普通人の子供に負けるレベル。

まあ種族的に本来は地下の坑道的な所に住んでいたという話だから、背の低い丸っこい体躯が便利なのは納得で、素早く移動する必要もなかったのだろうと推察されるわけで。坑道じゃ転がってたりしたのかしら。

しかしながらこの世界、坑道に引き籠もっていたのは遥かな過去のお話で。

今の生活において、足の遅さが命の危機に直結するというのならば。

命がかかってるんだから、ドーピングだろうとなんだろうと、手段は問えないよね？　ってことで、ここに居る人たちは信頼できるから、話しておく。

「あ、素早さ増強剤『何よりも、速さが足りない』なら、倉庫に在庫ありますよ？」

私のその言葉に色めき立った彼らは、連れ立ってギルド倉庫へと足を運ぶこととなった。

ゲーム時代はギルドハウス内であれば、いつでもどこでもギルド倉庫の在庫表示ウインドウを開くことができていくらでも閲覧できたけど、今はちゃんと倉庫まで移動しなければいけない。

ギルドハウス内部には個人用のロッカーとは別に、大きな倉庫空間が存在していた。

空飛ぶ巨大な岩の上に築かれた白亜の城がギルドハウスの中枢になるのだが、その内部は相当に広い。建坪だけでも野球場程度なら収まるほどである。

そんなギルドハウスの地下に位置するギルド倉庫にやってきたのであるが。

「広いですね」

「ああ、スミソニアンもかくや、だな」

五人連れ立って、倉庫の扉を開き中に入った第一声がこれである。

流石にスミソニアンと一緒にされると困る。あそこは超音速旅客機が丸ごと展示されてたりする航空宇宙博物館別館とかいうのがあるトンデモレベルな大きさだし。流石にあそこまで巨大じゃないはずだし。ちゃんと整理されてるし。

整理整頓魔法で、らしいが。

「一応、そこに在庫一覧の本があるから、開いてみて」

「こいつか、どれどれ」

アマクニが入り口脇の小部屋のテーブルに置かれてある、重厚な革張りの本を手にし、開いた。

その中身はというと。

「真っ白じゃん」

「何も書いてないな。どうなってる？　索引とかがあるんじゃないのか」

「えっと、欲しいものを本に向かって言ってみて」

「エロ本」

熊子のお馬鹿が即答した。

しねばいいのに。

だが、そんなつまんない言葉にも本は律儀に反応し、淡い光を放つ。

『検索語彙に該当する在庫はありません』

「おお、字が浮かび上がってきおった。なるほどのぅ」

アマクニはそれだけで理解したのか、すぐさま再検索とばかりに本に向かって「能力値上昇の薬」と呟いた。

再び本が淡く光を放つと、そこにはこう浮かび上がってきた。

『能力値上昇の薬、で検索を行いました。該当する在庫はございますが取り出せません』

開いたページにズラッと並ぶ能力値上昇の薬の類。

だがしかし、その表示の上には出荷停止の赤文字。

「……あるぇ？」

首を捻る私に、ヘスペリスが苦笑しながらフォローしてくれる。

「……有料アイテムですから、入れた本人のギルマスでないと駄目なんじゃないかしら？」

「おお、それもそうか。あー焦った。そういえばそうだわ。有料アイテムとかレアアイテム《星付き》は、ギルマス権限ないと出し入れできないよね」

焦ったが、そう言われればそうだった。

自分が出し入れする分には何の制約もないのですっかり忘れていたのだ。

普通は有料アイテムなんて、買ったらすぐ使うかいざというときにいつでも取り出せるように自分で大事大事にしまっとくし。

「しかし、こんな数の課金アイテム、よく持ってたな」

ズラリと並ぶ、能力値上昇薬たち。

一時的に能力値を上げるポーションは自分で作ったりできるが、恒久的に上げていられるのは有料アイテムだけだった。

蛇め、銭ゲバか。

それはそうと、ここは個人用倉庫とは違い、メンバーなら誰でも出入り自由の共用倉庫である。

自分自身がギルマスだったのと、現実になった世界だからすっかり忘れていたが、こちらに収めたときには制約があるのだった。

いわゆる課金アイテムや、レアアイテムなど高額で取引されるものは、ゲームのときには共用スペースである倉庫に入れる際にも出す際にも、ギルマス権限持ちの承認が要るのである。アイテム出し入れのためにわざわざギルマス呼び出すとか面倒、ということで、めったに出し入れすることはなかったのであるが。なお、皆が転生したときにはどうやったのかと思えば、神の使徒はギルマスより上位権限だから、ですって。


まあ運営だしそうなるな。

そういう規制というか仕様がなかった、誰でも出し入れ自由だった初期の頃、ひと悶着《もんちゃく》あったために、おかげさまでそういったものを倉庫に入れたいときも出したいときも、責任者の承認が必要になったのである。

ドロボーさん対策というより揉め事予防だわね。お陰さまで死蔵品とか時代遅れになったけど捨てられないレア装備とか、出し入れしないものばっかり収められることになったわけだが。

まあ、そもそも有料アイテムとか共用スペースに入れる方も悪いんだけど、どうしても捨てられないアイテムとか、溜まるしね。個人倉庫のスペースだって圧迫されるしね。

私なんて、最初期にもらったレアアイテム、未だにロッカーで眠ってるし。

他のゲームの、例えば竜探索シリーズとか、前輪駆動シリーズとかの昔ながらのＲＰＧでも、使うの勿体ない系のアイテムとか寝かしてて使わないままクリアとかよくある話よね。

個人用倉庫がぎゅうぎゅうになっちゃうのも仕方ないよね！　ね！

それはともかく、現実となったこの世界、ギルメンなら誰でも入れて誰でも出られますが、勝手に持ち出せません。

魔法のおかげです。

魔法すげえ。

入れたいアイテム持って倉庫に入ると、魔法生物が勝手に棚に収めてくれるのです。

出すときも、本開いて、検索して、出てきたアイテムの文字を指でなぞりながら数を言うと、魔法生物が持ってきてくれます。

ちなみに魔法生物は手のひらに乗るくらいの昆虫のような羽根を背負った、小さな妖精さん。

三匹いて、僅かにサイズが違い、大中小と区別がつきやすくなっております。

うん、どう見てもトンボにチョウチョにカナブンの三人組です、スイスイでヒラヒラでどっこいしょって感じです。本当にありがとうございました。

ともあれ、お薬は無事アマクニのおじさんに渡せた。

アマクニのおじさん、「この薬の副作用がなぁ……」とブツブツ言いながら飲み干した。

ゲーム内では能力値が１００上がる、素早さ上昇系の最強薬ですが、実際に飲むとなるとどうなるんでしょうか。

うっすらと、アマクニの体表に虹色の輝きが浮かび、しばらくすると消えた。

「ど、どうです？」

「実感が湧《わ》かんが……こっちの世界に転生してからステータスが数値で見れんのが痛いのぉ。どれ、おいトカゲ、手合わせじゃ。あんがとよ、チア」

そう言い放ってスタタタとドワーフに似つかわしくない足運びで倉庫から出て行った。おそらくは修練場になっている裏庭に行くのだろう。

あと、副作用早速出てた。素早さ増強剤、その名も『何よりも、速さが足りない』を飲むと、人の名前を間違えるようになるのであった。

「トカゲじゃねーっつってんだろうが！　まったく、中の奴が元の俺と大して年が変わらんだけに、どーもやりにくいわ、あいつだきゃあよ」

そう言いつつも、彼の後を追うカレアシン。なんだかんだで仲が良いのはいいことだ。

しかし、課金アイテムを大量購入してきて、本当に良かった。そう胸を撫で下ろしていると、横から心配そうな声がかかった。

「シア」

「何？　ヘスペリス」

「あなた、課金アイテムをアレだけ買うって……。どうやって向こうで現金工面したの？」

「……それは」

「秘密ですってのは通らねーよ、ねーちん」

二人に挟《はさ》まれて睨《にら》まれにやけられる。

無論、睨むのはヘスペリスでにやけるのは熊子だ。

「べ、べつにやましいことは……ちょっとだけあるかな」

「あるんかい」

「あるのですか」

異口同音に突っ込みが入りました、ありがとうございます。まあ、この二人なら大丈夫だろうから言っておこう。あと、もう一人にも言わないとなー。

「実は、秘蔵のヲタアイテムとか家財道具一式売り払って、親の残してくれた住んでたマンション売って、そんで、買えるだけ買いました」

「はぁ？」

「ねーちん外道」

「え？　なんで？」

私の告白に、二人は呆れたような顔をした。更に二人は酷いとばかりに私を問い詰めてきたのである。

「転生しても、身体に新しく魂魄突っ込んで生活させるって、聞かなかったの？　シア、あなた残った自分の身体が不憫《ふびん》だと思わないのですか？」

「そーだー。この人非人～、人でなし～、緊那羅～」

なんじゃそら。

「いや、転生にしようと思ったけど、結局トリップ選択したのよ？　私」

「はぁ?」

不思議そうに首を傾げるヘスペリスだが、首を傾げたいのは私も同様である。

「ねーちんねーちん」

「何よ」

「ハイ、鏡」

「ん?」

わー、綺麗な金髪に金の混じった翠《みどり》の瞳に長い耳。

あっるぇぇぇぇえええええええええええええええええええええええええええええええぇぇぇえええ?????

熊子に手渡された手鏡を覗いて、私は固まってしまった。

あるぇ?　おかしいなぁ、てんせいとりやめてとりっぷにするからって、ちゃんとへびにもいったのにちゃんと聞いてなかったかあの野郎今度あったらぶち死なす。

と思ったところで、目の前の自分を思い返す。


至高《ハイエスト》のエルフ。

全種族の転生を無死でコンプした後に出てきた、隠し種族。

ハイエルフの更に格上ですよ。

噂ではこれに限らず色々と「あるらしい」と聞いていたので余り驚かなかったが、洒落《しゃれ》でやってた自分ルールの結果としてもらえた報酬としては上出来だと思った。

正直嬉しかったです。

他にも、種族選びの順番とかで、隠し種族『スーパー普通人』とか竜人転生時にドラゴニュートのみアイテム造形にボーナスがつく特殊スキルだとか、名前に二つ名がつけられる機能があるアクセサリーとか、色々と用意されていたらしい。

でもまあ、普通ゲーム内だと死ぬしね、低レベルキャラ。

かなり手馴れてないとさ。

それはともかく、まあ、これはこれでいいか、と。

超美人だし。

寿命長いし。

魔力は高いし。

普通にこの世界に居る人種の方が、基礎体力も段違いだし。

いやでも元の体に能力だけ付与されるってのも悪くはなかったのに。非力な私がまさかの超絶ハイパワーとか素敵やん？　元の現代人の体力のなさ舐めんなってとこよね。

あ、でも転生？　の割に、さっきここに転移したときに、向こうからモノ持ってきてたはずなんだけど、あれ？

「ちょっと本取って」

「ん？　ああ、これ？　ほい」

熊子が小さな手で在庫検索のでっかい本を持ち、私に手渡してくる。

それを受け取って、開いて、呟く。

「ノートパソコン」

『ノートパソコンで検索しました。該当は3点です』


あった。

一一〇リットル容量のバックパックを背負い、更に両手に一つずつ、巨大なトランク持ってきたんだから、間違いようがない。

転移早々にここの使い方調べて放り込み、使役魔獣召喚用のアイテム引っ張り出して外にぶん投げて、手持ちで最強の召喚獣三匹呼び出して、服も着替えて飛び降りて。……うん、自分の容姿の確認する暇なんてなかった。

一人得心する私に、二人は眉間にシワ寄せて睨んでくる。

「え、と。なんでノートパソコンなんて……。しかも三台？」

「流石にゲーム内アイテムでノートパソコンはなかったと思うし、ほんとに転生じゃなくて転移？　っていうか、なんで三台？」

本に浮かび上がっていた文字に指を滑らせつつ、全部と呟く。

『お待たせしました－』

待ってないデス。はえーな。

確認すると、三匹の魔法生物がそれぞれにノートパソコンを抱えて浮かんでいた。

「ふっふっふ。正副予備の三系統でもどこぞのスパコン三点一セットでもいいけど、まあ保険みたいなもんよ。こいつに現代知識放り込んできたから。外付けHDDも充電用の携帯ソーラーパネルもあるからね」

まあ蛇に全部やらせたんだけどね。ついでに某辞書サイトに寄付もさせといたし。奴の金だがな！

「うおう。ねーちんやるな」

「それは、正直助かります」

「あ、アキバのお店巡ってアニメのDVDとかBDとかも安く買い叩いてきたから、見たけりゃいつでも言って」

「うえ？　マジで⁉　見たい見たい！　リリカル魔王さまシリーズある？」

「それはBOXで買った。あと、最後まで発売されてないシリーズは残念だけど買ってこなかったけど」

「生殺しよりはましだからべつにいい。ひゃっほー！」

本当はHDDに落として容積減らしたかったんだが、蛇の奴が「正規品以外は持っていけません」とか言うから現物となったのである。どんな縛りだ。まあ仕方がない。正規有料配信だとストリーミングしかできないのよね、アニメとかって。エロ動画はダウンロードできたり円盤《メディア》に焼けたりするのにね。

そんなことを思いつつ無駄に喜ぶ熊子からへスペリスに視線を移すと、私の視線に気づいたのか苦笑しながらこう言った。

「ああ、私は萌えアニメの方面には興味ありませんでしたから……」

「ふーん。実はこういうのもあるけど、どうでしょう」

そう言いつつ、本を開き直すと、私の言葉の語尾に反応して文字が浮かび上がった。

『どうでしょう、で検索しました。該当は3点です』

「ほ、ほほう、コンプリートBOX1、2、3ですか」

「いかが？」

「ありがたき幸せ。犬と呼んでください」

「それはいらんけど、これからもよろしくね」

「もちろん。きっと無駄に長い付き合いになりますよ。寿命的に考えて」

そう言ってニッコリと笑うヘスペリスと顔を見合わせて釣られて笑う私。そこに熊子が割って入ってきた。地団駄を踏みながら。

「くっそ、ウチだけ先に寿命来るじゃん。ねーちんたち、ウチの老後ちゃんと見てくれめんす」

「知らんがな」

「知りません。ご自分のお尻はご自分でお拭きになってください」

それにしても、なんでこの身体？　はて。

あの蛇、何ぞしでかしたか？

回想入りまーす

「ほら、クソ蛇。急ぐわよ」

「ちょ、ちょっと待ってください。筐体の方の手配をしないと」

「そっちはアテがあるから。今メール送った。それより先に、やることを思いついたの。さっさと来い！」

事務の制服を着た女性が、ネクタイを引っ張って若い男を引き摺《ず》るように進んでゆく。周りから見れば痴情の縺《もつ》れとも取られかねないが、現状二人はそっち方面では一向に気にならないようである。

「あの……」

「何？　急がしいんだけど？」

自分の机に戻り、いきなり何やら書き始めた真実矢に、龍野起源こと青銅の蛇は尋ねた。

「何をお書きで？」

「退職届」

平社員なので辞表ではない。

「は?」

「急がなきゃならないからね、あんたにセクハラされたってことにでもしたいところだけど、時間かかるし」

「は?・?」

「お金を都合したいのよ。とりあえず、退職はしとかないとね。迷惑かけちゃうでしょ」

「はあ」

書き上がった退職届を上司に手渡し、何か言おうとするのを「お世話になりましたっ!」と礼をしてぶった切る。

そのまま蛇を引き連れ社外へと足を進めた。

「さて……。私が向こうに行っても、アンタはこの世界からすぐいなくなるってことはないんでしょ?」

ずんずんと歩きながら、真実矢は後ろに居るであろう蛇に声をかける。

「は、はい。他にも良い方がいらっしゃれば、是非おいでいただききたいですから。それが何か?」

「ちょっと手伝って」


「印鑑証明に実印に登記済権利書、固定資産税通知書に固定資産税評価証明書でしょ? 現状確認書と付帯設備表と管理規約に委任状っと」

「……本当に売るんですか。というか、そんなに早く売買成立するもんなんですか? お金だってそう早く入ってこないでしょうに」

「別に? 今すぐ払う必要なんてないはずだし」

「払う? もらうのでは?」

困惑したままの蛇に向かって、真実矢はとてもいい笑顔で答えた。

「あんた、あのゲームを提供してる会社の、関係者でもあるのよねぇ?」

「え?」

困惑顔の蛇に、真実矢は自分が思い描いている計画をざっと説明した。

「ふむ、課金アイテムのお支払いは来月末、現金振込で行いたいと。なるほど、それならなんとでもなりそうですが」

「マンションの売却益でしょ？　ヲタグッズはアキバのお店に持ち込んで、家財道具もリサイクル屋に買い取りに来てもらって、勤め先からも今月までの給料は出るはずだし、その辺はお願い」

「わかりました、それくらいはサービスの一環として承りましょう。それで、クレジットの方は限度額いっぱいまでお使いに？」

「そうそう。だからその分の金額だけきっちり引き落としの口座に残しておいて欲しいわね、落ちたらちょうど残高ゼロになるように。まあ、後のことは私の知ったこっちゃないから、支払いしなくてもいいっちゃいいんだけど。まあ、立つ鳥跡を濁さずって言うしね。できたら解約もお願い」

「銀行口座は別にそのままでもかまわないでしょう？あなたが向こうに行かれても、身体はこちらで別の人生を送るのですから。多少は私も便宜を図るつもりではいますが」

流石に残る身体のことを無視したような、財産処分をするとは思わなかったと、蛇は嘆息した。

「ん？　転生しないよ？　トリップにする」

「は？」

「だから、転生するのやめて、トリップするの。だから、後腐れなく、ってね」

真実矢の言葉に、蛇は暫く固まってから、呆れるように肩をすくめた。

「うーむ、左様ですか。手続き進めてたのに……。まあ、そういうことでしたら、合点がいきます。ですがよろしいのですか？」

「何が？　別に問題はないでしょう？」

真実矢的にはないはずなのだが、他人からの視点で見ると問題があるのだろうかと首を傾げた。

「いえ、ギルドハウスとともに向こうに転生できるあなたの場合、アイテムなどの所持品なしという不利はないのですから、お好みの種族をお選びになっての転生になるかと思っていたのですが」

せっかく異世界に行って他の好みの種族になれるの

だからということらしい。

「うーん、まあね最初はそれも良いわねって思ったけど。いや、見た目的には凄く心惹《ひ》かれるんだけど」

「けど……なんですか？」

「やっぱさ、最後まで付き合いたいじゃない、自分の身体」

　胸を張って前を見据えながら言う真実矢に、蛇もそういうものなのかと納得はできずとも理解はしたようである。

「わかりました。まあ、あなたなら、エルフだろうがなんだろうが関係ないでしょうしね。では、旧版を一旦プレイなさるのですね？」

「そうねぇ。あ、フルダイブ版で新しい便利そうな課金アイテムとかはあるの？」

「いえ、現状実装されていませんね。旧版のものと同じかそれ以下です」

「あー、そなんだ。やっぱまだサービスし始めて間がないから？」

「各アイテムの変換に手間取ってるようでして。材質の違いによる触感の再現などが難しいらしくて」

「あー、うん、お疲れ」

　よし、それは私には一切関係ないなと確認すると、それじゃあまず買い物だとばかりに立ち上がった。

「ということで。ごめん、蛇。お金貸しといて。クレカ使えるところばっかじゃないし。マンション売れたらそっから返済ってことで」

「かまいませんけど、お幾ら入り用で？」

「とりあえず、一〇〇〇万」

「まあ、今更驚きませんけどね。円ですかドルですかユーロですか？　現金でいいですか？」

「円で。って持ってるんかい」

「ありますよ、ほらこの財布。向こうの世界の宝石とか貴金属売って作った現金が入ってまして」

「お金の詰まったガマ口の財布とか。お前は人形の鼻を押したら本体と入れ替わる人のお父さんか。ていうか、そんだけ金があるんならあんたがマンション買い取りしてくれない？」

「ああ、その発想はありませんでした。別にいいですけど？」

「いいのか。っていうかそんなんでいいのか？」

「この世界を離れるときには、ちゃんとまともな不動産屋に転売しますし。どうせこの世界のお金、持ち続けてても仕方ないですしね。兆円単位でありますし。苦労したんですよー？　あちこちの国で少しずつ色々と売りさばいて現金化して、日本円に換えてこれに詰め込んでっていうの繰り返すの。途中で面倒になって外貨のままのが残ってるのもあるわけですが」

「知らんがな。ていうか最近の為替の乱高下の原因はお前か」

容赦しなくて良いと理解した真実矢は、とりあえずこれくらいで売れるだろうという額に多少色つけた程度の現金を手渡されたのであった。

不動産屋に仲介手数料取られることもなくなり、後の煩雑な手続きは、蛇がしてくれるとかで。意気揚々と色々買いあさりに行ったのであった。

無論、蛇を荷物持ちとして。


「んでー。大急ぎで必要書類抱えて名義の書き換えしに行ってーそのあと色々買い物して、色んなデータやらをノートPCに詰め込んどくように蛇に頼んで、へスペリスの中の人に筐体借りに行って、もう要らないからあげるって言われて寂しい思いしてー。色々やり終えてから、PCと筐体だけ置いてある空っぽのマンションで荷物背負って、有料アイテム買い込んでからフルダイブ版にログインしたんだけど……あれ？　おかしいところないよね？」

「いやいや、いろいろ怪しいよ？　怪しさ大爆発だよ？　ねーちん」

鋭い手首の返しで私に突っ込みを入れてくる熊子。いい突っ込みスキルだ。そんなスキルないけど。

「そうですね、どうせならそのガマ口からできるだけ融資を受けて更に買い込んでから、踏み倒してこの世界に逃げ込むべきでした」

「そこ⁉　ほんとにそこがおかしいと思ってるの？　黒ねーちん⁉」

淡々と私に金摑んで逃げればいいのにと言うへスペリスに、熊子が突っ込む。突っ込み役が居るっていいなぁ。

「冗談です。それにしても、うまくやりましたね」

「まあ、この身体になったのは予想外だけど、まあいいか。誰か相談できる人が他にも居れば、もっと色々できたかもだけど」

「十分すぎだろ。で、ねーちんズ。これからどうする？　とりあえず本部行く？」

そうだった。

魔獣撃退を終えてから、どう動くのか何も決めてない。とりあえず、全ギルメンと会っておきたいのはあるし。

「ここに放り込んであるアイテム、取りに来たいでしょうね」

「そりゃね。みんな自前のアイテムでフル装備したいだろうし」

「そうですね。完璧に備えられていれば、今回のような無様な戦闘にはなりませんでした。むしろこれくらいならイベントで稀によくある程度ですし」

「ウチかて避け装備で固めてたら斥候なんて楽勝だったもん！　避けるぜぇ～超避けるぜぇ～？　もうね、片腕使えないボクサーか某虫型戦士ロボ並に避けるぜぇ。あとパリィ。にゅう」

あんたのパリィ《受け流し》はある意味無敵だからね、一対一なら。しかも持ってるナイフが魔法付与されていれば、実体非実体関係なしにパリィするし。

とりあえず。

ギルドハウスは砂漠上空で待機、魔獣の再侵攻を監視させるとして、とりあえず各ギルド支部を回って一回みんなをここに連れてきてあげよう。

大事な大事なみんなのお宝、手元に置いておきたいだろうしね。

倉庫に放り込んでいた自分のアイテムやらを担いで戻り、シアの部屋にて彼女と熊子、ヘスペリスの三人は、それぞれに持ち戻った品々の手入れをしていた。手入れといっても何をどうするわけでもなく、現物を初めて見るようなものなのでいろいろと愛でては身につけ、を繰り返しているだけだが。

倉庫の方は他の者たちにも使い方がわかるようにと、利用方法をメモして机の上に貼りつけておいたので、適当に持っていくだろう。出し入れ制限もシアがギルマス権限で「自分の持ち物は開放」と限定的解除を施しておいた。

「これが避け装備、これが逃げ装備、これは侵入《スネーク》装備っと」

「あんたは気楽そうに見えて、結構大変よね。戦闘スタイルチョコチョコ変えないといけないし」

スカウト職スキルで固めた熊子は、その時々に応じた装備を用意しており、必要に応じて使い分けるということを行っていた。基本は何でもできる標準装備という名の普段着だが、いざというときにはこれと決めた装備に変えるのだ。

「こうっちゃアレだけど、スカウトは馬鹿だとすぐ死ぬからね？　色々と考えてるんだよ。あと、ちっさい女の子だと、もし見つかってもけっこう相手がナメてくれちゃって、ちょろいよ？　相手が人間なら、だけど」

相手によっては、手籠めにしようとしてくる奴までいたとか。まあ、相手が魔獣だの幻獣だのだと話は別だが。

「舐めるだなんていやらしい。このロリコンロリ女め」

「物理的な意味じゃなくてね？　それにウチは前の世界でもロリだったけど実物には手を出す気なんて毛頭なかったよ？　ていうか、知り合いのロリコン紳士たちはみんな二次ロリ派だったし。三次ロリなんて邪道だって言ってた。ていうか、ソレで満足できるからヲタなんだよね」

「ふーんそうなんだー」

「これっぽっちも興味なさそうだね、ねーちん」

「あるわけないじゃん、今も昔も変わりなくおんなのこだもの」

「アラサーでも女の『子』とか。ふしぎ！」

「ころすわよ」

「じょせいはいつまでもおんなのこですよね、わかります」

「おっさんでも少年誌読んでるじゃん。一緒よ一緒」

「オカマの場合、小さい女の子を可愛いと思うのは、ロリなんでしょうか。純粋に愛でたいだけなんですけど」

なでなでしたい。

気持ちはわかる。

「黒ねーちんくらいちゃんと化けられるんなら、社会的にはだいじょぶなんじゃない？」

「まあ、そうね。私、声かけられるまでわかんなかったし」

リアルで会おうとなった際に、シアはいかにもオカマっぽい人を探したのだが、見当たらず、逆に声をかけられるまで気づけなかったのである。

「正直すいませんでした。全力で気合入れていったものでで」

「黒ねーちんの化けっぷりは凄かったもんねぇ。声もバッチシ女声だったし。ウチもニューハーフって最初に聞いてなかったら、口説きそうだったもん」

「口説く度胸なんてないくせに。しかもロリなのに」

「そうです、冗談は前世だけにしてください。不快です」

「いや確かに口説く度胸なんかなかったよ？　っていうか黒ねーちん！　俺の前世、冗談扱い⁉」

「すいません、冗談に失礼ですね」

「いや、もう冗談でいいから！」

「いえいえ、そんな畏れ多い」

「冗談ですら畏れ多いの⁉」

なんだかんだと時間とアイテムの手入れを忘れ、ぐだぐだと語らいは続くのであった。

「しかし、女三人寄れば姦《かしま》しいとはよく言ったもんだ」

「正直すいません」

「謝罪はいたしますが、賠償はいたしません。女の嗜《たしな》みです」

「喋るっていうか、ウチの前世弄るのが嗜みなの⁉

地味に酷いよね？」

結局、アマクニとカレアシンの手合わせが終わり、二人が入ってくるまで無駄話は続いたのであった。

「まあ、積もる話もあるわけだしの。しょうがあるまいて」

「で、これからなんだが」

手合わせを終えた後、再び入浴でもしたのかさっぱりした顔で言う二人に、シアは数秒悩んだ後、こう言った。

「というわけで、本部に行こうと思いますが。誰か転移魔法で連れてってくれない？」

場所知らないからよろしく！ という感じに片手を上げるシアに、熊子がすまなそうに頬を掻く。

「んー。転移魔法かぁ。あのさ、ねーちん。実は今、ギルメンで魔法使える奴居ないのよ」

「え、というわけでの部分には突っ込みなし？ じゃなくて魔法使えないの？ なんで？」

「知らん。なんでか魔法使おうとすると杖《つえ》が爆発する」

「なに？ リア充爆発しろ的な呪いとか？」

「魔法使いにリア充は居ません。正直リア充羨ましいです。ってちゃう。三〇超えてたけど！ 魔法使いだったけど！」

「熊子が元非リア充で神聖魔法使いの童帝だったのは置いておきましょう」

「どどどっ童帝ちゃうわ」

「すいません、素人童帝でしたか」

「……はい、すいません童帝でいいです生きててごめんなさい」

「でじゃな、あやつはどうでもいいとしてじゃ。魔法を使おうと杖に魔力を込めると、杖が砕け散るんじゃ。正確に言うなら魔法の杖に使っておる魔晶結石がな」

「はぁ……」

この世界では魔法は三種に大別される。

神から力を授かる神聖魔法と、精霊の力を借りる精霊魔法、そして、空間に満ちる魔素と自身の魔力を用いる詠唱魔法である。

そのうち、ただ単に魔法と呼ぶ場合は、詠唱魔法を指す。

　これは、神の力を授かる神聖魔法や、精霊の力を借りる精霊魔法を略して呼ぶのは失礼じゃないだろうか、という冗談が始まりだったと言われているが真実は定かではない。

「で、どうもこの世界の魔道具の質が、超低品質なんじゃ。そのせいで、わしら転生者の魔力放出に耐えられんのじゃないか、と仮説を立てておる」

「自作したやつはないの？　それなら使えそうじゃない」

「そもそもの素材自体が低品質っぽいんだよね。魔晶結石を加工しようとスキル発動したら、芥子粒《けしつぶ》くらいの大きさになっちゃったって、狩りまくって魔晶結石集めてた人が嘆いてた」

「ふむん」

　シアはその言葉を聞くと、先ほどまで手入れしていた自分の杖を手に、呟いた。

「【シア＝ハート・アタック】」

「ちょッ⁉」

　窓の外に向けて、であったが、杖の先に取りつけられている魔晶結石に収束された魔力の密度は凄まじく、どこを狙ったのか通常の追尾魔法攻撃とは比べものにならない勢いで移動し——

「たーまやー」

　遥か上空で巨大な火球を発生させた。

「……使えるじゃん」

「使えるじゃんじゃねーよ、ねーちん出鱈目すぎ。何あの魔力。っていうか何狙ったの？　無辜《むこ》の野鳥とか？」

　顎が外れる勢いで口を開けっ放しにしていた熊子が、驚きもそのままにシアに食ってかかる。

「いや、普通にあそこに浮いてた雲。あと、どうも、私転生だけどレベル1じゃないっぽい」

「……転生前に育て切ったってキャラ能力そのママ？　もしかしてぇ」

　その言葉に、熊子は一転して呆れ顔で嘆息する。

「相変わらず出鱈目だな」

「え、と？」

「お久しぶりです、シア」

戸惑うシアに対し、優雅に挨拶するのは両側頭部から螺旋《らせん》を描く山羊のような角を生やした、魔人族の――若い女性であった。

そんな彼女に対し、シアの放った言葉は、というと。

「誰だっけ」

魔人女性は固まった。

「面白いので許します。全面的に」

「まあ、シアの嬢ちゃんじゃからの」

他の三人は、熊子が代わりに驚いてくれたおかげで、それほど大層なリアクションは取れなかった。

いや、十分固まってはいたのだが。

「そ、それはともかく。以前装備していたものならば使用可能ということだな」

「んじゃ、ねーちん連れて本部行く？　黒ねーちん」

「そうですね、他の皆も連れて来てあげましょう。みんな首を長くして待っていましたから」

シアは遅れること二十有余年。謝り倒しても謝りきれないだろう。

「本当に。ギルマスはいつになったら来るんだと、何度ギルメンに尋ねられたことか」

「ええ、いつも対応に困っている代行を見ては、私は胸のすく思いでしたって代行⁉︎」

そんなことを話しているうちに、いつの間にか人数が一人増え、ヘスペリスの横で目尻にハンカチを当てて泣いてるふりをしている女性が立っていた。

そんな和やか？　な出来事はあれど、懸念事が一掃された転生者たち冒険者ギルドの面々とは裏腹に、面倒事を引き起こすことに余念のない人物が存在していた。

空に、突如として現れた常識を逸するような存在に対し畏怖するでもなく興味を惹かれるでもなく、ただただ自身の欲望を満たそうと思考するものが居たのである。

「ええい、魔獣が一掃されたと思えばなんだあの空飛ぶ岩塊は！」

およそ御伽噺《おとぎばなし》にしか残っていないような、そんなギルドハウスの存在に、彼は苛立たしげに声を荒げた。

昔から癇癪《かんしゃく》持ちで、家族の誰からも疎まれてはいたが、裕福な貴族の男子として生まれた彼はその一切の欲望に対してあらん限りの対応をされてきて育ってきた。

「古《いにしえ》の業《わざ》を誰かが復活させたとでもいうのか？」

自身の思うままにならぬことなど、何一つないとばかりに思うままに振る舞うその姿は貴族としての矜持などないに等しく、その心根のままに醜悪に成長していた。

腹が減れば好きなものを好きなだけ貪り食い、見目のいい女性が居れば、金と権力にあかせて無理矢理にでも身体を開かせ、全ての責は他者へとなすりつけるのが日常茶飯事であった。

「ならば、今アレを確保することができれば、わが国が、いや、私がこの世に覇を称えることすらできるやもしれぬ」

それ故に。

「誰ぞ、飛行魔獣を扱えるものは残っておるか？」

不可能な、どう手を拱《こまね》いても達成できはしないことであっても。

彼の目には、容易いことだと映るのであろうか。

「しくしくしくしくしくしくしくしく」

「ご、ごめんってば。ただのお茶目な冗談じゃないの」

長身の魔人女性は、シアの一言で固まり、その後この世の終わりとでもいうような表情で、その場に立ち尽くしてさめざめと泣き始めたのだ。

下手に大泣きされるよりもこれは辛い。

「ご、ごめんね、泣きやんで、お願い」

言いながら、あたふたと周囲に目をやるシアだが、周囲の反応は冷たかった。

「自業自得だ。あいつがどれだけ待ち焦がれていたか。

流石にシアのことであいつをからかうことだけは、熊子ですらやらんかったぞ」

「今回ばかりはシアが悪いと、私ですら思います。私が同じことをされたら精神崩壊するやもしれません」

「黒ねーちんはそれくらいでどうにかなるような細かい神経してないと思う。にゅう」

「うるさいですよ。おまけに、その取ってつけたような語尾。『はとこ』とでも呼んで欲しいのですか？和製マンチキン的行動を取ればよろしいのか？」

「いや、どこぞの剣世界再生じゃないんだからそれは置いとこうよ。ていうか泣きやんでー！」

暫くの間、魔人女が泣き女と化して、ハイエストエルフを困惑させたという。

「それでは改めて。お久しぶりです、シア。今は呉羽《くれは》と名乗っております。再び見《まみ》えることができて、大変嬉しく思います」

ようやく泣きやんだその女性、一八〇センチほどの身長の、美人というよりは妖艶な、という形容が似合う魔人である。

漆黒の節くれ立った太い角が、肩までの黒髪を割って耳の上から伸び、後方に反り返りそのまま前方へと円を描いている。

そしてその女性的な柔らかな線を描く美麗な輪郭は、シアもほう、とため息をつきそうになるほどである。

「う、うん、久し……ぶり？」

若干戸惑い気味に返事をするシアだが、視線は相手の胸元に釘付《くぎづ》けである。

そこにはスイカ級の巨大なブツが鎮座しており、女性といえども初見で目をそらすのは中々に難しいものがあった。

「ああ、何十年かぶりにギルドハウスの存在を感じてというか、この世界に来てから初めて感じたわけですけれど、副ギルマス権限での単独帰還《あとはませた》スキルを使ってギルドハウスにやってきてみれば、シアに忘れられていたなどという悪夢。私を殺す気ですか⁉」

「そこまで⁉　私のお茶目ないたずら気分の一言が人を殺すの⁉」

「言葉は容易く人を傷つけます。当然死に至らしめるのも、わけないのです。たとえば私の一言で、効果範囲の敵は即死耐性がなければ死にますし」

　真顔で告げる呉羽に、シアはたじたじである。

「いや、それ【死の言霊《十四へ行け》】だよね？　めっちゃ魔法だよね？」

「そんなことはどうでも良いのです。私がどれほどこのときを待っていたと思ってらっしゃるの!?」

　一転してシナを作るような態度でシアに擦り寄る呉羽。

「あ～、本当にごめんなさい。悪気はなくて、ついその……」

「まあ、それだけ私が気の置けない相手と思っていただけているということで今回は納得します。次は……多分死にます」

「いや、死なないでお願いだから！」

　そんな感じでぐだぐだしている二人を見つつ、他の面々も色々と前世からこれまでを振り返っていたりした。

「ねーちん的にはまだ一ヵ月程度だっけか。ていうか、角ねーちん何考えてQカップな胸サイズにしたんかね？　人としてなんかあり得ない大きさなんだけど」

「微妙な期間ですね。我々にとっては二〇年以上ですが。しかし下品な乳です。私ぐらいの大きさ《Jカップ》が最も美しいサイズなのです。まさしくジャスティス！」

「この世界、向こうと一年の長さも違うしねぇ。って黒ねーちんも代行もでかすぎるわ。ない乳もいいもんだよ？」

「ＡＡＡサイズはだまらっしゃい」

「こっちも揉め出したようじゃの」

「知るか。ほっとけ」

　振り返ってなかった。

　ともあれ、話の方向性はそれなりにまとまってきたようである。

「で、あらましは聞いたんだけど、現状どうなってるのか教えてくれる？　これからのことを考えたいんだけど」

「はい、それはもちろん。とりあえず、各支部に硬度《ハードネス》六以下を集合させて、暫くギルド運営を任せようかと思うのだけど。そうして、転生者を一旦集合させて、装備の分配と現状こちらでは作れなかった装備やアイテムなどを生産しようかと」

「ああ、そりゃ大事よね。で、硬度って？」

「ああ、硬度ってのは、冒険者登録した奴等のランクだ。ぶっちゃけよくある冒険者のギルド内格付け的なもんだ。Ａ級Ｂ級ってな」

「ＡＢＣＤでは趣がないので、硬度と呼ぶようにいたしました。モース硬度同様、一から一〇までで、一が駆け出しの新入り、一〇が頂点というように」

「はあ。なるほど」

「当然シアは硬度一〇です。銘付ですし」

「なんで当然なのかよくわかんないけど、おまけに銘付？　更によくわかんないんですけど……いったい何？」

「シアは硬度一〇、銘は金剛石です。ちなみに硬度一〇は他におらず、これまで空位でありました。ついでに申し上げますと、私は硬度九、銘は血紅玉《ビジョンブラッドルビー》。まあ、銘付はほとんどが転生者ですけれど」

「ウチも硬度九。銘は金緑石《アレキサンドライト》」

「私は星蒼玉《スターサファイヤ》。同じく硬度九です。というか、元ギルドの幹部は大体全員が硬度レベル八か九です」

「そういうことだ。俺の銘はクロム、硬度九だ。基本、魔法メインは宝石の銘が多いな。前衛職は鉱石なんかが多い」

「ワシは硬度八じゃな。銘は玉鋼」

「ひとりだけ加工品じゃん！　それ日本刀用の鋼だよね!?」

「ああ、別になんだっていい。硬度に合わせなくてもいいしな。人によっちゃあ火廣金《ヒヒイロガネ》だの試掘666《モル鉱石》番だの月チタ……」

「アウトー！　ストーップ！」

「あ？　何がだ？」

「いえ、まあいいっす。で、その硬度六以下の人たちにギルド任せて大丈夫なの？　言ってみれば全員地元民《この世界出身》ってことよね」

「大丈夫よ。今だってほとんどの事務処理は地元雇用の一般職員だし。ギルドの警備に張りつかせるだけなら、問題ないわ。それなりに鍛えてあるし」

そう言うと、きらりんと歯が綺麗な輝きを見せた。

「ねえ、ちなみに硬度六以下の人たちってどれくらい使えるの?」

「六人パーティーでなら、さっきの魔獣侵攻に居た中型魔獣一匹をなんとか倒せる……ような気がしないでもない」

竜人が、ちょっと遠い目をしながら個人的な評価を告げる。

なおこの評価はあくまで「無傷で」倒せるということを念頭においているため、厳しい評価となっている。

通常の一般兵や十把一絡げの傭兵たちにとっては満《まん》身創痍《しんそうい》になってやっと、といったところであろうか。

「微妙……?」

「こっちの人らにすれば頑張ってる方だと思うよ? ウチらなら、戦闘職でなくてもなんとか一人で倒せるけどさ」

「そう思うと、転生で累積レベルあるのって、凄いわよね……って、あそこでうろちょろしてるのは、なんじゃらほい」

そういうシアの指摘に皆が外を見ると、そこにはギルドメンバー以外は進入禁止の結界に阻まれてぐるぐると外周を飛び回っている、軽装の兵士が騎乗したヒポグリフが一頭。

「入れてあげる?」

どうするべきかと尋ねるシアに、カレアシンは渋い顔をしつつ、答える。

「まあ、話聞くくらいならな」

「余り良い予想がつきませんけどね。あの装備、アラマンヌ王国の軍装だと思いますが」

ヘスペリスは相手の素性がわかるのか、これまた渋い顔である。

「私はどちらでもかまいませんが、追い返すにしても何かお土産を持たせてあげませんとね」

怖い笑みを浮かべた呉羽が、言葉とは裏腹に入れてやれと変な圧力《プレッシャー》を放った。

「あー、代行。別にあの兵士個人に責はないからな? 余り手酷いことはしてやるなよ?」

「あら、この私がいったい何をすると？　心外ですわ」

心配げな顔のアマクニが呉羽に言うが、効き目はなさそうである。

「えー、じゃあ入れてやるってことで。結界限定解除《入っていいよ》」

シアが呟くと、結界が一瞬光り、ヒポグリフはそれまで進めなかった位置から城へと近づけるようになり、まっすぐに城の正門前へと降りていった。

「…あの国、一番対応酷かったもんね。代行が交渉しに行ったときとか、セクハラしてきた馬鹿なガキが居たらしいし」

何気に不安なことを呟く熊子に、シアは早まったかと口元を引きつらせた。


跨《また》がっていたヒポグリフから降り、天の磐船の上面に建造されている館の正門前で、一人の女性兵士が周囲を窺いながら途方に暮れていた。

先ほどまではこの浮かぶ巨岩に、ある程度近寄ることはできても、見えない壁のようなものでやんわりと押し返されてそれ以上進むことができなかったのだが、もう戻ってそう報告しようと思っていた矢先に、なぜか急に壁が取り払われたかのように接近できるようになってしまった。

その後、一番目立つ、というか唯一存在している建物の前に降りたはいいが、どうすればよいのか迷っているのである。

というよりも、この場に立てていること自体に当惑しているのだ。

地上から見上げていたときは、その大きさ故に形状すら把握できなかったが、愛騎に跨がり空に上がればその全貌が見えてくる。

上空から見たところ、いびつな細長い菱形に近い、尖った四角形をしており、長対角はおよそ五レウガ《一一キロ》、短対角は二レウガ《四・四キロ》ほどと見受けられた。

そしてその上面は意外なほどに平らで、しかも緑の濃い木々に覆われている。

森とも言えそうなその中心部分に、ほぼ円形に丘陵があり、その周囲には城壁が築かれその頂上にはいくつかの塔が組み合わさったような形状の白亜の城とも言うべき建物が存在して、この威容が人為によるものだということを如実に示していた。

彼女は、導かれるかのようにその城壁の内部、真っ白な城の正面に位置する巨大な門の前に降り立ったのだ。

人っ子一人居ないように思えたそこは、実際は隠形スキルにより身を隠したギルドメンバーにより挙《こぞ》って見物されているのだが、彼女には想像もつかないことであった。

暫くの逡巡《しゅんじゅん》の後、ようやく意を決したのか居住まいを正し声を張り上げて、開門を願おうとした。

しかし、その気配を見計らったかのように、目の前の扉がゆっくりと静かに開き始め、一人の女性が姿を現し、こう声をかけてきたのだ。

「どちらさまですか？　いまおとうさんもおかあさんもいないのですけど」

いかにも純真無垢《むく》そうな表情をした熊子が、黒ゴスロリ仕様のミニドレス姿で、応対に現れたのである。

たとえ中の人がアレでも、外見は元の世界でも最高峰のロリコン紳士が集う、日本のヲタクがデザインした美少女である。

しかもこんな場所にいる時点で、相対する人物が対応に苦慮するであろうことは明白であった。

「う、え？　あぅ？」

どのような相手が出てこようが、慌てず騒がず冷静に対処しようと気合いを入れていたところに、思ってもいない相手が現れたために、さすがのヒポグリフ使いもまともに返事ができなかった。

「あの、ごようがないなら――」

「あるっ！　ありますっ!!　実はですねぇ」

気が動転したためか、思わず小さな娘に向かって敬語で声をかけてしまったのに気づき、更に焦りが募ってしまう。

とにかくなんでもいいからこの城の責任者と話がしたいのだということを捲《まく》し立てるように話す。

「えっと、むずかしいおはなしはわかりません」

が、しかし、熊子は華麗にスルー。

何を言っているのか私小さいからわかりません状態を維持していた。

「ああ、もうっ！　こんな小さな子を一人にして城を開けるなんて！　ココの人たちは何を考えてるんだ！」

もうわけのわからない状態に陥っている彼女は、およそ本来の目的とは違う方向に思考が飛んでいってしまっていた。

「まあ、いっか。合格、ってことで」

「あなたのお父さんとお母さんは、いったい何をしているの……って何？　合格？」

次の瞬間、彼女の周囲に突然様々な種族の人々が現れ、彼女を取り囲むようにして立っていた。

「な！　いつの間に！」

囲まれたと理解した瞬間、彼女は慌てて腰に下げた剣を抜こうとして、そこにいつもの重さがないことに気がついた。

「ふーん、ウチらのギルド謹製のブロードソードじゃん。しかも手入れも十分。大事にされてるね」

「！」

気がつけば、目の前にいた幼女の手に、自身の剣が奪われていた。そのことに愕然《がくぜん》としている自分に気がついた彼女は、大きすぎる隙を見せてしまったことに、己の死を覚悟した。

そうして次に来るであろう衝撃に耐えようと身体をこわばらせたが。

パンパン、と。

予想外の音が、彼女の耳を打った。

拍手の音。

それが彼女の脳裏にコダマしたのだ。

「おめでとう」

猫種の獣人女性が、そう呟く。

「は？」

わけがわからんという表情しかできない彼女は、もう困惑するしかなかった。

「おめでとう」

竜人の男性が、続けて口を開く。

「おめでとう」

「おめでとう」

「おめでとう」

「めでたいなぁ」

「おめでとさん」

ドワーフの男性が、普通人の女性が、水棲人《すいせいじん》の女性が、魔人族の男性が、有翼人の女性が口々にそう告げる。

「はい？　え？」

どう見ても敵対するというのではないのを感じながら、更に困惑は深くなる。

「おめでとう」

先ほどの幼女が。

「おめでとう」

ダークエルフの女性が。

「おめでとう」

そして、魔人族の女性と、一際存在感が溢れたエルフの女性が、同時に口を開いて。

「は、はあ。ありがとうございます」

そして彼女は思わずそう言ってしまった。

「よっしゃ。合格！」

「うーん、そこはただ単にありがとうだけってのがよかったんだけどなぁ」

「いやいや、それは贅沢すぎるだろう。なんの仕込みもなく、あの台詞《せりふ》が出ただけ奇跡だわ」

「あの、もしもし？」

何やらわけのわからない状況に陥っているのだけは理解した彼女は、とりあえず説明を要求したいのだが、余りにも相手の一挙手一投足に無駄がないのを察し、自分では手も足も出ないのだけは理解したため、もう成り行きに任せるしかないと達観した。

そんな中、ふと気配を感じて自分の乗騎に視線を向けると、先ほど特に気にかかったエルフ女性が、ヒポグリフの傍に寄ろうとしていた。

「いけない！　その子は私以外じゃ！」

主と認めた者以外には決して懐かず、近寄るだけでも危険を伴うのが多くの幻獣に共通する注意点である。

しかも、ヒポグリフはグリフォンの性質を受け継ぎ、

人肉を好むのだ。まさかそんな基本的なことすらも知らないのかと駆け寄ろうとした彼女は、

「あはっ！　この子可愛い～。もふもふ～」

鷲《わし》の姿をした上半身の、その羽毛に覆われた胸元に顔を埋め、悦に入っているエルフ女性を見て、呆気に取られてしまった。

おまけにヒポグリフは、危害を加えるどころか自分にすらろくにしたことがない、くちばしでの甘噛みすら行っていたのだ。

「え、うそ。なんで？」

「あー、ねーちん流石だねぇ」

「幻獣《ミフィカルビースト》殺し《キラー》、また出ましたか」

いつの間にか自分の両脇に立っていた幼女と黒エルフとが、自分と同じ光景を見ながら苦笑していた。

「何それ……」

やけに楽しそうな自分の乗騎と、よくわからない人たちに囲まれて、自分はいったいどうなってしまうのかと、よく回らない頭でこの状況からの脱出方法を考えるのであった。

「あはははは。もふもふー」

* * *

「幻獣殺し……？　なんですかそれは……」

ヒポグリフ使いの彼女にとっては、聞き覚えのない言葉である。

魔獣殺し程度ならば、多少腕の立つ戦士であれば比較的容易に行うただの討伐行為であるため、そのように名乗ることもない。

それに、どう見ても殺しているようには見えない。

「ええ、と。そのあたりは美少年殺し《キラー》など色々あってですね」

「黒ねーちんもその辺は知ってんのな。ゴリラ落としとか言われる手合いもあったんだよねぇ。懐かし～」

「その系統を初めて知ったのは、潰れ大福な少年国王が主人公のアレでした」

「微妙な」

「すいませんわかりません」

さっぱりわからない、と困惑顔の女兵士である。

そりゃあ、ただでさえかなり古いネタである。この世界の人間に通用するはずもない。

「えっと、幻獣をねっていうか魔獣もそうなんだけど、死ぬか生きるかギリギリの瀕死《ひんし》にまで追い込んでいくと、たまーに『仲間になりたそうにこっちを見てくる』ことがあんのよ。まあ実際見てみると、もう勘弁してくださいって感じだけど」

「ええ、普通は魔獣でもかなりの低確率なんですけれど、シアの場合、高位幻獣であっても驚くほどの割合で仲間になりたそうにしてくるのです」

「あの三匹のときは全部一発で仲間になりたがったって、伝説に残っちゃったもんね。一応設定上は仲間になることもあるかもしれない、まあ期待はするな。むしろ絶望しろってくらいの低確率だったのに、どれも初見でさ」

「シアの個人倉庫には、そういった者たちの召喚用アイテムで埋まっているそうです。私も見たことがない使役獣も居そうです」

「今度見せてもらおっと。きっと出鱈目なものが入ってるんだろうなぁ」

解説してくれようとしている両脇の幼女と黒エルフの、その解説に使われている言葉自体が彼女には意味不明であった。

「いやぁ、ごめんなさい。中々いいモフり具合の子だったもんで」

そんな彼女にペコペコと頭を下げているシアは、現実世界では、大型犬大好き人間だったのである。

マンションではなく一軒家だったなら、間違いなく大型犬を飼っていたであろう。

何を犠牲にしてでもだ。

実際、シアは目の前にモフモフがいて、なぜ躊躇《ためら》う必要があるのか、と内心ではまったく後悔も謝罪もしていなかったし。

むしろ、仕舞い込んであるもふもふ系使役獣を引っ張り出して試そうと心に決めたところである。

そんなシアの目の前で、ヒポグリフ使いの女性は呆然とつっ立っていた。

「えっと、勝手にモフってごめんなさい？　あの、なんなら代わりりにケサランパサランでも召喚しようか？　思う存分モフってくれていいから」

「い、いえっ！　わた、私以外に懐くことがない騎獣が、とても、その……」

主人以上に懐いていた、などとは、流石に言いたくなかった彼女である。

「ふむん？　まあいいわ。それじゃ、どうぞこちらに」

「は、はいっ！」

しどろもどろの彼女に手招きし、シアを先頭にギルドハウス内に入ると、他の面々はそれぞれ自分の部屋へと戻って秘蔵のアイテムを目で得る仕事を再開したため、いまこの場にいるのはヒポグリフ使いの女性とシア、それに幹部五人の総勢七名である。

ギルドハウスに入ってすぐの広間で、緊張気味の女性兵士に椅子を勧めるシア。

相手がおどおどとではあるが席に着いたのを確認してから、自身もゆったりとしたソファーに身を沈め、優雅な手つきでローテーブルに置かれていたベルを小さく振った。

リン……と、澄んだ音色が響くと、いつの間にかテーブルの脇に一人の猫種の獣人女性が立っていた。

当然の如く、メイド服で。

「お呼びでしょうか、マスター」

「お客様にお飲み物を。あと、何かつまめるものをお願い」

「はい、ただちに」

そう答えた彼女は、失礼いたしますと言うやくるりと踵《きびす》を返し、奥へと姿を消した。

「うーん。本人がやりたいって言うから任せたけど、思った以上上ね」

ぼそりと呟いたシアの言葉に熊子が反応し、シアにしか聞こえないような小さな声で同意を伝える。

「似合ってるねー、リアル猫耳メイド。アレでもう少し色々と育ちが貧相なら言うことないのに」

「いい加減ロリコンから卒業しなさい、というかあなたがやればよかったんじゃ？　自分の貧相な身体で給仕すれば納得できるでしょうに」

「ねーちん、ちっちゃいのがちまちま動いてるのを横から眺めるのが楽しいんだよ？　ソレ言うならむしろ黒ねーちんが執事の格好で「感謝の極み」とかもアリなんじゃゃね？」

「一考に値しますね」

「あくまで執事ですから、もありかも」

二人の内緒話に割り込むように、ヘスペリスも加わり、もはや内緒話ではなくなった状態であるが、当人らはそんな気はないらしい。

「あー、すまん、使者殿。あの真ん中に座ってるエルフが最高責任者だ。名はシア。その右側のダークエルフがヘスペリス、左のちっこいのは熊子だ。そんで、シアの後ろに立って控えてるのが呉羽。一応次席責任者だ。で、コイツがアマクニ、俺はカレアシンという」

話が進まないと思ったカレアシンが、一人一人紹介してゆく。

名を告げられるたびに視線をさまよわせる女性に、カレアシンは首を傾げたが、一応最後まで伝え切り、とりあえずの自分の仕事は済ませたとばかりに口を閉じた。

「じっ！　自分は、アラマンヌ王国シュヴァーベンが領主、レフィヘルト辺境伯の領軍に所属する……ひぃっ⁉」

カレアシンの後を次いで、自己紹介をしている最中、彼女はいきなり身を震わせて固まってしまった。

「おい、どうした？」

一番傍にいたアマクニが、固まった彼女の肩に手をやろうとして立ち上がりかけたところで、それに気づいた。

「おいおい、呉羽嬢よ。それはないじゃろ」

アマクニの指摘に振り向いた皆が見たのは、シアの背後に寄り添うように立つ呉羽が、その『魔人』としての本性を半ば露《あら》わに仕掛けているのを、ギリギリで留めているところであった。

「ど、どうしたの？　何か悪いものでも食べたの？」

「……いえ、少しばかり気にかかる名を伺ったものですから――あなた、続けなさい」

さすがのシアも心配げに振り返って呉羽を気遣う言

葉を投げかけるが、苦しげに言葉を返すにとどまっていた。

「はひ⁉」

魔人——それは、野の獣が魔に当てられて魔獣が生まるように、人が魔に当てられて生まれた存在である。

そのため、魔人とは種族名ではなく、一個人を指すのであるが。

故に魔族ではなく魔人。

彼らは普段、魔力の放出を抑えるためにできるだけ元の人に近い姿をとっている。

が、それを成すには並外れた精神力が、高潔な意志が必要となる。

魔人が魔に引きずられずに人として生きることができ、翻って獣は魔獣化し、元の獣には戻らない所以《ゆえん》である。

が。

その呉羽が自身の意志に依らず本性を露わにしかけたとなると、少々危険な徴候として捉えなければならない。

額の、その中心部分に埋め込まれたように顔を出した真紅の結晶から魔力の輝きが漏れ始め、今にもその魔人としての、普通人との最大の差異が姿を表そうとしていたのだ。

その、体内に秘められた魔晶結石の、自身の意志によらない活性化。

それは呉羽にとって、そうならざるを得ないことであり、そして恐らくそれは、目の前の女性が関係しているのであろうと、その場にいた者たちは感じていた。

「え、ええと、領軍の遊撃部隊に所属するアーデルハイト・アルブレヒツベルガーと申します傭兵であります。このたび、こちらへと参上いたしましたのは、部隊指揮官であります辺境伯が公子の指示に……ひっ！」

「呉羽、お前もう下がってろ。ああ、すまんアルブレヒツベルガー殿。あいつはアラマンヌ王国の人間と色々あってな。特に——」

怪しく明滅を始めた額の結晶に危機感をもったのだろう、ソファから飛び上がって呉羽を抑えたシアは、そのまま彼女を連れて、奥へと消えていった。

そんな二人を横目で見送って、カルアシンは続けた。

「レフィヘルト辺境伯とやらの馬鹿息子に、襲われかけて、な」

「そ、そうなんですか」

アーデルハイト・アルブレヒツベルガーは、そういうことが過去にあったのなら、仕方がないことかと納得しかけた。

「まあ、返り討ちにしちゃったんだけどね。角ねーちんああ見えて強いから」

さらりとそう口にした熊子に、アーデルハイトは口元を引きつらせてこう思った。

（ああ見えてって、十分強そうなんですけれどっ！）

そんな彼女の内心に気づかないのか無視したのか、熊子はつらつらと続ける。

「でも男嫌いで触られるのも嫌でさ、ぶん殴って帰ってきたときの後が大変だったんよ。殴った拳が汚いからってずっと洗ってるし。まあその一件自体はさ、どーもソイツはあちらでも持て余してた馬鹿ボンボンだったらしくてね。ヘスペリスとカレアシンがちょいとしたアイテム持って謝りに行ったら、それだけで手打ちできちゃったし。下手したら今回従軍させてんのって、あわよくばこの戦《いくさ》であのおバカが死んでくれないかなって思ったんじゃないの？　辺境伯家」

「そう言われてみれば、領軍とは名ばかりでほぼ傭兵で構成されていましたし……。巻き込まれたくないなぁ」

「あからさまに捨て駒ですね。しかし、あなた方は運がいい。シアが来たのがこの戦で良かったですね」

熊子の言葉を聞き終えてがっくりと肩を落としたアーデルハイトに、ヘスペリスは気を落とすなと声をかけた。

まあ、今回無事に戦を終えることができたのだから、契約終了ということでとっとと他所《よそ》に行けばよいだけのことである。

「驚馬のねーちん結構美人だから、領に戻る途中で手籠めにされたりして」

「うええ」

命令を受けに公子の前に出た先ほどのことを、彼女は思い出した。

舐めるような視線で上から下までじっくりと見られ、何やらニヤニヤと笑みを浮かべていた件の上官を。

「領に帰還する最中に一人物陰に呼び出されて襲われてー、主犯共犯その他諸々にぐっちゃぐちゃのぬっちょぬちょにされちゃって、訴え出ようとしたら行動起こすどころか居なかったことにされておしまーい、とかね。ありそうじゃん、あのぼんくら公子だと」

熊子の薄い本的な内容のお言葉に、アーデルハイトは流石にそこまではなかろうと思いたかったが、一旦はまってしまった思考の悪循環から逃れることができないでいた。

「まあ、とりあえず」

「へ？　はっ、なんでしょうか」

カレアシンの声かけに、彼女は気を引き締めて向き直った。

「名前、ハイジって呼んでかまわないか？」

「は？」


そんな突然の奇妙な申し出によって彼女の思考は再び固まってしまった。ちょうどそこに猫耳メイドの手により運ばれてきたお茶の芳香は、とても清々《すがすが》しい花の香りを漂わせていた。


「は、はあ？　確かに子供の頃はそう呼ばれていましたが……」

なんとか硬直した思考を再起動したアーデルハイトは、無理矢理にそう言葉を絞り出した。

現実世界において、ドイツ系女性名のアーデルハイトの略称は確かにハイジである。

この世界においてもそれは同じようだ。

ならば当然っ！

そう呼ばなくてはならない！

心の中でそう熱弁しつつ、カレアシンは拳を握り締めた。

「んじゃ、あなたのことはハイジって呼ばせてもらうってことで」

呉羽を自室に放り込みに行ったシアが、戻りながらそう告げると、ハイジは椅子から鯱《しゃちほこ》張りながらも立ち上がり、姿勢を正そうとしたのだが。

「ああ、そういうのはいいから。私のこともシアでいいわ」

「で、ですが流石にそれは……せめてシア様、と」

「……ん～、じゃあそれでいいや。よろしくね、ハイジ。あと、とりあえず臨時メンバー扱いにしとくから。次からはこの広間までは好きに入れるからね」

それで、とソファーに座り直し猫メイドからティーカップを受け取ってハイジに視線を戻そうとして、ローテーブルに置かれた『つまめるもの』に気づいてシアは口元をひくつかせた。

白パンて。

気を回しすぎだ、とシアは辛うじてそれ以上突っ込まずに話を進めようと居住まいを正した。

やっと本題に入れると言わんばかりに、預かってきた封書を懐から取り出したハイジは、恭しくシアに手渡した。

封を切り、その書面に目を落としたシアの表情がピクリとも動かなかったのを不審に思い、失礼と知りながらもどういった内容なのか、と問うてみた。

「ぐっだぐだ色々書いてるけど、簡単に言うと『責任者出てこい』ってことらしいわ。お前はぼやき漫才師か？　って感じ」

「おお、懐かしいのう。ワシの若い頃は大人気じゃったなぁ」

シアの呆れ口調に、アマクニが笑いながら答えた。かなり彼のツボに嵌った人物らしい。

「私は流石に存じ上げておりません。物心つく以前にお亡くなりになっているのでは？」

「ウチだって漫才のＤＶＤで見ただけだわ。流石年季が違う」

「わ、私だってリアルタイムで見てたわけじゃないからね？　言っとくけど！」

ニューハーフパブ勤めの接客業だったためか意外に博識でお笑い番組好きなヘスペリスも、流石にそこまで食指は伸びていなかったようである。

熊子もシアも、過去の収録作品をなんらかの形で見たようであるが、そこら辺は亀の甲より年の功といった人材が居るわけである。

「責任者出て来い！　の人と、地下鉄はどこから入れたのか考えると一晩中眠れなくなる人は、昭和漫才じゃ鉄板だぞ？」

「ははっ！　トカゲのくせによく知っておるな」

「だからトカゲじゃねえって……」

「さっぱりわからない……じゃなくてですね！」

思わず声を荒げてしまったハイジだが、この人たち相手だと、多少強引な話の舵取《かじと》りをしなければ、いつまで経っても本来の目的を達成できないと思ったのである。

「あ、ごめんごめん。で、どうしよっか」

「こういうのは呉羽が専門というか、あいつが全部受け持ってたからなぁ。勝手に進めると後でうるさそうだな」

回復を待つか？　と言うカレアシンに、シアはふるふると首を振る。

「回復自体は済ませたわよ？　神聖魔法かけたし。ここに居たらまた同じことの繰り返しになりそうだから置いてきたけど。まあ、面倒だけどさっさと終わらせましょう。他に色々やることもあるし」

「そうだな、じゃあハイジ。先導してくれ、俺が出る」

当然自分が先導というか案内して、誰かは知らないが使者を自陣に連れ戻ることになると考えていたのだが、彼が来るとは思わなかったハイジである。

「ン？　意外か？　これでもここの幹部だぞ？　ろくな権限はないがな」

それでも今回の出征では、責任者として隊長の任を担っている。十二分な立場の人物と言える。

驚きが表情に出ていたハイジを見たカレアシンの言葉に、彼女が驚いているのは、そういった部分が問題なのではないと、目の前のエルフは苦笑しながら伝えた。

「むしろたかが使者に、幹部が出るのかってところじゃないの？　あと、呉羽にいちいち聞かなきゃ駄目、みたいなこと言ったしね」

「はい。失礼ですが、シア様が最高責任者ですよね？」

面と向かってこのようなことを尋ねるのは、下手をすると問題になりそうなものである。

が、しかし、目の前に居るこのエルフ女性が、そのようなことを気にしそうには思えない、と彼女は見ていた。

「最高責任者だけど、私は責任取るために居るだけ。実際切り盛りしてるのは呉羽で、こういっちゃアレだけど、お飾りだったのよね、私。君臨すれども統治せず、ってところね」

「まあ、でもねぇ？　角ねーちんがギルマスだったらこんなに人集まらなかっただろうし」

不思議がるハイジに、シアと熊子は再び苦笑で返したが。

「人望がなくて悪かったわね」

続いて響いたその言葉に、熊子はびくりと震えて苦笑した表情のまま固まる羽目になった。


「あ～、確かに。他の部隊は準備ができ次第動き出してるけど……。アラマンヌ王国の旗を掲げた部隊の一つが、そういった動きなしで留まったままだったね。でも変なの浮かべてたよ」

熊子が「ちょっと下、見てきなさい」と、怖い笑みのまま元に戻らない呉羽に言われ、即姿を消して戻るまでの間、十数分。

その僅かの間に、地上に展開していた軍勢の状況確認を済ませ、下の様子を語っていた。

「あ、それは総司令官から貸与していただいている空中警戒具ですね。私の所属するシュヴァーベン領軍は、現在総軍司令官の命により後方監視の任を受けておりますから、そのための装備だそうです。名目上は比較的被害の少なかった我が領軍が、撤収時の後備えとして居残っているわけですから……」

そこまで言って、ハイジことアーデルハイト・アルブレヒツベルガーは口籠もった。

これ以上伝えてもいいものだろうか、と。

ハイジは、うら若い上にそれなりに見目麗しい女傭兵にして希少な飛行魔獣使いである。

古参傭兵の間でも、若手にしては特に『できる奴』という評価を得ている。

確かにこれまでの仕事で致命的なミスを犯したことはなく、過去の雇い主などからの評価も上々であった。

容姿と実力は別なのだと自負するところであるそんな彼女であるから、自身の女の部分に拘《こだわ》る雇い主は正直なところ忌避していた。

更に今回、空に浮かぶ巨岩に居るであろうと思われる者への使者として、雇い主である領軍指揮官の命によりココにやってきているのだが、その際の、今回の雇い主で指揮官でもあるあの男の態度と比べてしまう。

ここに居を構えている謎の女エルフと、その関係者と思われる『冒険者ギルド』メンバーたちの、その対応を。

ハイジ自身にはまったく理解不能であるが、やけに気に入られてしまっている。

しかも、自分の容姿には一切関係ないところで、である。

気になる。

ハイジでなくとも、そう考えるものは多いだろう。

新進気鋭の何でも屋集団『冒険者ギルド』の噂ぐらいは彼女も耳にしていた。

彼らに関しての噂や情報で最もわかりやすいのは、冒険者ギルド製として販売される武具やアイテムが、他の店が取り扱う市販品よりも遥かに高品質だ、という点であろうか。

彼女が腰に佩《は》いている剣も、冒険者ギルド謹製である。

ハイジ自身はそうとは知らず愛用している品であるが、それもそのはずこれを彼女に渡したのは、子供の頃から面倒を見てくれていた親代わりの人物であったからだ。

そして、並の傭兵など足元にも及ばぬ『冒険者』と呼ばれる彼らの実力。

結成当時のメンバーからは、これまで戦闘時に一人の死者も出していないという冗談のような話が出回るほどだ。

今では辺境の町や村でも、彼ら冒険者ギルドの名は知られてきている。

どこの巨大商店だというほどの商売の実績があり、しかもそれに驕《おご》らず違法でなければどんな依頼でも請け負うという。

無論、対価は必要だが。そして、戦闘集団としても、今回その実力を露にした。

どうしたものかと思う彼女だが、余り気に入っていない雇い主の面子などクソ喰らえだと思い、口を開いた。

「……独断で私をここに来させるなど、どういった思惑があるのやら。正直なところ、良からぬ考えを持っているとしか思えません」

『ハイジ』というギルド内公式愛称を得た彼女は、指揮官の命令に沿った行動をしてはいるが、納得して動いているわけではないと、使者としてあるまじき言葉を口にしたのである。

「ふうん、色ボケで後先考えないタイプの上、高貴な出自で部下の意見を聞かない指揮官、ってとこかぁ。厄介そう」

「どっかの宇宙戦争してる帝国軍とかに居そうだよね、門閥貴族のお坊ちゃま的に考えて。無視しても返事してもめんどくささそう」

そんなことなどどうでもよさそうなシアの呟きに、熊子が余計な一言を付け足した上で肯定した。

「ま、いいわ。ハイジの顔を立ててあげなくちゃ。カレアシンに任せるって決めたし」

「あ、ありがとうございます」

もし「現場の責任者程度とは交渉する必要性がない」という結論であったらどうなるかと脳内シミュレーションをしていた彼女だが、領軍に戻った後、適当ないちゃもんつけられて身柄を拘束、その後撤収の混乱に紛れて行方知れずなどという嫌な考えすら思い浮かんでおり、いざとなれば逃げ出そうと決意していたりしたが、それは何とか避けられたようだ。

とうに成人している身としては、子供の頃の愛称で呼ばれるのはいささか面映《おもはゆ》いが、その程度でこの返事が引き出せたのならば、安い代償である。

それに、何より面白そうだ、と。

そう彼女は思った。

そのときは。


領軍唯一の飛行魔獣使いの彼女が使者として飛び立って、もうどれほど時間が経っただろうか。

シュヴァーベン領軍の幹部たちは、ほぼ全員が神経を張り詰めたまま、その帰りを待っていた。

他国の部隊は着々と撤収に向けて帰り支度を進めており、中には既に出立した気の早い騎士も居た。

しかし、彼らの部隊は未だに軍装も解けないままでいる。

元々この部隊は後詰めとして戦線の後方に位置していたため、他と比べて圧倒的に被害が少ない。

というよりも皆無であった。

そのために後備えに回されても、致し方がないとは思うが、流石に疲労が溜まってきているのは当然といったところであろう。

それだけならまだしも、大半が傭兵で構成されているため、いい加減に解放してくれという見えない圧力がひしひしと高まってきているのであった。

長引いた分だけ追加報酬は必要となるが、領民から徴兵した場合と比べて、使い捨てにし易いとまでは言わないが、後々にまで影響が続かないのは領内経営上助かるのも事実。

領民を徴兵しての戦で被害を被れば、税を納める者が減り後々にまで響いてくるのは必定である。

死んだ者は畑を耕すこともできないし、物を作ることもないのだから。

金を支払いさえすれば後腐れがないとはいえ、正規の領軍所属の者たちにすれば、居心地が悪いことこの上ないと言えるだろう。

何しろこの部隊が殿《しんがり》を務めることに決定したのは、

全軍を指揮していた将軍に自分たちの部隊を率いている指揮官が上奏したという事実がある故に。

傭兵たちはそのことに関して、要らぬ所で貴族様の気高い精神など発揮しないで欲しいものだとやけくそ気味に笑ったりしていた。

領主の息子が指揮官とはいえ、何やら申し訳ない気持ちでいっぱいになる領軍の兵士たちであったが、ともあれ命令が発せられたのであれば、そのように動かねばならない。

流石に多少は気を遣ってもらえたのか、後備えを命じられた際、将軍の居る本陣から哨戒《しょうかい》用のアイテムが貸与されていたらしく、即座に使用が開始された。

古代遺跡から発掘された、浮遊魔術が付与されただけの球体に、籠のようなモノを取りつけた、空中警戒具。

地上で見張るよりも遥かに遠くまで見渡せ、飛行魔獣と違い、定点での観測が長時間できるのが利点だが、もちろん高価極まりない。

急遽《きゅうきょ》使用を言い渡された兵たちは、慣れないためか高所ゆえの違和感からか、あるいは一旦緊張が解けた後に任された任務故か、疲れ具合が倍増しているように見受けられる。

まあ、主なストレスの原因は、圧倒的に巨大な物体が、目前に迫っている上に、敵なのか味方なのか未だにはっきりとわからないという点だろうが。

ちなみに今回のような遮蔽物のない戦場においては、本来ならば飛行魔獣を乗騎とする偵察騎兵が複数で広範囲の索敵を行うのが常のため、周囲を警戒するような歩哨はさほど多く必要とはしないのだが、現状でこの領軍が抱えていた飛行魔獣は先のアーデルハイトの持つヒポグリフ一騎のみ。

しかもそれすら部隊指揮官の勝手な命令で出たっきりである。

他の部隊の飛行魔獣使いも、撤収準備に入っていなければ借り受けられたかもしれないが、現状では引き受けてもらうどころか、話を通すことすら難しいだろう。

そんな折、空中警戒具に搭乗していた物見の兵が伝声管を通して声を上げた。

「南東の方角！　ヒポグリフともう一つ！」

東の空を塞ぐように浮かぶ巨岩から、一騎のヒポグリフと、大きな翼を広げた竜人とが姿を現していた。


魔獣使い、ビーストテイマー。

それは、生まれながらにして屈強な肉体と魔力を持つ魔獣を捕らえ、飼いならし、支配し、使役する者の総称である。

魔に当てられて生まれ出る、異形の生物。

それらを人の身で扱うことは、至難の業と言える。

故に、それを名乗る者はごく僅かである。

そして、その中でも騎乗可能な飛行魔獣を使う者は、更に希少な存在であり、称することができるだけでも誉れとされる。

魔獣を支配下に置ける適性を持つ者が少ないというのもあるが、それ以上に騎乗に耐えうる飛行魔獣を得ること自体が更に稀有《けう》なことなのだ。

考えてみて欲しい。

ただでさえ生かして捕獲することが難しい魔獣。

その上、攻撃する手段が少ない空をテリトリーとし、人を乗せて飛べるほどに成長する魔獣である。

尋常な手段では捕捉することすら困難であることも魔獣使いが少ない理由の一つである。

そんな魔獣使いへの道であるが、捕らえて使役するという以外の方法が、一応四つ挙げられる。

一つは魔法による支配。

これは、魔獣本来の能力を発揮できなくなることが多い上、魔法が解除された場合逆襲を食らう可能性が高いため、行う者はほぼいないと言っていい。まあその最大の原因は、現状の魔法使いたちの能力値が低いためなのだけれど。

二つ目は魔獣に好かれることだが、これはよほどの幸運がない限り、まず好かれる魔獣に出会うということ自体があり得ない。ただしシアは除く。

そして三つ目、圧倒的な力の差を見せつけること。

古代の書物によれば、むしろこの方法こそが最短の手段であるらしいが、今や騎獣に相応《ふさわ》しい高位魔獣に対して圧倒できる戦闘力を持つ者などおらず、それは不可能に近い。それに魔獣相手に服従させうるほどの戦闘能力があるのならば、別に使役などしなくとも良いと言える。

最後に四つ目であるが、既に魔獣使いとなっている者と共に生活し、その使役獣に認めてもらうことだ。そうすることで、その魔獣と同属あるいは近隣種であれば、飼いならすというところまではなんとかなるという。魔獣の匂いでも染み込むのかと言われるが、あながち外れてはいないだろう。その後、使役が可能になるまで支配し得るかどうかは、その者の持つ資質によるとしか言いようがない。ハイジの場合がこれである。

彼女は幼い頃、住んでいた集落が野盗の襲撃を受け、親はもとより集落に住む者は尽く皆殺しにされ、危うく彼女自身も殺されかけたところを一人の女性に助けられたのだが、その人物が魔獣使いだったのである。

使役していた魔獣はグリフォン、強大な空の魔獣であった。

身の回りの世話をするならば、口を糊《こ》する生活ではあるが養ってやっても良いと言われ一も二もなく頷いた。

その後ハイジは親代わりとなった魔獣使いの後をついて回り、いつしかグリフォンにも吼《ほ》えられることはなくなっていった。

新たに保護者となった女性の経済観念や家事能力が壊滅的であることも理解し、金銭関係を無理やり預かるようになってからは、段違いに生活も楽になったが、感謝はされなかった。

冒険者ギルドの者たちのように、気安くハイジと呼ぶようなこともなく、「アーデルハイト！　部屋の掃除をなさい」「アーデルハイト！　何をやっているのですか！」などと名前を呼び捨てては何かを指示するか叱責するのが常であった。

後にこのことをギルドの面々に話す機会があったが、一様にニヤリとされるだけであったという。

ただ、それでも成人前には戦う術や傭兵の作法を仕込んでくれた上、基本の装備一式に、果ては近場の牧場に無理を言って牝馬《ひんば》に種付けしてまで乗騎となるヒポグリフまで用意してくれたのだ。口には出さないだけでありがたくは思ってくれていたのだとわかったのが、ハイジには嬉しかった。

そんなハイジの騎獣であるヒポグリフという魔獣は、グリフォンが馬を襲って交尾した際に生まれる魔獣である。

そもそも馬はグリフォンの捕食対象であるため、自然に生まれることはまずないのだが、このように使役獣による種付けならば、比較的容易に生まれることとなる。

その際に肌馬となるのは若い馬でなければならず、しかも大抵の場合種付け時にかじられたり爪を立てられたりして死ぬか、子を孕《はら》まなくとも肌馬としては使いものにならなくなる上、上手く孕んだとしても子を産むときには腹を割かねばならず、牧場側からは嫌悪されるのである。

グリフォンを使役する魔獣使いが種付けで儲《もう》けられないのは、それが一因であろう。

国家規模で空中騎士を育てる計画を立てている国もあるが、一般兵に扱わせるには費用がかかりすぎ、それなりの爵位を得ている者には魔獣使いの素養を持つものが少ないために、難航しているという。

中には魔獣を従わせることができればその時点で一代限りの爵位を与えるという方針を取る国すらあるほどだ。

なお生まれるヒポグリフは、これまた人と馬を好んで喰らう魔獣である。

魔獣使いになろうとする者も、たまたま遭遇したために人を襲うこともある他の魔獣と、見つけたら好んで襲うグリフォンやヒポグリフとであれば、どちらを選ぶかは明白であろう。

飛竜や巨鳥など卵生の魔獣を使役したい場合は、使役する予定の者が孵化《ふか》を単独で見守っていれば刷り込みにより親と認識するため、比較的ハードルが低いと思われる。そのため、魔獣使いを目指す者はその手段をまず選択するという。

まあ巣を見つけて忍び込み、更に産卵期で通常時よりも気性が荒くて凶暴になっている魔獣の卵を持ち帰れればという点を無視できるのならば、確かに簡単ではあるのかもしれない……。

ともあれグリフォンに慣れていたハイジにとって、新たに生まれたヒポグリフは恐怖する対象ではなかった。

幼いヒポグリフは魔獣故に力は強いが、気をつけさえすれば戦闘訓練をある程度積んだ彼女の手に負えないほどでもなかった。

手ずから馬乳を搾り与え、かいがいしく世話をしてやるうちに次第に慣れ、ついには背を許され乗騎とすることが可能となったのである。

そんな自分の苦労を一瞬で飛び越えたシアに、ハイジが驚愕するのも無理からぬことであろう。

命令を完遂する。

いつもならば、気分の良いことなのであるが、今回は今一つもやもやが残るハイジである。

「ご指示通り、上空に浮かぶ岩の城より、使者殿を連れて戻りました」

自陣の陣幕前で、警備に建つ兵士に礼をし、取次ぎを願う。

さて、これからどうなるのやらと、後ろに佇《たたず》む竜人の巨漢の様子を窺うが、まったく気負いはない。ごくごく自然体で、そこに居るのが当たり前という雰囲気で立っている。

それもまあ当然かと、彼女はカレアシンの身につけたその装備を目にしたときの衝撃を思い出していた。

こちらに戻る前、ギルドハウスの建物の前で待たせていたヒポグリフの所に戻って待っていると、ギルドハウスの扉を開いて、凄まじい魔力を放つ竜人が姿を現した。

いやまあ当然の如くカレアシンなのだが、余りの変わりように、ハイジにはそれが先ほどの竜人とは思えなかったのだ。

ラフなシャツと、青い厚手の生地で作られたパンツ姿だった先ほどの——風呂上がりだった故の格好だが——それとはがらりと装いを変えていたからだ。

煌びやかな装飾を施された、それでいて確かな性能を持つと一見しただけでわかる、恐らくはオーダーメイドの一揃いであろう装備。

漆黒の竜鱗《りゅうりん》で作られた白金装飾の美しい、背中を覆うような二枚の楯を背負う形の鎧に、自身の三本の角を外に出すようにデザインされた兜《かぶと》。

そして、左腕の外側、上腕装甲の上に盛り上がるようについている六角形の小さな板。聞けば、それが楯なのだという。

ソードストッパーという奴だろうかとハイジは得心した。

左腰には重ねるように佩いた、反りのついた黒い楯鱗で装飾された鞘《さや》を持つ長剣と、恐らくは対となる短剣。

そして、右手には、彼の身長を倍する真紅の槍が握られていた。

ハイジが見るに、どれをとっても、一国の王家の秘宝と言われてもおかしくはない代物ばかりであった。

そして、それを身につけているカレアシンも、それに負けぬ存在感を放っている。

もし自分があのような装備を手に入れたとして、あも容易く着こなせるであろうか、と思うほどに。

「待たせたか？ 俺の方はいつでもいいぞ？」

呆然としてその姿に見入るハイジにカレアシンが声をかけると、彼女は慌ててヒポグリフに飛び乗り「そ、それでは参りましょう！」と、慌しく飛び立っていった。

ちなみにヒポグリフの名前だが、シアに「あのヒポグリフのお名前は？」と尋ねられた際に、特に名前はつけていないと言ったら、怒られた上に名付け親になってよいかと問われ、満場一致でシュニーホプリと決められてしまった。

飛び跳ねる雪片という意味だが、なぜそれでなければいけないのかは、教えてもらえなかった。

なおシアらは「ユキちゃん」と呼んでいる。

陣幕の垂れ幕が開かれ中へ進むと、入り口で武器を預けるように言われる。

　ハイジは使者に対して失礼だと抗議したが聞き入れられず、カレアシンが別に気にせずさっさと腰の剣と槍を渡してしまったので、申し訳ない気持ちで胸がいっぱいになってしまった。

　カレアシンとしては「素手でもこの程度の奴らなら束になっていても楽勝」という気持ちから、気にしなかっただけなのだが。

　ハイジにしてみれば、自分のために気を遣ってくれたのだとしか思えず、恐縮するばかりであった。

「よく来られた、使者殿。私がアラマンヌ王国シュヴァーベン領、レフィヘルト辺境伯が公子ヴォルフラム・フォン・レフィヘルトだ。アルブレヒツベルガー、ご苦労だったな。下がってよいぞ」

　その言葉に逡巡したハイジだが、ちらりと視線を送った先でカレアシンが小さく口元をゆがめて笑ったのを見て、見た目だけは恭しく礼をし、陣幕を出ることにした。

「ふぅ」

「お疲れさま。無事で何よりだよ」

　外に出て空を仰ぎ、ようやく一息つけると気を緩めたハイジに、同じく傭兵の女性が声をかけてきた。

「ああ、クリス。んーんっと、なんとかね」

「さっきの竜人、あいつってもしかして冒険者ギルドのカレアシンじゃないかい？」

　大きく背伸びして血流を良くしつつ答えると、ハイジよりも若干年上のクリスは腕を組みながら陣幕の方を見てそう言った。

「彼を知っているの？」

「知ってるも何も。そこそこ耳の早い傭兵の間じゃ有名さね。私はあんたが知らなかった方が驚きさ」

　聞けば、傭兵として荒事に立つことの多い彼女は、彼と何度か仕事をしたことがあるという。

　それは山賊の討伐であったり、魔獣退治であったりだが、そのいずれもが、彼とその仲間たちを中心に解決されたというのだ。

「へぇ、彼凄いのね」

「凄いなんてもんじゃないさ。振った剣で空気の刃を飛ばすなんて冗談みたいな技を使うんだよ？　私だってそれなりの魔獣使いだと自負してるけどさ。それでもあいつらの、特にあいつにはうちの可愛い子をけしかけたりしたくないってもんだよ」

かく言うクリスも魔獣使いである。

使役するのはジェヴォーダンの獣と呼ばれる魔獣である。

大きさは牛程度であるが、動きは素早く、全身が硬い針金のような毛で覆われた、狼《おおかみ》のような風貌をしている。

剣をも受け止める鉤爪《かぎづめ》と獅子《しし》の尾を備え、その長い牙は口腔に収まりきれず長く飛び出している。

普通の者に言わせれば、醜悪で巨大なグレイハウンドのような生き物であり、間違っても可愛い子などという形容はつかないであろう。

そのような魔獣ですら、カレアシンにかかれば子犬のようにあしらわれるだろうと、ハイジも思う。

「私ゃ、使役獣が一〇〇匹居てもあいつに勝てるとは思えないね」

「それに関しては同感。先だっての戦闘を終わらせた、あの三体の魔獣けしかけても、死なないんじゃない？」

「違いない！」

お互いに笑い合いながら陣幕を後にする。

そんな折、いきなり背後から上がったけたたましい叫び声に振り向くと、陣幕の屋根から二本の光の柱が飛び出し、騒然としている光景が目に入った。

「ふん。【アブソリュート・ディレクション《命令遵守》】の魔法がかかったアイテムかよ。ふざけた話だ」

足元に転がった眼鏡型の魔法のアイテムを拾い上げながら、カレアシンは呟いた。

「噂にたがわぬクソ野郎だ」と。

絶対命令の魔法、アブソリュート・ディレクション。

レンズ型をしたアイテムにかけられていることが多く、眼鏡や義眼、コンタクトレンズといった形状で、装備状態で狙った相手の目を見据えて発動させることで、相手の意識を支配下に置くことができる。

　真正面から見つめて使わねばならないため、相手に知られずにかけることができない上に、同じ相手に二度かけることができないという不便な魔法だが、かかってしまえば必ず命令に従ってしまうという外法である。

　ゲームの頃は、ただのネタアイテム扱いだったが、現実となるとやばいことこの上ない。

「な、な、なんだそれは！　大体僕の魔法が効かないなんて、そんなはずがない！」

　カレアシンの目の前では、この陣幕の責任者である部隊指揮官殿が腰を抜かして座り込んでいた。

「お前の魔法だぁ？　どう見てもこのアイテムのおかげだろうが」

　拾い上げたそれを、カレアシンは握り潰そうとして、思いとどまった。

　これはこれで、いい証拠かな、と。

　それに、彼の周囲では、一応は責任者である目の前の豚を救うためか、とりあえず自分自身の体面を保つためか、兵や従者らが剣に手をかけいつでも抜けるようにしている。

　抜かれたところでカレアシンにとって、別にこれといって状況は変わらないが。

　なぜなら、剣があってもなくても、この鎧の防御を貫ける攻撃ができる者など、この陣地にはいないとわかっているからだ。

　無手に見えるカレアシンの方も、目に見える武装こそ外に預けているが、それとはわからない得物は持ったままなので、お互い様というところかもしれない。

　鎧の右手首の内側部分には、魔力光の刃が出る、魔力光剣が仕込まれているし、尻尾を包む蛇腹装甲はそれだけで十分に鈍器だ。

　それに左腕の六角形のソードストッパーの形状をした部分は、背後に伸びている光の翼を収束して巨大な光の楯にすることもできる。

　そもそも全身これ武装といった感じの竜人である。

　まあ本人は武器があろうとなかろうと、手を出すつもりも出させるつもりもなかったが。

それに、傍目にも馬鹿魔力を内包しているのがわかる、いかにもな魔法鎧を着ていれば、手を出すのも憚《はばか》られるだろうし、出したとしても常人の膂力でなされた攻撃では、傷一つつかないだろう。

手違いがあっても自分は怪我をすることはないし、何かあるとすれば、それはすなわち相手が無駄なことを仕掛けてきたときだ。

それゆえの鎧だったのだが、見事に役に立ってしまった。

魔法攻撃や物理攻撃に反応して、自動的に防御機能が展開される魔法鎧で、カレアシンご自慢の逸品である。

物理ダメージの有質量攻撃は魔法強化された装甲が圧倒的強度で身を守り、魔法による攻撃は、それが如《い》何《か》なるものであってもその鎧に内封された能力により、発動自体を阻害するのだ。

部隊指揮官ヴォルフラム・フォン・レフィヘルトは、使者の精神を支配して後、上空の岩城へ戻らせ、内部からの手引を企て、侵入工作及び大型魔法装置特有の、主人認識の書き換えを目論んだのである、が。

彼が計画の主軸として頼りにしていた魔法のアイテムが起動すると、即座にそれが攻撃と認識されカレアシンの鎧が発動。

周囲の魔素を魔力へと変換するその機構により周辺の魔素が枯渇、魔法アイテムは大魔力の励起により発動が阻害され無力化という事態に相成ったのである。

このマギウス・ドライブと呼ばれる魔法機関が装着された鎧は、魔法戦闘の際に味方の魔法まで阻害するため集団戦には向かないが、ソロ狩りの時には重宝していたカレアシンである。

鎧の背中、翼を覆うように背負われていた部分が起き上がり、天を突いた状態で金色の光を放っている状態のまま、カレアシンは一歩踏み出し、片膝をついて尻餅をついたままの公子を睨みつけた。

「さて坊主。この落とし前はどうつけてくれるんだ?」

カレアシンは、面倒なことを仕出かしてくれるもんだと、ある意味感心しながら相手に詰め寄った。

周りの連中も剣を向けてきてはいるが、それ以上は動かない。

実際はカレアシンが発動させた威圧スキルにより動けないのだが。

「しっ！　知らん！　僕はなんにも知らないぞ！　そっ、それはお前が僕を陥れようとして自分で持ち込んだんだろう！　そう、そうだ！　そうに決まってる！」

威圧スキルが発動している自分に迫られている状態で、それだけ減らず口が叩けるのならある意味大したもんだと、苦笑して立ち上がるカレアシン。

それがたとえ、ちびりながらでも、と。


ハイジは背後を振り向いた瞬間視界に入ったその異常な光景に、脳が理解する前に動き出していた。

瞬時にトップスピードにまで加速し、警備の兵たちの脇をすり抜け陣幕へと突っ込む。

クリスとともに、話しながら歩いていたため、およそ五〇メートルほど離れていたにもかかわらず、たどり着くまでにかかったのは四秒ほど。

隣に立っていたクリスなどは、ハイジの動きが目で追えず、彼女が巻き起こした風に頬を叩かれてようやく気がついたほどである。

陣幕へと突入したハイジが目にしたのは、背中から光の羽を伸ばしたカレアシンと、無様に尻餅をついて失禁している指揮官に、剣に手をかけはしたがピクリとも動けないでいる従者たち。

彼女が入ってきたことに気がついた指揮官は、抜けた腰のまま、彼女に向かってカレアシンを斬れと叫んだ。

もはや言葉になっていなかったので、それは誰にも理解できなかったが。

ハイジを確認したところで光の翼を収めたカレアシンは、周囲への威圧はそのままに彼女へと近づき、事の次第を告げた。

ハイジは馬鹿指揮官の狼藉《ろうぜき》に天を見上げ、深く息を吸ってからカレアシンに頭を下げた。

たとえ一時のものとはいえ、仮にも主従契約を結んでいる者が仕出かした事の大きさを理解しているのであろう。

責は彼女にないとはいえ、このままでは立場的に確かな者の言い分がまかり通るやもしれないと、ハイジはカレアシンに向かって申し訳なさでいっぱいの顔を向けた。

「ああ、気にすんな。こいつが何を言おうと、ごまかせねえような証拠がある」

そう言って、手にしたアイテムを手に笑うが、馬鹿がどうにか復活したのかして、それを指差してあざ笑った。

「そっ！　そんなものが証拠になどなるか！　裏社会の魔法具屋に行けば、誰にでも手に入れられるような代物だぞ！」

そう言ってけたたましく笑う。

「コイツじゃねえよ。こっちさ」

そう言って、装甲の隙間から何か薄い直方体のものを取り出して見せた。

真ん中に丸い水晶のようなものが埋め込まれ、裏側には四角い板が貼り付けてある。

横に飛び出している突起部分をカレアシンが何やら弄ると、その四角い板に絵が映り、声が聞こえ始めたのだ。

「これは？　写し絵の魔道具ですか！」

「まあ、似たようなもんだ。デジカメっつってな、万一のためにって、シアが持たせてくれたもんなんだが、魔力に関係なく動く分、ある意味便利だよな」

くつくつと笑うカレアシンだが、ハイジは息を呑んでそれを見つめた。

人の姿や風景などを取り込むアイテムなら、魔導術式を封じた水晶などがあるが、それでも結構な価格と魔法の発動に時間がかかる代物だったと記憶していた。

絵が動き、音まで出る上、簡単な操作でそれを行えるような品など、見たことも聞いたこともなかった。

しかし、まあこの人たちならなんでもありなのだろうと苦笑してしまった。

ちょうどそのとき、背後から息を潜めて覗き込んできたクリスが視界に入った。

「ああ、クリス。彼は無事よ」

「いや、カレアシンの旦那に何かあるとはこれっぽっちも思っちゃいないけどね。って、ちょいと。何があったんだい？」

何事もなかったかのように会話をする二人に、身動き一つ取れない周りの者たち。

それらに視線を送りつつ、クリスは心配そうに二人の傍へ近づいた。

「ああ、何度か見た顔だな。クリス、だったか。魔獣使いの」

「おや、覚えててくれたとは光栄だねぇ。魔獣使いのクリス。クラリッサ・モンベルさ」

挨拶はいいからと、彼女は「で？」と説明を促した。

「はぁ、馬鹿だとは思っていたけれど、本当に馬鹿だったとはねぇ」

「まあ、こっちには非はない。何か言ってきたとしても、折れる気もない。全力で反撃させていただく」

強気だねぇ、と笑うクリスだが、それもそうだろう。呼ばれて来てみれば、魔法をかけられそうになって、それを防いだところで逆に自分がその魔法をかけようとしたのだと言い張られては容赦などしたいとは思うまい。

ましてやそれの一部始終を写し取った道具まであると来ている。

自分なら、即座に平伏して許しを請うところである。

しかし、今のところ部隊の指揮官はおろか、それに付き従ってる者たちに何かしようとする動きは見られない。

というか固まったままである。

「あの、カレアシン殿。彼らに何かなさったので？」

心配そうにハイジが尋ねると、思い出したかのようにカレアシンが鼻を鳴らして笑みを浮かべ、軽く一息吸い込んだかと思うと、「ハッ！」と、気を入れるかのような声を発するや、周囲の兵たちがばたばたと倒れ込んだのだった。

「……情けない奴らだねぇ」

「ええ、そうね……」

いくらなんでも立ったまま気絶とか、流石にないわと嘆く女性傭兵の二人であった。

第3章

剣と魔法とお菓子とスキル

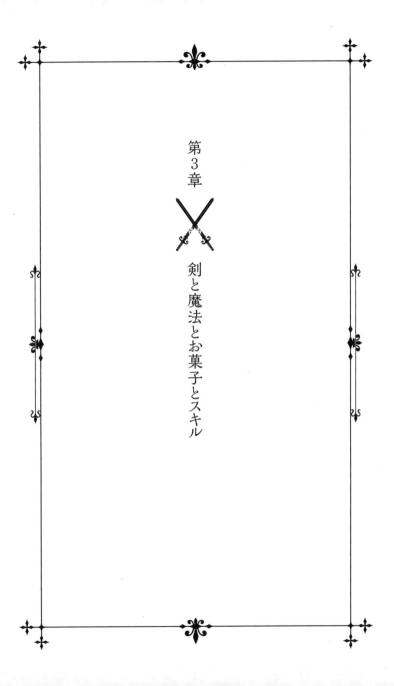

アラマンヌ王国シュヴァーベン領が領主、レフィヘルト辺境伯が公子ヴォルフラム・フォン・レフィヘルト。

彼は自身の欲に忠実な男である。

高い自尊心は、己を能力以上に大きく見せたがり、あるいは他人を貶《おとし》めたがる。

立場の低いものを侮蔑し平伏させ、それを見て悦に入り、上の者には媚《こ》びへつらい、そのくせ陰では反感を抱え誹謗《ひぼう》中傷《ちゅうしょう》で心を埋め尽くす。

気に食わないことや気に障るものに対して常に当たり散らし、抑えることを知らない。

他人が己に尽くすことを当然と信じ、自身が行わねばならないことは全て他人が怠けていることによるしわ寄せだといい、できることさえやろうとしない。

そのくせ欲しいと思ったものは、それが何であれとにかく手に入れたがる。

必要以上に美食を追い、食い切れなければ吐いて胃を空にしてでも更に食う。

おまけに自分の容姿を棚に上げ、見目麗しい女性、に限らず、同性にさえ性欲の捌《は》け口を求める。

元の世界における、キリスト教的カテキズムによれば、いわゆる七つの大罪全てを網羅していると言えるだろう。

傲慢《ごうまん》・嫉妬・憤怒・怠惰・強欲・暴食・色欲の七つだ。

カレアシンなどは、動きたくても動けない身体であったので、動ける今がなんともありがたいものだと知っている。

もっとも彼は、これぱっかりは、一度寝たきりにならなければわからんか、とも思う。

「さて、アレだけ派手に光の翼を生やしてたんだ。本陣から様子見にくらいは来る、かねぇ？」

「それは……なんとも言えませんが」

「ははっ！　おうちに早く帰りたい坊ちゃん連中が多いからねぇ。気の利いた奴の一人や二人は居て欲しいもんだけれどさ」

全力で帰還の準備中、用意出来次第順次撤退の命令が出ている今、忙しい手を割いてわざわざこちらの面倒事に首を突っ込むだろうか、ということだ。

「うーん、総軍の司令官があの男なら、ちったぁ気が回ると思うんだがなぁ」

「カレアシン殿、本隊の将軍閣下をご存じなので？」

首を傾げて何かを思い返しているカレアシンに、ハイジが驚きつつ声をかけた。

「ああ、ギルドの……まあ表向きは商売関係だな。今はゴール王国の将軍さんだったか。商談に寄せてもらったときにはいつも色々と融通してもらってるんだが」

ハイジとクリスは、そういえば冒険者ギルドは高品質武具や魔法薬の商いも行っているのだったと、今更ながらに思い出した。

実のところ、それ以前からの付き合いではあるが、彼女らにしてみれば雲上の人物と知己であるだけでも想定の範囲外である。

「いい客だったぜぇ？　魔法軟膏《なんこう》が金貨二枚とか。笑いが止まらんかったわ」

「いや、普通じゃないのかい？　魔法の傷薬だろう？　あんたらのギルドで卸してる」


ちなみに冒険者ギルドの窓口である支部は、各国の王都にひっそりと建っている、知る人ぞ知る名店扱いである。

何せ武具にしろその他アイテムにしろ、同価格帯なら確実に品質が上なのである。

その中でも魔法軟膏は、傷口に塗り込むだけで、ほぼ瞬時に傷がくっつく上に痛みも残らないという掘り出し物であった。

怪我をして身動き取れずに休業することを考えれば、多少の出費は目をつぶれる。

なにせ、普通なら傷が塞がるまで一〜二ヵ月、まともに動けるようになるまで半年はかかるほどの傷が、塗るときの痛みと薬代さえ我慢すれば、即完治なのだから。

神聖魔法による癒やしが行える者など、神殿に居る司祭クラスか、修行と称して旅を続ける流浪の神官が僅かばかりに居るだけである。

大怪我をしたその場に居合わせることなどまず間違いなくないと言えよう。

そのために、荒事に従事する者たちにとっては必須アイテムとも呼べるシロモノとなっているのであるが……。

「ああそうだ。いや、いくらで売ったもんか、最初わからなくてなぁ。売り込みに行った先で実演してみて、いくらで買う？　って聞いたら、一つ金貨二枚と来た。いや、ホント驚いたね」

使用説明がてら、ガマの油売り的な実演をしてみせたカレアシンである。

元の世界で行われているものとは違い、本物の真剣でちゃんと腕を突き刺したという違いはあるが。

なお価格的には、神殿で治療してもらった場合のお布施と比較して、少々お高めに設定してある。

安いと色々と揉める可能性があっただろうとのことで、ほどほどな設定だと思われる。

「なあ、冒険者ギルド的にはあの魔法軟膏はどういったモンなんだい？」

クリスとしては、ギルド内部における魔法軟膏の重要性を聞いたつもりだったのだが。

傭兵たちの間で必携とすら言われている魔法薬を、カレアシンは「たかが」扱いな物言いだからだ。

そして、それに対する答えはやはり多少ずれていた。

「んー、生産加工部門の長のドワーフの親父なら、材料さえ揃えればモノの五分で一〇〇個分は作りやがるぞ？　材料はその辺の山で取ってくる薬草だからロハだしな」

五分で金貨二枚分の軟膏が一〇〇個。

その答えを聞いたクリスは、本来聞きたかった意味合いとは違ったが、いろんな意味で彼らがずれているのを理解した。

「あのさ、二金貨あれば、贅沢しなきゃ食費が半年は楽に賄えるんだよ？　その一〇〇倍の分量が五分で作れるとか、冗談だろう？」

流石に事実だとしても誇張が入っているだろうというクリスの希望であったが。

「あ？　ああ、そりゃまあな」

やはり、半ば冗談だったのだろうと安心しかけたところで追い討ちが来た。

「流石にそれだけの量作るにゃ、材料探すのに丸一日はかかるからな。結構な手間だ」

横で聞いていたハイジとしては、まあこの人たちならそれもありなんだろうと大して驚かずにいられたが、呆れ返ってしまっているクリスにどう声をかけようかと思案していた。

白パン美味しかったなー、などと思いながらだったが。

そんなこんなで彼らは天井に穴の開いた陣幕を出て、気絶したままの馬鹿とその取り巻きら兵士や従者たちを一緒に引きずり出して改めて縛り上げた。

もしかすると一人や二人は親である辺境伯の派遣した監視役だったのかもしれないが、現状ではひとまとめにしてあるのでわからない。

一様に白目を向いている連中を外に並べながら、カレアシンはハテサテどうするかと腕を組んだ。

真っ当に交渉してくる気があったのならば、多少の注文は聞いてやるつもりだったが、これはいけない。

交渉する気がなかったどころか危害を加えることが前提だったのであるから。

ハイジとクリスに相談でもしてみるかと様子を窺うが、未だにクリスの方は何やらブツブツと呟いて虚ろな瞳をしていた。

「一日山で採集して、そのドワーフに頼めば金貨二〇〇枚……神金貨で二〇枚……銀貨だと四〇〇〇枚……銅貨だと八万枚……私の数年分の稼ぎが……五分……」

ちなみにこの世界の通貨は、神に賜った神聖金貨を基本に作られている。

神金貨《フラウ》一枚が金貨《ロア》一〇枚、金貨は銀貨《グルー》二〇枚に、そして銀貨は銅貨《スレイ》二〇枚である。

この世界、流通が色々と滞っているためにエンゲル係数が高くなる傾向があるが、食費換算ではおおよそ銀貨一枚が一～二万円程度だと考えてもらえばいいかもしれない。

「ああ、クリスの。今は流石に二ロアでは卸してないぞ？　量産してるから、その分安くしてる。将軍のところには半値だからな」

それでも常識外れな値段であることには間違いない。

「ね、ねえ私なんかでも、アンタんところのギルドに入れてもらえるのかい？」

「ほ？　そう来るかよ。いやいや、予想外だ」

駄目なのかい？　と尋ね返すクリスに、そうじゃないとカレアシンは答えた。

「開業からこれまでずっと、募集はかけてるんだぜ？　身分や年齢性別は問いませんってな」

だが、中々人は集まらなかった。

各国の支部の壁に募集を貼り出していたのであるが、そもそもそれが読めるほどの教育を受けている者であれば、既に手に職は持っているということに気づくまで暫くかかったのも一因だろう。

クチコミで広めればと試行錯誤した後に来たのは、食い詰めた流民や、貧民窟の住民だったりした。

それでも一応審査を行い合格すれば冒険者として、駄目であっても信用できる人物であれば、ギルド内での小間使いとして雇ったりもした。

金の持ち逃げや仕事の放棄などを警戒して、神聖魔法を用いた契約を行っているため、不祥事は今のところ起きていない。

そもそも、そういうことを考える者だと、採用時の質疑応答の際に神聖魔法のピンキープロミス《ゆびきりげんまん》が早速発動して、口の中に針が一〇〇〇本出現する羽目になりご退場願うこととなるのだが。なお痛いだけで怪我はしない模様。

ちなみにギルドメンバーは、アイテムを用いず自力で治癒することが可能なため、魔法軟膏を使用することは少ない。

神聖魔法や精霊魔法を使う者や、治癒スキルを使う者など様々だが、治ればいいのでそのときそのときでどれかを使っている。

なおスキルに関しては発動に必要な音声・動作を各個人で自由に決められる上、エフェクトも変えることができるため、同じ効果でも違うもののように見られることがある。

加速系スキルなどはその典型で、ソニックなんちゃらだのフラッシュなんちゃらだのという掛け声に変えている者や、中にはわざわざ金髪アフロのカツラを被って、ポーズを取らなければ加速できない者もいる。

発動が非常に遅くなるが、自己満足なのでかまわないそうである。

他にも、自分以外を治すというスキルの発動に、スキル名を叫んで対象をぶん殴る必要があるというのは自然な成り行きであろう。

狂った金剛石とか叫んでいたが。

それはともかく。

「ウチは随時募集中、だったんだが」

「だが？　何さ、勿体ぶらないでおくれ」

カレアシンは、鼻先をこりこりと掻きながら、申し訳なさそうに項垂《うなだ》れた。

「これからちょいと厄介事増えそうでな？　だから、入ってもらっても、いきなり面倒事を押しつけなきゃならんかもしれんのよ」

頭上に浮かぶ、ギルドハウス『天の磐船』を見上げてそう言うカレアシンである。

硬度六以下に運営を任せる例の一件もある。

彼女くらい使えるなら、採用試験はパスしても大丈夫だろう、とは思う。

魔獣使いなら基本的にレベルキャップは開放されているはずなので、余計に大歓迎なのだが、しかし、それ以前に恐らくは加入しているであろう傭兵ギルドとの関係もあり、即決とはいかない。

「とりあえず、後でウチの親分と話してみてくれ。多分大丈夫だとは思うがな」

「アンタんところの親分？　ああ、あの魔人の姐《ねえ》さんかい」

カレアシンだけではなく、呉羽の方も見覚えがあるような口ぶりである。

まあ、一度見たら忘れられない風貌の者が多いのは確かであるが。

「いんや、あいつはあくまで代行だ。見なかったか？　あそこから降りてきたのいたろ？」

「私らの待機場所は、戦闘区域から離れてたからねぇ……」

「ですねぇ」

ハイジも横で聞きながら、もし冒険者ギルドに入れるのなら、自分も尻馬に乗ってしまおうかと思っていたが、どうやら暫く待たねばならないようである。

「さて、そんじゃあ話を始めるか。なあ、将軍様?」

視線を動かさずに言うカレアシンに、二人は慌てて背後を振り向いた。

そこには、華美ではないが、十分に装飾された鎧を纏う、壮年の騎士が従者を数名引き連れて、佇んでいた。


「で、カレアシン。いったいどういった話なんだ? 事と次第によっちゃあ、如何にお前さんでも容赦できねえぞ?」

地面に転がった、この部隊の指揮官である辺境伯公子とその側近らを見て、わざわざやってきた将軍が、顔見知りであるところのカレアシンに声をかけた。

「そう尖るなよ、将軍閣下。まあこれを見てくれ、こいつをどう思う」

「なんだ? やけに小さいな」

「チッ、使えねえ」

胸元から出したデジカメを将軍に見せるが、カレアシンの望むリアクションは当然のことながら得られず、彼は舌打ちした。

「お前は何を言ってるんだ」

そんなカレアシンを、将軍はそう言って訝しげに睨むが竜人は意にも介さず言い返した。

「あー、どうもすいませんでした。このおでぶちゃんが俺らとなんぞ交渉したいって言うから来てみたら、いきなり支配魔法かけてきたんで反撃したらこうなりました! 以上!」

どん! と胸を張り、あったことをそのまま語るカレアシン。

確かに受け答えとしては間違ってはいないが、組織の代表としての対応と考えるとかなり間違っている。

それは彼自身も理解しているし、それが良いこととは思っていないのも事実である。

だが、それにも理由があり、実際のところ、下手に

出た場合、なし崩しに話が進んでしまうことを避けたかったのである。

　こうして知己の間柄故の態度を取れば、こちらが事を公にせずに現場での行き違いがあった、で済ませたいということを相手が汲《く》み取ってくれるであろうと期待していたのである。

　言ってみればなあなあでさっさと事を収める方向へ方針転換を企んでいたのである。

　それはもし自分ではなくシアか呉羽が来ていたとしたら。

　現状でも面倒なのに、事が大きくなって彼女らに知られると更に面倒事になる可能性が高いのではという考えに行き着いたからである。

　精神支配を受けてしまった見目麗しい女性の先行きを考えてしまう……というわけではない。

　彼女らの魔法耐性は尋常ではなく高い。

　ＴＲＰＧ風に例えるならば、平均的な魔法資質を持つ人物が精神支配の魔法をかけようとした場合、魔法の発動成功の判定は間違いなく自動失敗扱いである。

　もしあくまでもダイスを振って決めるというのであれば、百面ダイス二個を一〇回振って一〇回百ゾロを出さなければいけないレベルである。

　なお当然抵抗ロールは別で振る。

　なのでそんなことは毛ほども考える必要がないのだが。

　カレアシンの胸に去来したのは、問答無用で支配魔法の行使という行為に対し、自分のところのお姫様方がどう反応するか、である。

　皆、優しいのだ。

　シアはともかく、呉羽を優しいと言うのは意外に思われるかもしれないが、カレアシンはそう思っている。

　でなければ、手間のかかる貧民街出身の小僧や小娘のギルド員への雇入れなど、行わなかったであろう。

　そして、そういう彼女らだからこそ、人の精神を支配するなどという魔法、そしてそれをなんら痛痒《つうよう》を感じずに用いる人物になど。

　手加減など、するはずがない。

　そんなことは、本人がどう思っていたとしてもやらせたくはなかった。

　下手をするとこの陣地は、跡形どころか地面すら抉《えぐ》り取られてクレーターになっていたかもしれないのだ。

　それに巻き込まれる者もいないとは言い切れない。

　ギルドハウスに収められていた魔導アイテムを手にし、精神的なリミッターが解除された上に怒りに震えるシアや呉羽など、カレアシンですら恐ろしくて傍に居たくないほどだ。

　きっと、熊子あたりに言わせれば「呉羽が本気で怒ってるときは、近くに居たくない。少なくとも二〇〇マイル以内には。シア？　うん、ログアウトする《人生諦める》」とでも宣《のたま》うだろう。

　それが起こっていたとしたら、彼女らに要らぬモノを背負わせることになる。

　それは彼としては望まぬことだ。

　故にカレアシンは、己が心の中身をぶちまけたような態度を取っているわけである。

「貴様、閣下に向かってなんという口の利き方を！」

　無論、その態度は傍目から見ても相当にふて腐れているようにしか見えず、将軍に付き従っている者たちの逆鱗に触れた。

「かまわん、いつものことだ」

　剣の柄に手をかける従者たちを片手で押さえ、将軍は顎に手をやり訝しげにカレアシンの言動の裏にある何かを把握しようとしていた。

　彼にとって目の前にいる竜人自体は、個人的な知己である。

　表向きは彼らの商売上の顧客であるが、実のところ古い戦友でもあった。

　その昔、とある貴族の家に生まれた彼は、長子ではなかったが兄よりも優秀だったため、後継者争いが起こるのを憂慮して家を飛び出し、傭兵として生計を立てていた。

　騎士として出仕する道や嫡男の居ない他家に婿入りする引き合いもあったが、性に合わぬと成人してすぐに家を飛び出したのだ。

　幸いにして腕には覚えがあり、その際に師事していた縁故を頼れたために、程なく仕事も評価されそれなりの稼ぎを得るに至った。

その際に、未だギルドを興せておらず、傭兵的な活動をしていたカレアシンら冒険者たちと知り合ったのである。

その後、一人で、あるいはカレアシンらといくつかの大仕事をこなし、一流の傭兵として名も知れ渡った頃、実家を継いでいた兄の訃報が知らされたのである。

男子の跡継ぎを得ぬままに息を引き取った兄の後を継ぐために出戻った彼に、周りの貴族たちは苦役を強いた。

守護の砦への配属を命ぜられたのだ。

彼の家は、派閥としては小さいながらも軍閥貴族として古い家系であった。

それ故に、軍内部で重要な席を賜るはずであったが、彼自身に軍歴がないのが災いした。

せめて騎士として一度でも籍を置いていれば良かったのだが、それも後の祭り、まずは実績をつけてくるべきだと、実戦の機会が多い、要するに死に易い職をあてがわれてしまったのだ。

幸いにしてその程度では彼の心は折れず、実力も備わっていたために守護の砦での職務も文句が出ないほどに務め上げることになるのだが。

流石に砦を守護する騎士の面々にまで非協力的な態度を取られてしまったのには困り果て、手が足りないときにはカレアシンらに人的支援を求めたりもしたのだ。

故に彼はカレアシンたち冒険者ギルドの面々を信用しているし、カレアシン当人も頼りになる男だと思っている。

ではあるものの、その所属するコミュニティは不可解極まりない存在であるとも感じていた。

これまでに類を見ない魔法薬を持ち込んできたり、恐ろしいほどの剣技や技術を持ちながら、それをひた隠しにするなど。

今現在は、各国に対して友好的であるが、これからもそうであるとは限らない。

冒険者ギルドは、主な国の王都に支部という名の出先機関を設け、表向きはよそが歯牙にもかけない面倒で細かな仕事の請負や、自ら生産した品の小売店に酒場、宿などを兼業しており、まさしく便利屋としての顔しか見せていない。

だが、彼らがその力をそうでない方向に向けたら？

それにより起こる小さくない混乱が、あちこちで起こってしまえば、その対応は？

もしもそれが今水面下で動いていたとすれば、自分たちの手に負えるような事態で収まるのか？

もちろんそんなことが起こって欲しくもないし、そんなことを起こすような連中ではないと知ってはいるが、そう危惧する者も少なからずいる。

そして、そう思う者は、そのほとんどが現場で動く、冒険者たちの実力を欠片《かけら》なりとも知る者である。

だがそれが故に、上層部の政治的な舵取りをする者とは意見が食い違い、冒険者に対する対応は混迷を極めることとなるのだが、それは別の話である。

「カレアシン。お前さんたちの腕は嫌っていうほど知ってるし、お前さんらが無能で自意識過剰で権力を振り回すだけの間抜けな貴族連中のことを忌避して小馬鹿にする気持ちもわからんでもない。むしろ俺も同感だが、ココはまだ戦場で、そいつは一応ココの責任者だ。なににもありませんでした、ってことにはできん。すまんが、ただで済ますわけにはいかんのだ」

「『ただで済ますわけにはいかんのだ（キリッ）』って冗談じゃねえ。こっちだってただで済ます気なんざねえ。きちっと落とし前、つけてもらおうじゃねえか」

厳しい視線で見つめられたカレアシンは、それを真似たあと、泰然とした態度で目の前の将軍と睨み合った。

そんな連中をさて置いて、場違いだなと感じ、じりじりとその場から離れていた女二人組は、遠巻きにできる距離を確保しつつ、色々囁《ささや》き合っていた。

「いつものこと……って。彼、どんな商売してんのさ」

「押し売り、とか？」

冒険者ギルドの店は知っているが、店舗以外での商売など、一般の客には知る由もない。

憶測が飛び交うのも仕方のないところであった。

「っていうか、よくもまあ、あの剣戟《けんげき》将軍と対等に渡り合えるもんさね」

「え、あの方そんなに凄い人なんですか？」

そうこうしているうちに、カレアシンと会話している偉丈夫の男に関心が向けられた。

ハイジは相手の男を、将軍なんだから偉い人なんだろうな、程度にしか考えていなかったが、クリスはその人となりをある程度は知っているようだった。

「あんらまあ、勉強不足だねぇ。剣戟のジョフルといやあ、若い頃は魔獣退治や大盗賊団の討伐なんかで名を上げた、伝説の傭兵さ」

「ああ、その名前なら知ってます。一人でラウール盗賊団を壊滅させたって話、昔育ての親から聞いた覚えが」

目を輝かせて言うハイジに、苦笑しながら、

「ああ、そいつは有名だねぇ。確か盗賊団の隠れ家を急襲して、そいつらを全滅させたんだったね。でも頭目には逃げられちまったって奴だろう？」

「はい、子供心に凄い人もいるもんだなぁって思ったもんですよ。その人、まだご存命だったんですねぇ。驚きです」

「勝手に殺しちゃかわいそうさ。あと有名なのは、そこの守護の砦に詰めてたときの話。たった一〇人の傭兵を率いて一〇〇体を超える数の魔獣を討ち果たしたとかさ。ま、今回の魔獣侵攻で、それくらいの数を屠った手合いは増えただろうけどねぇ」

言いつつクリスがカレアシンに視線を送ると、その背中がやけに頼もしく見える。

それはそうだろう、聞けば彼ら冒険者ギルドはおよそ被害らしい被害もなかったのだ。

それも自分たちのような後方ではなく、むしろ被害担当部隊として割り振られた、真正面の位置取りであったにもかかわらずだ。

武功は言うに及ばず、その人柄も好ましい上に、貴族連中にも気後れしないとなれば、これほど良い男も中々いない。

種族の差など、些細《ささい》なものだ。

「やばいね、惚れちゃったかも」

「え？　何か言いました？」

「いんや、こっちの話さ」

ぼそりと口をついて出た言葉に、自分でも驚く。

この世界、基本的にどんな種族とでも子をなせる。エルフは言うに及ばず、ドワーフやフロリクス、獣人に翼人、魔人や水棲人とであっても子供を作れるのだ。

普通人がこの世界の人間種の基本であり、その他は傍系あるいは亜種と主張する者がいるのも頷ける話である。まあ種族によっては、我らこそが他に抜きん出て進化した種だと公言している者も居るが。

下卑た話であるが亜人と呼ばれるモンスター扱いの人型生物との間ですら、子を生むことは可能なのだから。

いわんや竜人をや。

「いっちょ気合入れるかね」

そう言って少し熱くなった頬をペチンと叩いたクリスを、ハイジは不思議そうに見つめる。

「いきなりどうしたんですか？」

「内緒さね」

「教えてくださいよ、気になるじゃないですか」

「秘密♪」

いつの間にか二人の会話が夜のお泊まり仲良しパジャマパーティー状態になっている中、おっさん二人は睨み合いを続けていた。

無言で睨み合う二人に、将軍の従者らは気が気ではなかった。

その中には、過去の冒険者ギルドの戦闘報告に目を通していた者も居た。

当時は、「報告書に記載されている程度の少人数で成せる行為ではない。おそらくは相当数の人員を投入したのだが苦戦したと見られたくないために、人数を過小報告したのであろう」と端から信用せずに笑っていたものだが、彼はカレアシンを実際に見て、その底知れなさを思い知っている最中であった。

魔獣の巣と化していた洞窟を僅か六人で殲滅するなどあり得ないと、信じていなかった自分を、殴りに行きたいほどに。

彼は将軍の前に立つ竜人を見て、再度自身の知るその存在に対する認識を改めた。

彼は思う。

竜人、名をカレアシン。

本当に彼は竜人なのだろうか。いや、これが、これこそが竜人なのか、と。

その存在自体が希少とはいえ、立場上これまでに何度か竜人と相見えることがあったが、カレアシンほどの存在を感じたことはなかった。

今まで会った竜人たちは、強いと言われれば「ああそうであろうな」程度の感想しか持ち得なかったのだ。

しかし、目の前のこの男は、と。

我らが将軍閣下よりも、強い。

そう感じ取ったのだ。

恐らくは国で並ぶものは居ないと言われている将軍を、さほど苦労せずに相手できるほどに。

自分たちでは恐らく、剣がその身に触れることさえできずに終わるだろう。

そうでなければこの竜人の余裕が解せない。

いざとなれば、目撃者全てを消してしまうのではないだろうか、という疑心暗鬼にすら囚われていた。

いっそココで自分の責に納められるならば、とまで思い詰めたところに将軍から声をかけられた。

「少し外せ」

彼にとっては心外の言葉が耳に届いた。

自分たちがなぜココに付き従っているのか。

それは自分たちが将軍を、我が身に代えてでも守るためである。

呆然とした彼の横で、激昂《げっこう》した同僚が叫ぶように将軍に問う。

その声も彼の耳朶《じだ》を打つだけで、心にまでは届かなかった。

自然と手が柄に伸びる。

するりと剣を抜き放ち、そのままの勢いで竜人の右の脇に——鎧の隙間目掛けて——細身の自分の剣を滑り込ませれば、それでいい。

あとは自分の首を以《も》って責任を取ればいい。

将軍閣下に降りかかる障害さえ取り除ければ、他はどうなってもかまわない。

それで閣下の立場が悪くなっても――。

そこまでシミュレートし、指が柄に触れたところで視界が金色の光で遮られた。

「【ピースフルスピリチア《平穏なる精神を》】」

そして、聖なる輝きを纏った、天上の音楽のような神聖魔法の詠唱が、彼の耳朶を打ったのだ。


「カレアシンに続いて呉羽たちまで出かけちゃったので、帰ってくるまで暇潰しターイム！」

「どんどんぱふぱふ～！　で、なにすんの？」

ちょうどその頃、天の磐舟の内部では、シアと熊子がやけにノリノリの調子で、持て余している暇な時間を有効に使おうと、意気揚々と声を張り上げていた。

「暇潰しといっても、何をする気じゃ？　わしら、自分の装備やらアイテムや何やらの点検なんぞで結構手間かかるんじゃが」

とてもとても迷惑そうなアマクニが、広間に呼びつけられた他のメンバーを代弁して苦言を呈している。

現在、ギルドハウスのロッカーに放り込んでおいた、秘蔵のアイテム群を実際に目にするお楽しみタイム中と言っても過言ではない。呼び出した当のシアにもその気持はとてもわかりすぎる。

なおアマクニら職人兼業組は、先の戦闘で酷使した装備を実際に点検していたりもするので更に嫌な顔をしていた。

しかし、取り急ぎやっておいた方が良いだろうと考えたために、無理を言って皆に集まってきてもらったのだ。

「いやまあ、その辺のことは他のみんなと合流してからでもできるじゃないですか。まあ正直なところ、私が遅くなったせいでみんなに迷惑かけちゃったなぁと思ってですね、やれることっていうか、やっておかないと拙《まず》いかもしれない件を先に済ませておこうかなと」

てへ？　という感じで頭を掻くシアに、アマクニは気の抜けたため息をついて肩をすくめた。

「まあ今更急《せ》くこともあるわけでなし、別にかまわんが……何をする気じゃね」

「いえ、とりあえずですね。ギルドカードの発行をと思いまして。コッチ来てから私居なかったから、発行できてないでしょ？」

案外まじめな提案をしてくるシアに、アマクニは納得した表情で頷いて返した。

「確かにコッチに来てからは発行できんかったな。呉羽の嬢ちゃんも嘆いておった」

ギルドカードの作成は、旧『ALL GATHERED』時代から一貫してギルドマスター権限であり、副ギルマスによる代理発行は不可能であった。

しかし、ゲーム世界においては様々な恩恵をプレイヤーに与えてくれていたギルドカードだが、この世界においてはどうだろう、とアマクニは首を捻った。

身分証明書として、というなら現状暫定的に発行しているく皮革に金属プレートを打ちつけて刻印したものがある。

ギルドの設立前から仲間の証《あかし》として造り、所持してきたのだ。

設立後は後見についてくれた小国の紋章が、金属プレートが張ってある面とは逆側にエンボス加工で浮き彫りにされ、結構手間がかかった品となっている。

市井に紛れた者の子弟が、このカードを片手に冒険者ギルドの扉を叩くなど、それなり以上には役に立ったと言えよう。

ギルドメンバーの皆も、結構愛着を感じていると言っても過言ではなかった。

それにそもそもこの世界では、昔のように視界の中にウインドウが開いてステータスを確認するといったこともできないのだ。

ギルドカードといえば今はこれ、という気持ちもなきにしもあらずというところであるが、実際にそれがどう反映されるのかも疑問であった。

「へー、案外かっこいいじゃない」

アマクニから手渡された現在のギルドカードを、裏に表にしげしげと眺めるシアは、ひとしきり思案したあと、ギルマス専用スキルを使用した。

「『Issuance Of Guild Card《ギルドカード発行》』！」

女神からの恩寵《おんちょう》たる輝きに包まれた聖なる雫《しずく》が、陽の光に瞬いて降り注ぐ。

それは、心を癒す滴り。

ささくれた心の傷を埋める、優しい女神の金色の雨。

その輝く水滴は、全ての悪しきしがらみから精神を解き放つ。

「これは――？」

従者の男は、今にも抜き放とうとしていた剣の柄から手を離し、降り注ぐ黄金の雫を手のひらに受け止めようとするが、煌めきは手に触れると一瞬で消え去った。

「女神の聖なる癒しの力、か」

カレアシンへと、その怒りの矛先を向けていた従者たちの気勢が、まるでなかったかのように削《そ》がれ、静まっている。

その最先鋒《さいせんぽう》と思われる従者の面持ちも、穏やかなものへと変わっていた。

それもつかの間、何やら思案するように額に手を当て、大きくため息を吐き項垂れていた。

別段これといって影響がなかったのは、ジョフルとカレアシン、神聖魔法の効果範囲外にいたハイジとクリスだけであった。

「やれやれ、何を手間取っているのかと思えば。カレアシンともあろう者が情けないったらないわね」

「はい、隊長らしいとも言えますが」

誰の仕業かと周囲に注意を促す中、頭上からかけられた声に、カレアシン以外の一同は揃って驚きに目を見張った。

見上げた先には、シアとは違う、威圧的としか言いようのない雰囲気の魔人女性の呉羽と、飄々《ひょうひょう》としたダークエルフ女性、ヘスペリスの姿があった。

彼らに驚きを与えたのはその出で立ち。

呉羽は、ビロウドのような滑らかな色彩の深紅のミニスカワンピースに黄金色の羽毛で覆われた胸当。

細かな細工が施された白金の手甲と、それと同じ意匠の高いヒールの太ももまで覆う白金のロングブーツに、紫紺のマントを羽織り、額には自らの左右の角に挟み込むように取りつけた、鼻先から頭頂部までをシェイプされた曲線で形作られた菱形状の鉢金のようなもので覆っている。

その手には、半ば透き通ったような赤黒い結晶で形作られた、互い違いに六本の枝が生えた剣のような杖、いや杖のような剣なのだろうか、が握られていた。

左手には何も持ってはいなかったが、手甲の前腕部の外側には両手の平を合わせたほどの大きさの円盤に、和バサミのような形状の刺突用の突起のある小型の盾が取りつけられている。

ヘスペリスはというと、サテン生地の長袖チュニックとデニムのホットパンツ、黒いサイハイソックスと足首までの革ブーツという軽装に、取ってつけたようなごつい革ベルトを腰に巻き、それの左右に細身のレイピアと短杖を携えている。

片やこれでもかと言うほどに重装備の呉羽と、片やその辺を散歩にでも行きそうなヘスペリス。

とはいえその装備のいずれもが凄まじい魔力を帯びており、見る者によっては怖気《おぞけ》を振るうほどのものばかりであったから。

「お前……大丈夫なのか？」

「大丈夫なのかとは心外ですこと。シアに手ずから看病してもらった私が、いつまでもどうにかなっているわけがないでしょう？」

大半の者が、降りてきた呉羽らにどう対処すれば良いのか逡巡している中、呉羽はカレアシンからかけられた声に軽く言い返し、彼から若干離れた位置に着地した。

その際にごくごく自然に、尖ったつま先で地面に転がっているでぶ貴族の股間をぐりぐりと踏みつけにしていたりしたが。

「あー、元気になったんなら、まあいいか。で？　何しに降りてきたんだ？」

確かに手間取ってはいたものの、別段急かされていたわけでなし、と疑問に思うカレアシン。

それに対してあっさりと答えたのはヘスペリスであった。

「いえ、ソレの相手をするのでしたら、出る気も必要もまったくなかったのですが。将軍閣下がいらしているとなれば、ご挨拶に伺わねばと思った次第です」

顎で地面に伸びている貴族のデブを指し示しながら、重さを感じさせないふわりとした動きでカレアシンの横に着地したヘスペリスは、そのまま恭しく剣戟将軍へと向き直った。

「お久しぶりにございます、将軍閣下。冒険者ギルド、星蒼玉《スターサファイヤ》のヘスペリスであります」

「お久しゅう存じます、将軍閣下。冒険者ギルド、副ギルドマスター、血紅玉《ビジョンブラッドルビー》の呉羽でございます」

「あ、ああ。久しいな、ヘスペリス殿。それに呉羽殿、壮健で何よりだ」

慇懃《いんぎん》に礼をするヘスペリスと呉羽に、将軍は些《いささ》か虚をつかれたような戸惑いを見せるが、すぐに答礼を返した。

「しかし、副ギルドマスターとは？　いや、確か御身は以前ギルドマスター代行を名乗っておられなかったか？」

若干記憶を探るように視線をそらし、問いかけるジョフルに、呉羽は杖を持たぬ空いた手で口元を隠すようにしてくすりと笑い、それに返した。

「はい、代行の肩書きをようやく返上できましたので、本来のものに戻した、という次第です。私たちの真のマスターたる者が、ようやく我らの元に戻られたのです」

誇らしげにそう告げる呉羽に、ジョフルは「ほう」と感嘆の声を上げた。

「長年正式な最上位者を定めぬまま、というのは不思議に思っておったが、そういうことであったとは。なんにせよ、それは喜ばしい」

「ええ、それはもう。私、もう幸せすぎて死ぬかと思うほどでした」

喜びの再会時に地に落ちるほどの精神的一撃を食らったことは彼女的にはなかったことになっているようである。

そんなある意味首脳会談的な状況の中、放置されていた従者たちは自分自身を取り戻して居住まいを正していった。

ただ一人、己の先の行動に激しく疑問を持ち、眉間に皺《しわ》を寄せている者がいたが。

そんな従者らを横目に、カレアシンはさてと、と一息入れ姿勢を正し、将軍に向き直った。

「で、話を戻すが。どうする？　俺たちは引く気はねぇ。そちらは軍規で雁字搦《がんじがら》め。さて？」

「む……」

「俺たちは、仕事を済ませて撤収した。引いた先は、ちぃとばかりふざけた移動基地みたいなもんだが、それはお前さん方にはどうこう言われる筋合いじゃねぇ。それはいいな？」

戦線を最後まで支えたのも、魔獣の群れに止《とど》めを刺したのも、自分たち冒険者である。

撤退時に足並みがどうこうなどと言われても、それがどうしたと跳ね返せる。

その上でカレアシンは、今回の下の者の行動を把握し切れなかった責任者に、どう落とし前をつけるのかと問うていた。

「ふぅ。よかろう、冒険者ギルドへは一切の責を問わん。今回の一件は、この部隊を率いる責任者の独断専行だ。軍規に照らしてそれ相応の対応をさせてもらおう。そして、こちらからの詫《わ》びとしてだが……」

「ほう？　大盤振る舞いだな。正直そのデブの処分はそっちで済ませとくからさっさと帰れ、で終わりだと思ってたが」

「今回の参戦、報酬は要らんと言っていたな？　あくまで後見の国家からの出兵扱いだ、と。私の裁量で、通常の傭兵団に支払う額の倍出すように取り計らっておく。それと、だ。私自ら、そちらの責任者殿に謝罪に伺おうと思う」

将軍がそう口にすると、ざわり、と。周囲の空気がかさついたように、聞こえない音を立てた。

「や、ただ単に今後も色々と手を貸してもらうだろうから、その、だな。ギルドマスターにご挨拶を、とな」

ちりりと首筋に嫌な感覚を捕らえた将軍ジョフルは、

付け足すようにそう言いつつ、周囲の気配を探る。

するとキツイ視線を目の前の魔人から感じはするが、それとは違うと切り替える。

と、背後からそれまでとは違う違和感が盛り上がってきたのをゆっくりと受け流し、滑らかな挙動でそれまで立っていた場所からずれるように移動し背後に向き直った。

「閣下！　閣下が赴かれるなど、あり得ません！　むしろあちらに足を運ばせるべきです！」

そう言いつつ腰の剣を抜いた従者が、先ほどまで将軍が立っていた場所目掛け突きを放っていた。

「あー、言ってることとやってることが出鱈目だな。お前さんのところは変わった教育してるんだなぁ？」

伸び切った剣を戻そうとする寸前に、カレアシンはその剣先を摘み、それを握った従者ごと地面に引き倒した。

もんどりうって顔面から転がった従者から剣を奪い、その腕に足先を絡めて関節を極め、動きを封じた。

するとその背に畳んでいたマギウス・ドライブの翼が起き上がり、周囲の魔力を吸い上げ始めた。

「っと、こいつぁ？」

「あら珍しい、魔法剣？　ちょっと貸してみなさい」

つまんだままの剣をまじまじと見るカレアシンの手から、呉羽が横から手を伸ばし、ひょいと奪い取った。

「おいおい、お前さんなら大丈夫とは思うが、気ぃつけろよ？」

そう言って注意を促し、励起した魔力翼を収めながら、竜人は足下の従者の様子を見やる。

「気ぃ失ってるってえと、あれか」

従者の持っていた剣は、魔法剣と呼ばれる類のものであるのは明白であった。

魔法剣はいくつもの種類があり、主に使用者の魔力を用いて切れ味を強化するものが多い。

また、持ち主の意思により魔法を放てるものや、それ自体が知能を持ち、持つ者に英知を授けたりこれまでの戦闘経験などから技術的な恩恵を与える剣もある。

そしておそらくこの剣はいわゆる呪いの剣、持ち主の意思に反して身体を支配し、斬りかかるという類のものであろう。

先ほどは支配していた従者から剣を奪い取ったカレアシンを、改めて支配しようとしたために、例の魔法鎧が起動し対魔法防御が働いたのである。

「おそらく条件づけでの呪いの発動だったのでしょう。持ち主の精神状態により、呪いが発動して目的の行使が行われると。先ほどはカレアシン隊長が無理矢理に魔法剣の支配を断ったわけですから、意識を失うのも当然かと。確か発動中の精神支配魔道具相手には、一時的な精神洗浄にしかなりませんよね、【ピースフルスピリチア】は」

カレアシンの足下にしゃがみ込んだヘスペリスも、倒れて意識をなくした従者の男の様子を見て、状況を把握していった。

「魔法剣との繋がりは、完全には切れてはいませんね。……あ、切れた。あ、繋がってまた切れた。って、何遊んでるんですか呉羽?」

従者と魔法剣との繋がりを、魔力の目で見ていたヘスペリスが、接続をオンオフするように遊ぶ呉羽に苦言を呈するが、効き目はないに等しい。

「あら、ごめんなさい。ちょっと弄ってただけだから。はい、これでよしっと」

魔法剣の柄を逆手に握り、頭部の角の先から剣へとパリパリと火花を飛ばしていた呉羽である。

そうして半眼の状態で剣の状態を見定め、従者との繋がりが完全に断ち切れているのを確認した呉羽は、ふっと息を吐いて足元の岩に剣を突き立てた。

「おお、中々の刺さり具合だな。伊達に魔法剣じゃないってところか。んで、何して遊んでたんだ？」

「ん？　単にもうオイタできないように魔力のラインをちょっとね。単に接続部を弄っただけだけれど」

「なるほど。おまけに呉羽の力で岩に刺したら、常人では抜けませんね。とりあえず、これで被害の拡散はないわけですが」

さて、これからどうするか、と考え始めたところに、将軍が申し訳なさそうに頭を下げた。

「まさか、こやつがこのようなことをしでかすとは」

それなりに信頼を置いていたのか、若干呆然としている様子であったが、すぐに気を取り直し、カレアシンに声をかけた。

「手間をかけさせてすまん。こやつはこちらで引き取る。しかし、いったい何があったのだ？」

腕を組んで訝しがる将軍に、カレアシンが告げたのは、魔法剣による精神支配と、先の神聖魔法によるそれの一時的解呪。

そして、呉羽による剣の再支配防止である。

「そのような魔法やアイテムがあるのは知ってはいたが……」

従者にそのようなアイテムを与えて、状況的に考えて自分を弑《や》るように指示したのであろう者がいるということである。

自身の暗殺それ自体は常々想定していたが、まさか自らの従者がそのような者に仕立て上げられるとは、夢にも思っていなかった。

「ま、今回の魔獣戦で死ぬならよし、それが駄目でも戦後のどさくさでそいつがお前さんを刺すって段取りだったのかもしれん。まあ、その剣の出所を探れば解るだろ。なあ、呉羽」

カレアシンの言葉に呉羽は頷くが、些か憮然《ぶぜん》とした面持ちで首を傾げた。

「それなんだけどこの魔法剣、間違いなく自意識持ってるわよ？　いわゆる妖刀、妖剣の類ね」

人の身体を支配する呪いの魔剣にもいくつか種類がある。

剣を抜いたが最後、本人の意思とは無関係に剣が満足して自分から鞘に収まるまで身体が勝手に動き敵味方関係なくのべつまくなしに斬りつけるもの。

精神まで完全に乗っ取り使い手を殺人狂として世間を恐怖に陥れるもの。

持ち主の生命を吸い取って自身の能力を強化するものなど多岐にわたり、今回のものはそれらの複合型、特定条件を満たした場合に本人の意思とは関係なく、剣の意思によって身体が動き、目的に沿った行動をしてしまうというものだろう。

こういった魔剣は本来、意識をなくした剣の持ち主を戦場から帰還させるためのものだと言われているが、真偽のほどはわからない。

だが、誰かの差し金で暗殺などを行うには不向きだと、呉羽は告げた。

主に値段の関係で、と。

「なるほど、それが本当ならば確かにこれ一本で、王都にでかい屋敷が二つ三つ軽く買えるな」

そんな金があるならば、世間の闇に沈んで活動している盗賊ギルドあたりはいくらでも仕事を請け負うだろう。

まあ、相手が相手だけに、値が張るのは確実だろうが、それでも暗殺できないことはないのである。

殺し方は千変万化、刃傷沙汰のみとは限らないのだ。

そんな会話の中、地面の岩に刺さった剣を見下ろしながら、将軍は自分を殺すことで利益を得るだろう者をピックアップしていた。

「こんな金のかかる剣を用意できて、お前さんの従者に持たせることができる伝手がある、か。かなり絞れるな。おい、お前さん喋れるか？」

カレアシンの問いかけに、剣はその鍔《つば》の装飾を震わせることで音を発した。

「おう、あの『何よりも、速さが足りない』、いい仕事してくれたようじゃ。いやいや、それにしても能力値が見えるのはいいのう」

「ひゃっほい！　あと49点でレベルアップだ！　その辺のゴブ叩いてこよっかな」

「やめとけ熊子、それは死亡フラグじゃ。ギルドハウス出たところで最強クラスの幻獣が群れでやってくるぞ？」

「あ、それはヤダ。でもまあ、ステータスがわかるっていいよね！」

シアが順番に皆のギルドカードを作っている中、早々と手にして確認しているアマクニや熊子らはホクホク顔でカードを弄り回していた。

現在ギルドカードとして皆が持っている品を媒体にスキルを発動したため、カード表面のプレートに様々な表示が映し出される仕様となって生まれ変わったのだ。

「スマホみたいね。これいいかも」

猫耳メイド姿の黒子さんも、ニコニコしながら新生したギルドカードを弄り、楽しんでいた。

「魔報も保存できるようになってるはずだから。あーめんどくさかった」

好評を博しているギルドカードに、シアはほっと胸を撫で下ろしていた。

過去のゲーム内において、ギルドカード作成スキルはギルドマスター専用であった。

このスキルによって作られたギルドカードの利点は、ギルドメンバーとしての証明だけではなく、様々な恩恵にあずかれることにある。

外見的にはただ単に、どこそこのギルドに所属しているという証明書で特にこれといった特徴はないが、カード自体がギルドハウスへの入館許可証ともなっていた。

また、同じギルドメンバーの開いているショップにおける割引サービスや、所持している者のステータスにスキル、所持アイテムの詳細な能力などの表示をカスタマイズして常時確認できるという機能も付随していた。

旧ゲーム内では、非ギルド員はデフォルトのウインドウ表示しかできなかったので、特定のステータスが知りたいときでも、全てのステータスが記されている表示画面をいちいち開いて確認しなければいけなかったのだ。

ギルドに加盟しギルドカードを所持することで、小さなウインドウに必要なデータだけを選択して表示させることができるようになるので、戦闘行動中に特定のステータスを常に表示しておきたい場合など非常にありがたかった。

ゲームにおいてはギルマスによるスキルによりアイテムボックス内にギルドカードが生成されていたが、ココでは現実に存在する物質にスキルを転写する形で実際に存在するアイテムとして生まれ変わったのである。

「っと、これでここにいる全員、終わったかな？」

「あとは下に下りたカレアシンのおっさんと、追っかけてった角ねーちんと黒ねーちんだね。ギルド本部に行けば他の連中も首を長くして待ってるだろうから、とっとと三人を回収して出発しよう。にゅう」

　わいわいとカードを弄りながら雑談に興じる皆を見回しながら、シアはカードの発行漏れがないかどうかそれぞれの顔を見回しつつ確かめていた。

　それに応じた熊子の言葉に頷きながら、そういえば自分用のカードをアマクニに作ってもらわないとなー、なんて考えていたりする。

　現在発行している現物のギルドカードを一旦作ってもらって、その上でカード作成スキルを使わないと、みんなのようにスマホ型ギルドカードにならないだろうから。

　というか、なんにもない状態でスキルを使った場合、どうなるのかわからない。

　やり直しがきかないスキルだし、もし脳内にウインドウが出るだけの仕様になったりしたら、便利かもしれないが一人だけ仲間外れでつまんないし、などと思っているシアだった。

　そんな折、ギルドハウスの扉が開き、下に下りていたカレアシンらが姿を見せた。

「あら、みんなギルドカード持ってどうしたの？　って良いわね、それ」

「ずるいです。シアがやったのですよね？　私の分もお願いします。Hurry!　Hurry!」

「ほぉ？　中々便利そうじゃないか」

「なんだ？　変わったものを持っているな」

「お邪魔しま～す」

「い、いいのかい？　アタシなんかが入ってもさ」

『……お前さンら、ホント何モンなンヨ』

　呉羽にヘスペリス、カレアシンに続き、将軍閣下とハイジにクリス、そして微妙におかしな口調の抜き身の剣が、フワフワと宙を漂うように入ってきたのだった。

『お初にお目にかかります。私、この剣に宿る神霊でございます。この剣に封じられて幾星霜、銘はとうに忘れられ、今やこのように落ちぶれ果てし⁉』

「『雷撃の双角《スペース・サンダー》』」

　喋ってみろとカレアシンに言われ、刀身を震わせて鈴の鳴るような音を発した魔法剣であるが、最初の言葉を告げている最中に呉羽が電撃スキルをぶっ放したのである。

　呉羽の二本の角から放電され、額の上あたりでスパークした稲妻は、そのまま岩に刺さっている剣へと吸い込まれていった。

「冗談もほどほどに。魔法剣が記憶を失うわけがないでしょう？」

　電撃を受けて燻《くすぶ》る剣にそう告げる呉羽の視線は、まるで汚物を見るようなそれであった。

『容赦ナい御仁ですナぁ、溶けちまったらどうするンです』

「別に？　この程度で溶ける魔法剣なら、大した代物でもないわ。弁償しろと言われたらきちんと対価を払うけれども」

　無論、持ち主は代価を払えと言ってこれるような立場では既にないが。

　それに、確かにこの世界において魔法剣は珍しいが、シアがギルドハウスとともにこの世界にやってきた今となっては、冒険者たちにとって、事実大した代物ではない。

　アマクニあたりが自分で打った業物を大量に死蔵しているであろうし、それこそギルドハウスの倉庫に無駄に眠っている各種素材もある。

　伝説級の、特定モンスターからのみドロップするユニークアイテムでない限り、入手に困ることはもはやないと言える。

　ともあれ下手な言いつくろいは無駄と理解したのか、魔法剣は先ほどとはがらりと変わって錆《さ》びた鉄が擦れるような音を鍔元から発し、周囲に己の意思が存在することを如実に示し始めた。


「で、面白そうな奴だから連れてきた、と。で、そっちのおじさんは？」

「お、おじ……」

呉羽らの説明に、一応納得したシアである。が、見慣れぬ壮年の偉丈夫が彼女の眼を引き、首を傾げさせた。

この世界に来てすぐのシアに仲間の判別がついた理由の一つに、見た目が変わってもそれを取り巻く雰囲気というか、何やらにじみ出るオーラと呼ぶべきものが見えるというのがある。

それと意識せずとも個人の判別がつくのは、この世界に転生してきた者に限るようだが。

だが目の前にいる人物は、彼女の記憶にもなく、首を傾げざるを得なかったわけである。しかしながら、おじさんと言われた本人はひどく傷ついたようで、傍目からもわかるほどに落胆していた。

それなりにまだ若いつもりだったのかもしれないが、年齢的には事実おじさんなだけに、二の句が継げなかったのもあるのだろう。

無論、カレアシンらのフォローもあるにはあったが――。

「すまんな、基本的にウチの連中は対人スキルが欠けているんでな。まあ、じいさんと言われなかっただけましだと思え」

「シアから見れば、十分に立派なおじさん。エルフは白も黒も嘘《うそ》つかない」

「確かに嘘はつかないわねぇ、言葉に棘《とげ》はあるけれど。その点、魔人は自由でいいわぁ」

「まあまあ、ジョフルのおっちゃん。シアはエルフだけど、わりとみたまんまの年齢だからね。若く見えて実はン百歳のババアです、なんてことはないからさ。だからおっちゃんがおっちゃんなのは間違いじゃないから」

しかし、この熊子の言葉のように、全っ然フォローーになっていなかったりする言葉だらけであったが、それは気にした方が負けなのである。

「で、だ。シア、こいつ……あー、一応ゴール王国の将軍閣下だ。今回の戦の総司令官でもある」

ジョフルの精神状態が落ち着いたところで、広間のソファーにて応対をするため歩みを進めようとしたのであるが。

「え？　ウチに入りたい？　いいよー、ギルド加入承認！」

クリスのギルド加入希望を聞いて即決で承認スキルを発動していたりする。

「って、聞けよ！　シアっ！」

「あ、ハイジも入っとく？　って何？　どしたのカレアシン」

まるっと素でスルーしていたシアであった。

「はぁ……。ジョセフ・ジョフル、将軍閣下だ。ゴール王国で伯爵位も持ってる。ま、お偉いさんだ」

「好きで偉くなったわけじゃないんだが。ジョセフ・ジャン・ジャック・セザール・ジョフル・ド・オーヴェルニュだ。ま、よろしくな」

再度のカレアシンによる紹介を頷きながら受け、シアは居住まいを正しジョフルに向き直った。

「当ギルドの長を務めます、シアと申します。以後お見知りおきを。それで、このたびはどのようなご用件で？」

背後でアマクニや呉羽らから、ギルド加入に際しての注意事項などを聞いているクリスとハイジを気にしながら、シアは目の前に立つ人物に対し責務を果たそうとしていた。

つまるところ、状況がよくわからないので説明プリーズと叫びたかったのだが、流石に状況的にも立場上も自重しなければならなかった。

なので視線でそれをカレアシンに訴えるのだが、当の竜人はニヤニヤと笑いながらご丁寧に頭を下げてシアの背後に回ってくれた。

交渉に関しては名目上トップのシア、もしくは代行であった呉羽に引き継げば立場的にはそれで間違いないのだが、心情的にそれはどうなのよと言いたいシアである。

長年ゲーム的には親しんではいたものの、実質異世界初心者である自分だ。

三次元の男性と面と向かって話すなど、自分の現実的なスキル的には業務連絡及び仕事上の事務的な対応ぐらいしかできはしない。

しかしながら表面上はこれっぽっちもほころびを見せぬまま、シアはジョフルにソファへの着席を勧め、自身も対面に身を沈めた、が。

シアの脳内では慌ただしく思考が開始されていたのである。

（っていうかいきなり何これ。アポなしで将軍閣下連れてくるとかないわー。

しかも名前の最後にド・なんちゃらってついてるってことは多分領地持ちの爵位持ち確定じゃない？

この世界の貴族階級がどんなモノかは知らないけど、ヘタすると無礼討ちでズンバラリンとかありうるかも？

いや現状の我が身のハイスペックを考えれば抜き打ちで斬りかかってこられても多分平気っていうか、かわせると思うけどって、お、落ち着け私。

何いきなりＰＶＰ《プレイヤー対決》になること前提で考えてるかな。

いきなり斬りかかってくるような変なのだったら、呉羽が入場許可してまで連れてくるわけないじゃん。

対話よ対話。まずはお友達から……じゃなくてオハナシしないと始まらないわ。

オハナシのさしすせそは、と。

先んじて撃て。

しこたま撃て。

すかさず撃て。

背中から撃て。

それから話を聞いて――って違うわ！

それは魔王さま式交渉術っ！

人の話聞かない人向けの奴だから！

落ち着け私、ここにいるのは人間だった阿多楽真実じゃなく、天下無敵のハイエストエルフ《至高の》、シアちゃんよ。

これしきのことで音を上げちゃ、これから先のファ

ンタジー世界を生き抜いてくなんて無理よ。おちつけーおちつけー）

とはいえ脳内では自問自答を繰り返し、胸の中では心臓が激しく収縮を繰り返して実際聴覚にまで影響を与えるほどに大きく脈動を伝えてきてくれる。

外側はともかくとして、内側は中々平静を取り戻さなかった。

（仕方がない……。秘儀『全真美矢改め全シア代表会議！』）

【全シア代表会議】

シアの脳内に住む無数の人格が寄り集まって様々な意見やちょっとした小粋なジョークで盛り上がる脳内会議である。議会終了時には総勢五六億七〇〇〇万人のシアたちによるレアアイテム摑み取り大会が行われる（嘘）。

（会議終了……。ふう、まさか竜殺しの剣摑み取り大会の賞品のアスケロンやら天羽々斬の中に、二式複座戦闘機「屠竜」が混じってるとは、流石の私にも想像できなかったわ）

ココまで、ソファーに着席してから、どこぞの宇宙刑事が装備を身につけるまでの時間しか経過していない。

なお、何も思いつかなかった模様。

「誰か、将軍閣下にお飲み物を」

仕方ないので多少なりとも時間稼ぎをと思い、とりあえず手近な者に飲み物を頼むシアであった。

「美味っ！　なんだ？　こいつの美味さは！　すげえ甘いっ」

既に定位置となったのか、猫耳メイドがシアの要求に応えて飲み物とつまめるものを運んできたのだが、出されたものを口にしたとたん、周囲の目も気にせずに感想がそのまま出てしまった将軍閣下である。

企業とコラボしたゲーム内アイテムであるが、駄菓子とはいえ現代っ子の肥えた舌を満足させるためのものである。

たかがタケノコやキノコを模した焼き菓子にチョコレートがかかっているだけのものであったとしても、未だ食文化的に裾野が広がっていないこの世界においては至高の甘味となるのだ。

「甘さは美味さだよねぇ。ねーちん、アノ系統のアイテムって倉庫にまだあったっけ？」

「熊子の方が知ってるでしょう？　ほぼあんたがトリックオアトリートしてきたんだし」

ゲーム内での期間限定イベント時の提携アイテムは、ギルドハウスの倉庫には唸るほど眠っていた。

「こいつが山ほどあるのか……。おいカレアシン、帰りに分けてくれ」

「別にかまわんと思うが。対価は……まあツケとく」

「高くつきそうだな、おい」

暗に、ただでやるわけじゃないからな、と釘を刺す竜人に、軽く受け流す将軍閣下。

言われた方も言った方も、どちらにとっても有益な取引になるのならば否はなく、にやっと笑って話を終えた。

「で、だ。話を戻すが」

「始まってもいなかったけどね、にゅう」

口の中にお菓子を詰め込んだまま話し始めるジョフルに、熊子が突っ込みを入れる。

だが、そんなことは露とも感じないかのように彼は話を進めていった。

「これについてもだが、これ以降のギルドの立ち位置なんだがな」

「はあ、何か問題でも？」

まじめに問いかけるジョフルに、シアは何が言いたいのかと真顔で問い返した。

「問題、といえば問題だな、しかも大問題だ。主に、パワーバランス的に」

ため息交じりに肩を落とす将軍に、何がそんなに大事なのかとまたしても首を傾げることになるシアだが、はたと思いついて背後に立つカレアシンにちょいちょいと指を曲げ耳を貸せと意思表示をする。

「どした、シア」

「あー、私が話聞いても状況に即した答えできるかどうかわかんないんだけど。正直なところ、あの蛇に聞いた話をそのまま鵜呑《うの》みにしていいのか怪しいし」

神の使いから見た世界観など、実際に地に足をつけて生きるものからすれば大雑把すぎることこの上ないだろう。

無論、神の使いはその能力が尋常ではないだろうから、認識した状況と実際に行使する能力の齟齬《そご》はないのだろうが、人として言葉で情報を伝えられたシアにしてみれば、穴だらけの可能性を考えてしまうのも仕方ない。

若干瞑目《めいもく》して思案を巡らせたカレアシンは、「好きにしたらいい」とだけ答えた。

別に投げやりになったわけでも、責任を押しつける気になったわけでもない。

彼女の出す答えが、結果として正しかったのはこれまでも証明済みである。

それは今回以上に情報の少ない、ゲームイベントにおいてであったが、贔屓目《ひいきめ》に見て最善を尽くしたと言える他のギルドよりも、思いつきやカンで動いた自分たちのギルドの方が不思議と高い成績を残したり、高評価を得ることが多かったという事実に倣う。

運を天《シア》に任せる。

まことしやかにギルド内部で言われ続けている、シアの悪運というか引きの強さがその所以であった。

「んもう、またそういう嫌な役目押しつけてー。私の選択の結果がみんなに降りかかるんだから、結構胃に来るのよ？　結果如何にかかわらずさぁ」

言いつつも腹を括ったシアは、ゆっくりと居住まいを正し、その美々しい頤《おとがい》を静かに動かし始めた。

「私は冒険者ギルドの最高責任者にして最高位の硬度一〇、星の金剛石《ダイヤモンド・スター》シア。私たちギルドは、あらゆる国家に対して中立を保ちます。ですがもし、なんらかの手段で私たちに服従を求めるのならば、それに抗うことに躊躇いはありません。我々が追求するのは未知への道程。領土的な野心も権力闘争にも興味はありません。私たちは、恩義に報いるに命を投げ出しましょう。仇《あだ》なす者には命で償わせましょう。我がギルドは不退転。何者にも屈せず、何者をも支配しない。ジョセフ・

ジョフル将軍閣下。これ以後、我がギルドの成す行為全ての責を、マスターたる私が負いましょう。あなたは直ちに国許へ戻り、その旨をご報告なさってくださ
い」

　シアはそう告げると、ゆっくりと目を閉じ、腰を下ろしたままのジョフルの前まで歩を進め、手のひらをかざしてスキルを発動した。

「『遥けき彼方からからの伝言《メッセージ・フロム・アレキサンドロス》』」

　その言葉とともに、彼女の手のひらに光が集まり、偏長楕円体《へんちょうだえんたい》のカプセルが形作られていた。

「よくもまあ、あんなスキルあったの覚えてたなぁ？」

　ジョフルに製菓企業提携アイテム詰め合わせを持たせて帰らせた後、カレアシンは国許に戻った際の国家の重鎮らの反応を思い、口元をゆがめていた。

「スキルに関してはコンプリートしましたし、ネタスキルの有効活用は得意です。えへんぷい」

　苦笑いのカレアシンに、シアは凄いでしょうと胸を張る。

　ジョフル将軍に向かい起動させたスキル、『メッセージ・フロム・アレキサンドロス』は、ゲーム内では正直なんの役にも立たなかったネタスキルというものの一つであったからだ。

　発動させると予め３Ｄ彫刻家《スカルプター》というゲーム内アプリで造形しておいたアイテムが形成され、自キャラ周辺の任意の相手の眼前に浮かび上がるのである。

　アイテム自体は一度使うと消滅するのだが、受け取った相手が一旦使用すると、中に入っているメッセージが垂れ流され始め、キャンセルができないという仕様になっていた。

　もっとも、長くて五分程度の動画データぐらいしか入らないのだが、不評であった。

　アイテムデータを作成するのに手間はかかるし、もらった方も一旦発動するとキャンセルができない上にもらった内容は残せない。

　下手にデータが残ると色々と拙いからとか、サーバ

が重くなるからだろとか色々と言われていたその上で、一回ごとに少額ながらも有料アイテムが消費されるという、なんとも微妙なスキルであったのだ。

　であるのだが、シアは全てのスキルをコンプリートすることも目標としていたし、習得自体には課金は不要であったので、ネタであろうがなんであろうが覚えていったのである。

　一時はゲーム内でも結構ウケが良く、頻繁に使用されていたが、やはり一過性のものでしかなく、廃れて久しいスキルであったのだ。

「しかも、形状から察するに……アレか」

「そーよー？　スキル発動もそれ風に変えたしー」

　アレである。

　ジョフルが国許へ戻り、戦勝報告やら帰還報告などとともに、シアから託されたアイテムを国家の重鎮らの前で発動させるであろうそのときが、二人の脳内で妄想される。

　カプセル状のアイテムが、ジョフルの手により捻られ起動すると、淡い光を発して映像と音楽が流れ始める。

　ＢＧＭは言わずもがなの、女性コーラスによるスキャット。

　空間に浮かび上がる映像は、ソファーに深く腰を下ろして真っ直ぐに前を見据えるシアの麗しいお姿。

　そしてシアのお言葉が始まるのだ。

「この世界だと課金やらデータ容量とかの縛りはないみたいだったから、凝ってみた。反省はするが後悔はしていない。謝罪と賠償は受け付けるがする気は毛頭ない！」

「ははっ！　私は冒険者ギルドのダイヤモンド・スター、シア。ってか。まったく、視線が飛ばせりゃ見ておきたいぜ、その場面。絶対アホ面晒《さら》してるぜ、ジョフルの奴」

「あ、欲しいアイテムがあるなら取りに来いとか言っておいた方が良かったかな？」

「浄水器ぐらいしかねーぞ？　それっぽいの」

「ウォータークリーナーＤってことで？」

　そう言って笑い合う。

周囲の者たちも、それを見て笑みを浮かべ、楽しそうに語り合った。

「しかしシアも大胆なことをします」

「そうね、そんなに自己顕示欲旺盛だったかしら？」

ヘスペリスと呉羽が、微妙に眉根を寄せながら首を傾げる。

「へ、なんで？」

「ねーちんねーちん。今回の戦はさ、ここいらの国全部の連合軍なの、わかる？」

「うんうん、それで？」

シアの服の裾をくいくいと引っ張って、そう告げる熊子に、シアは続きを促す。

「元ネタ的に今のねーちんだとバッチシ嵌ってるからやりたかった気持ちもわからんでもないけどさ。あのおっちゃん、報告は連合軍の司令本部的なところでやると思うんだけど」

「いいえ、それどころかきっと戦勝報告ですもの。参加各国の代表全てを集めて格式に拘ったそれなりの場所を設けてするでしょうねぇ」

「よかったですね、シア。面倒な各国への挨拶が簡略化できそうです」

「Ｏｈ……」

くすくすと笑いながら、熊子の言葉を補足するように呉羽とヘスペリスの二人はシアにそう告げた。

改めて、自身の行動の結果がどう波及するのかを考えて、青ざめるシアであった。

「ところで、元ネタの名前自体は知ってるんだけど、どんなのだったかしら？」

「パチンコで打ったことはありますが、本編は見たことがないですね。シアや隊長はご存じなようですが」

「これがジェネレーションギャップって奴か……」

後に、呉羽とヘスペリスが、某宇宙戦艦についてろくに知識がなかったことに、カレアシンは脱力したとか。

空に浮かぶ巨大な岩の上に築かれた城。

冒険者ギルドの者たちが集う、ギルドハウスと呼ばれていた場所から帰還した剣戟将軍ジョセフ・ジョフルは、撤収作業の続く部隊の様子を眺めながら、託されたアイテムを手に思案に耽《ふけ》っていた。

「一度使うと消えてしまう、伝言用のスキルで生み出されたアイテム、ねぇ」

スキル――古の、天に届く力を誇った自分たちの先祖が編み出した、人の力。

神や精霊、世に満ちた魔力に頼らず、我が身一つで行う奇跡。

「桁が違うとはわかっちゃいたが、多少は追いつけたと思ったんだがなぁ」

手元から視線を上げ、頭上を覆う岩塊を見上げる。

と、先ほどまで微動だにしていなかったソレが、徐々にではあるが移動を始めているのに気がついた。

巨大さゆえに今ひとつわかり辛いが、恐らくは飛行型魔獣と同等か、それ以上の速度が出ているだろう。

何しろ最大長が五レウガ《キロ》ほどもあるのだから、端から端まで移動するだけでも、歩けば一刻はかかろう。

それが今、目に見えて移動しているとわかるのであるから、その速度は推して知るべしだ。

ジョフルは、頭上の岩塊と、その上に建つ屋敷に入った冒険者らを思う。

たった数刻前に現れた空の城に、彼らは遥かな昔からそこに居たかのように馴染んでいた。まるで、彼らごとこの場に現れたのではないかと思うほどに。

彼が昔から知る冒険者たちは、気のいい連中であった。それは今も変わらないと思っているし、変わって欲しくないとも思っている。

武人としてはおそらく彼の知る中で最強と言っていいだろう、貴族嫌いの竜人カレアシン。

気難しく男嫌いではあるが、身寄りのない孤児らの行く末を気にしてか、文字を学ばせ職を与えるなどという世間一般から見ればあり得ない行為を粛々と行った、魔人女性の呉羽。

頑固一徹、武具を打たせれば右に出る者はいないドワーフのアマクニに、近接戦闘から弓、神聖魔法まで使いこなし、聞けば精霊魔法に詠唱魔法も嗜んでいるという、ダークエルフ女性のヘスペリス。

　見かけは小さな娘にしか思えないが、斥候役や侵入作戦等には自称A級ライセンスというだけあって比類ない腕前を見せる熊子……ああ、魔法も少しなら使えるらしい。

　他にも出鱈目な能力を持つ奴らばかりの、改めて考えてみるに、とんでもない連中の集まりである。

　だが、彼等が非道を働いたという噂は一切耳にした記憶がなく、逆に慈善事業でもしているのかというような行為を目にしたことの方が多い。

　そもそも自身が出会ったのもそんなときであった。


「まったく、下手打ったもんだ」

　深い森の中、若き日のジョセフ・ジョフルは半ばから折れた剣を手にしたまま、巨大な木の洞に潜んでいた。

「さて、これからどうするかねぇ」

　手にしているのは、伝家の宝刀……とまではいかないが、家を出るときに兄からもらったかなり高級で優秀な剣（だったもの）である。

　ジョフルはこの剣を片手に家を飛び出したときのことを思い返していた。

　家を出る一因となったのは、跡継ぎ問題だ。

　一角の貴族である実家の跡継ぎは、兄と決まっていた。

　体力、知力、人望と、全般的に非の打ちどころがないジョフルと比べて、能力的には凡庸ではあった兄は、長子相続が習わしである母国の貴族社会において、順当にその席に収まったのである。

　そんな兄とジョフルはそれなりに仲が良かったのだが。しかしながら、ジョフルは自分の存在が兄の立場を脅かすものと考え、そして彼自身そういった貴族社会が肌に合わないと感じていたために、家を出たのである。

　その際に兄から送られた剣であったのだが……。

「こういう場面でガタが来るとはなぁ。日頃の行いは悪くないと思うんだが……まさか兄貴の仕掛けってわけじゃあるまいし」

傭兵ギルドからの討伐依頼を受けての魔獣退治の最中、あと僅かというところで、剣に寿命が来たのである。

手入れも欠かさなかったし、これといった前兆もなかったために、今日の相手が悪かったのだろうかと思い至る。

流石に家を出て何年も経っている今、壊れるようにできていた、なんてこともあるまいと、ふと思いついた兄陰謀説を打ち消した。

「流石に大王陸亀《グランド・トルテュ》相手に、剣一本でってのは無謀だったか」

グランド・トルテュというのは、深い森に覆われる山々に住み着く大型の陸棲亀型魔獣のことである。

肉食ではないので、積極的に人を襲うということはないのだが、いかんせんその食料が問題になるのだ。

平均的なグランド・トルテュは、一日に自分と同等の重さの餌を摂《と》ると言われている。

人や動物などは捕食対象ではないのだが、逆にそれ以外、土や岩、そしてそこにを根を張る草木を食らうのである。

大きさは様々で、小さくとも大人が一抱えするほどのサイズで、最大のものはこれまで記録や伝承に残されている中では一《二・二》レウガ《キロ》を超える巨体を誇っていたという。

それらが自分と同じ重さの分、大地とそこに生える木々を食らっていくのだ。

放置しておけば将来的にその被害が甚大なものとなるのは目に見えている。

流石に伝承に残るサイズのものは眉唾ものであると思っているが、一《二二》チェイン《メートル》を超えるものはしばしば見つかっており、そのたびに討伐の対象となっていた。

そこまで大きくなる前に殲滅すればいいと思うだろうが、深い森の山奥に棲《す》むために、逆にそこまでの大きさにならなければ発見できないというのが悩みの種とも言える。

彼の隠れる木の洞は、樹高二《四四》チェイン《メートル》ほどの広葉樹の根元。

大きな根の分かれ目に穿《うが》たれているモノで、巨大な亀からは確実に死角となっているため、見つかることはないだろう。

しかしながら相手の巨体を考えれば、攻撃を受けて怒り狂っている奴が普通に暴れ回ればそのうち隠れ場所ごと粉砕されてもおかしくはなかった。

彼が相手にしていたグランド・トルテュは、およそ半チェインほどの比較的小型と言われる大きさのものであった。

普通ならば、大型の魔獣といえば小隊規模を率いて落とし穴などの罠に嵌め、火攻め水攻めで倒すのが常套手段でありその中でもグランド・トルテュは比較的相手取りやすいものだ。

しかし彼は、いわゆる一匹狼的な生き方を通していたので、仲間と呼べる者は居なかった。

それは、自身の能力故の自信と過信、その両方と、足手纏いとまでは言わないが、他人の命を背負う踏ん切りがつかなかったためである。

どこかの傭兵団に入れば、すぐさま頭角を現すだろうことは傭兵ギルドからも言われており、知己であるベテラン傭兵からも所属している傭兵団へと誘われたりもした。

しかし、どこかの傭兵団に入れば、母国と敵対する勢力にくみする可能性もあり、そういった誘いはできるだけ避けていたため、いつしか群れるのを好まない孤高の傭兵と言われ始めていた。

であるが実のところ、冒険者ギルドの前身である異世界転移組ご一行傭兵団様のメンバー相手には、手も足も出なかったりしたのだが。

ソレほどまでに、転生者として生を受けた者と、この世界で生きてきた者との基本スペックに差があったのである。

そして、その片鱗を彼が知るのは、グランド・トルテュが自分の潜む大木のすぐ傍まで、周囲の木をなぎ倒しながら突進してきてもはやこれまでと覚悟を決め、せめて折れた剣を奴の額に突き立ててやらんと飛び出そうとして腰を上げた、そのときであった。

「おいおい、物騒な奴が来やがったぞ?」

「亀かぁ。焼いたら食えるかにゃ～？」

いつの間にそこに居たのか、何人もの男女入り交じった集団が自分の潜む木の反対側に立ち、大亀の接近を見ながら口々にしゃべくり合っていた。

今の今まで、そんな大人数の接近にすら気がつかなかった彼は、驚愕し、立ち上がった勢いのまま再び木の陰に身を潜めた。

「ガラパゴスゾウガメは美味だったと大航海時代の記録に残っていたと記憶してます。そのせいで、ガラパゴスに立ち寄った航海者の格好の糧食と化して絶滅寸前にまで追いやられましたが」

「美味いのか」

「美味しいのね？」

ダークエルフの女性が、ジョフルが聞いたこともない亀を例に挙げて、グランド・トルテュの肉の味に対して推測していた。

ソレを受けて、巨軀を誇る竜人と、側頭部の捩《ねじ》れた双角がよく目立つ魔人の女性が、目を光らせていた。

「だったら狩るにゃ～！」

「硬そうだから任せた。ウチの素の攻撃力じゃ装甲抜けないし。にゅう」

「えらく傷だらけじゃが、横取りにはならんかのう？」

「気にすんな。横叩き、絶対駄目！　なんてのは日本サバぐらいだ。ココなら感謝されるんじゃね？　あの状態見るに討伐途中で逃がしたか何かだろうし。俺は上から雑魚が寄ってこないか見とくわ」

猫種獣人の女性が意気軒昂《いきけんこう》に雄叫びを上げる中、軽装の少女が後方に回ると宣言して下がってゆき、自身の身長より長大なハルバードを肩に担いだドワーフの男と、有翼人の男性とが首をコキコキと鳴らしながら片や前に、片や翼を広げて木立の中を縫うように飛び上がった。

「それじゃあ、どうしましょうか？」

「あれ一匹だけみたいだし、物理的消費のない技で削り倒すか？」

魔人女性の問いかけに、竜人はこともなげに言いのける。

「んー、そうね。私がスキルで足止めするから、あんたたちも適当にスキルぶちかましなさいな。そうね、カレアシンは……武器壊しちゃって今ないのよね？ じゃあ、拳で」

「はいよー」

魔人女性が両手をプラプラと振り、周囲に声をかけると、ソレに応じて皆の雰囲気が変わる。

「じゃあ、動けなくするから。スキル、いくわよ【超電磁TORNADO】！」

魔人の象徴とも言える、頭部の角から放電が始まる。

ソレを両手で絡め取るようにして腕に纏い、そのまま突進を続ける大亀へと解き放ち、ぶち当てた。

亀が全身を痙攣《けいれん》させるようにしてその場で固まったのを見て、周囲に散っていた者たちが個々に動き出した。

「【神砂嵐《ダブルブリザード》】」

そこで彼は、この後もはや数え切れなくなる驚愕の最初の一回目を実感した。

ダークエルフ女性が、両の手を消えたように見えるほどの速度で動かすや、二つの小さな竜巻が生まれ大亀へと突き進み、あの巨体を空高く打ち上げたのだ。

「た～まや～っと。この辺かね？」

「はい。止めを頼みます」

無手のままの竜人が、空を見上げて屈伸を始め、ダークエルフ女性へと確認を行った。

何がだ？ ジョフルが思う間もなく、竜人は叫びを上げて飛び上がった。

「【必殺！ 疾風！ 正拳突きぃ！】」

「どう見てもアッパーカットです、本当にありがとうございました」

叫ぶと同時に跳び上がった竜人は、その拳を落下してくる大亀の甲羅に突き立てたばかりか、その身体ごと大亀の胴体を貫通させ、絶命させたのだった。

傍に立っていただけで何もしていないように見えた猫種獣人が何やらよくわからないコメントを発していたのを一瞬きにとどめ、なんのことだったのだろうとジョフルは思ったが、すぐに忘れ去ったのだった。

「甲羅を割ったから値が落ちた、か。くっくっく」

過去を思い浮かべ、ジョフルは思わず苦笑した。

生き延びただけで重畳、ああもたやすく倒すなど、まずあり得ないことであるのに、それを意識させないほどの実力者揃い。

あのときも、他の冒険者からは、倒して当然という雰囲気しかなかったが。


亀が倒された後、姿を現した自分に大して驚かず、獲物の横取りを逆に謝られたりしたことも思い出す。

彼らが居なければ自分はそこで死んでいただろうと言っても、それでもお前の獲物だと言って、討伐自体は自分が行ったということにするよう頼まれた上で、口止めもされた。

スキルが使えることを、できれば秘密にしておいてくれと。

彼らほどではないが、自分も使えるとやってみせた上で、秘密にしておくのは吝《やぶさ》かではないと告げ、その代わりと言ってはなんだがと、手ほどきをお願いしたいと言うと、大いに驚かれた。

それ以降、時に無理やり、時には成り行きで彼らと同行しては腕を磨き、一端の腕前になったと思えた頃──兄の死が伝えられ、彼らと離れることとなる。

まさかその後もとんだ腐れ縁が続くとは思いもしなかったが、それもまた世の縁という奴かと、将軍は視線を去ってゆく『天の磐船』に敬礼をし、撤収の最後の号令をかけたのだった。


「ねえ呉羽。あの将軍さん、かなり昔からの知り合いなんでしょ？」

「そうですねぇ。こちらに転生したばかりの頃に会っていますから……、二〇年は確実に超えた付き合いかと」

それが何か？　といった感じでシアに視線を向ける

呉羽に対し、彼女はその顎に人差し指を当てて、その疑問を口にした。

「ジョセフ・ジョフルなのに、何で奇妙な冒険的に短縮してって呼んでないのかなーと」

「あー、それねぇ」

さらっと質問したシアに、呉羽は若干苦笑するように視線を外し、周囲の面子を見回す。

言っていいかしら？　といった問いかけだったのだろう。それに、皆頷きで答え呉羽はシアに向き直った。


「亀の肉ウマー」

「考えてみれば、スッポンも美味ですから。乱獲されるわけです」

大きな——とはいえ比較的小型ではあるが——グランド・トルテュをさくさくと捌《さば》き、食える部分と素材に使える部分とに分けてから、火を熾《おこ》し料理を始めた。

熊子はナイフに刺した肉を塩だけで炙《あぶ》り焼きに、ヘスペリスは川原に転がっていた平べったい石を鉄板代わりに熱して、切り出した肉を焼いては舌鼓を打っていた。

亀を倒した後、近場の川原まで皆で担いで行き、そこで捌いてついでに味見となったのだ。

「案外あっさりしてるかな？　爬《は》虫類《ちゅうるい》だけに……爬虫類だよね？　毒ないよね？　魔獣だけど」

そう言いつつヘスペリスの対面に座り、肉をさくさくと裏返しては他の人たちに焼き上がりを配りまくっているのは、タレがないと少し寂しいねとぼやく猫種の獣人女性で、名をウイングリバー・ブラックＲＸという。

名前が長いので皆が彼女を呼ぶ際には、愛称として定着している黒子さんか、ごくまれにブラックさんとよばれている。白いのに。

ギルドハウスでメイド役をしていた彼女であるが、当時は見た目は真っ白い毛並みと金の瞳がチャーミングな猫耳少女である。

ちなみにゲーム時はウイングリバー・ブラックとい

う名で、転生に伴い名前にRXをつけたらしい。中身は生粋の女性であるが、仮免ライダーを代表とする特撮が好きだったためにこの名前にしたとのこと。

なお、実は未亡人で、死んだ旦那の残した遺産やら生命保険金やら何やらで引きこ籠っていたそうである。

そんな状態での異世界へのお誘いである。旦那の居ない世界では、もうやっていけないと転生を即決したらしい。

現在の容姿は死んだ旦那指定のキャラクターだという話であり、喪女毒男が多かったギルドメンバーとしては、非常に突っ込みにくい事柄であった。

ちなみにギルド内恋愛は禁止されているわけではないが、キャラの中の人同士でそういう関係になった者はシアら幹部の知る限り居なかった。

キャラクター同士の婚姻は、ゲーム内で得られる恩恵が大きかったのでガンガン行われていたが。

仮想世界とはいえ、未亡人だった彼女は旦那以外は嫌だと言ってゲーム内婚姻をしなかったし、シアも色々そっち方面にはトラウマがあり、呉羽などは男性恐怖症なため、ゲームにおいてさえ結婚何それ美味しいの？　状態であった。

シアと結婚したいがために、男性キャラにしようかどうか悩んだ末に生理的に無理と諦めたということもあったらしいが。

更に余談だが、カレアシンとヘスペリス、アマクニと熊子はゲーム内で婚姻をしていた過去がある。

見た目はどうあれ中の人が全員男という、いやーな思い出である。

そうこうしていると、羽を背負った翼人の男性が上空警戒から戻ってきて呉羽に報告、そのまま肉を食らいに火の傍に移動していった。

周辺に警戒するべき魔獣などは見当たらなかったらしい。

先に倒したグランド・トルテュが縄張りにしていた状態だったためか、ほとんどの動物は逃げ出していたようである。

その亀の甲羅であるが、多少砕けてはいるけれど持ち帰って素材にできるということで、皆で手分けして背負って帰る予定にしている。

持ち運びの点においては砕けて正解というところだろう。

一枚物の方が売値は高いのだが、素材として自分たちで使う分にはどちらでもかまわない。

亀を皆で移動させようとなったところで、木の陰から満身創痍の一人の男が姿を現した。

亀から隠れるように木の根元の洞に男が一人隠れていたのはわかっていたが、元々この亀を討伐に来ていた者の生き残りか何かだろうと、気にせずに恩を売る方向に持っていくつもりだったので倒した後に顔を出されても誰一人驚かなかった。

むしろ出て来なかったら引きずり出していたであろう。

怪我をしているというのも想定していたとはいえ、死にかけているわけではなさそうだったので放置していたのだ。

「いや、悪いな、なんか」

そんなわけで、この亀の討伐依頼を正式に請け負っていたとのことだったので、男には討伐成功の証として亀の首を切り取って渡してやった。

素材は全部もらうということにしたので、それで別にかまわないと承諾したのである。

「で、なんであんなデカブツを一人でヤろうだなんて思ったんだ？」

自分たちはなんら損害を食らわずに倒したが、普通ならばどういった戦力が必要かぐらいは把握している。

というか、ゲーム内において、あのサイズのグランド・トルテュ討伐依頼はレベル的に二桁後半、素人から卒業するかしないか程度のキャラ六人パーティーでようやく受けられる代物であったからだ。

故に転生者たちは目の前のこいつは何レベルぐらいなんだろうか、と首を傾げた。

自分たちのように転生を繰り返して累積レベル的に上限突破をしている者ならば、硬い以外にこれといって倒し辛い魔獣でもない。

何しろ遅いしでかいし、これといって魔法やら何やらを無効化したり抵抗したりもしない。

特殊効果を持つ攻撃をしてくることもあるが、地面を揺らして行動を阻害する程度で他にこれといって苦労することもないために、装甲値無視の攻撃スキルを持っていれば、よっぽどの失敗を繰り返さない限り倒せる相手ではあるのだ。

何しろソロで対物スキル上げの相手にするような輩がいるほどであるから。

しかし、目の前の男は一応スキルを使えるというので見せてもらったが、どう見てもそれは剣技スキルの初歩の初歩である、『溜め斬り』であった。

そんなスキルは既に我々が二〇〇〇年前に通過した場所だッッッ！　と叫びたかったカレアシンであったり。

ちなみにカレアシン、亀を倒すときに拳一つであったのは、ココに至るまでに所持していた剣をお釈迦《しゃか》にしてしまっていたためである。

「っと、そういや何の説明もしてなかったな。あー、まずは自己紹介といくか。俺の名はジョセフ・ジョフル、ただいま売り出し中の一匹狼《ロンリーウルフ》の傭兵だ」

男の自己紹介に、冒険者連中は顔を見合わせた後、何やら微妙な視線を送った。冒険者のほぼ全員がこう思ったのだ。

『奇妙な冒険的な名前だ……』

『奇妙な冒険の人だよなぁ』

『奇妙な冒険なのですね』

その場で思わず呼びかけようとしたところで小さな呟きが聞こえた。

「ロンリーウルフてｗ」

熊子のその呟きが、なぜか皆のつぼに入ってしまい、大爆笑してしまった。

なぜ笑いが起こったのかわからなかったジョセフは、ぽかんとした顔になったが、すぐに表情を正し、笑いが収まってからは自己紹介を続けていき、意気投合。

それからしばしば行動を共にしたりする、奇妙な友好関係が築かれたのである。

「というわけで、暫くの間はずっとロンリーウルフって呼んでたのよ。嫌がってたけど。で、なんとなく呼び方変える機会を逃しちゃってね、その後暫くして彼は実家に帰っちゃって。次に会ったときには伯爵様だったからね、ちょっと気が引けてさ」

と呉羽。

異世界転生に慣れ切っていなかったために、ということもあるだろう。

今ならば相手が誰であろうと、そういったネタを命がけで拾うであろうことは高確率であり得るが。

「ろんりーうるふｗｗｗろんりーうるふてｗｗろんりーｗｗろんりーｗｗろんりーろりーーｗｗｗｗ腹がｗｗ腹筋ｗｗ崩壊するｗｗ」

そしてシアは腹を抱えて笑っていた。

しばらく悶《もだ》えていたハイエストエルフであったが、スパッと切り替えたかのように真顔に戻り、ギルドの面々を前にして背後の二人を手招きした。

「さて、それはそれとして。新人さんのご紹介です」

「あ、立ち直った。ねーちん復活早くなったね」

「まーね。で、二人にはハイこれ。ギルド規定だって、呉羽が。読んどいてね？」

先に概略は伝えられているギルド規約の冊子を渡され、二人は一様に頷いた。

「一人はみんな知ってるでしょうけど改めて。ヒポグリフ使いのアーデルハイト・アルブレヒツベルガー嬢と、ジェヴォーダンの獣を使うクラリッッサ・モンベル女史よ。みんな、よろしくしてあげてね」

シアの言葉に二人はギルドメンバーに対して軽く頭を下げた後、自己紹介を行った。

「改めまして、アーデルハイト・アルブレヒツベルガーです。よろしくお願いします」

「クラリッサ・モンベル、何度か顔を会わせてるかと思うけど、お初の人の方が多いね。よろしく頼むよ」

その後、そのまま歓迎会と称して酒盛りが始まり、大層親睦が深められたそうである。

「さて。とりあえず言われた方角へ移動は始めたわけだけれど、どれくらいの距離なのかしら？」

巨大な浮島にして移動要塞の体を成しているギルドハウス『天の磐船』には、航行や戦闘時において戦艦の艦橋と同様の機能を持つ塔がある。

新人二人を囲んでドンチャン騒ぎを行っているメンバーを放置して、シアと呉羽、ヘスペリスの三名は、その塔の上層階で、ギルドハウスの移動を行っていた。

その塔であるが、課金額に飽かせて弄り回した上、趣味の相違と意見の食い違いにより、見事に某宇宙戦艦の如く三つが建てられることとなった。

そのうちの一つ、メインに使われているのが今シアらが居る『第一館橋』である。

部屋の中央部には二キュビトゥス《メートル》ほどの大きさの水晶玉が鎮座し、その中にはギルドハウスのミニチュアが浮かんでいた。

進行方向側になる窓際には、座席が三つ正面を向いて並列に並んでおり、他に側面に各一、水晶玉の後方には挟むように二つ、更に背後の壁には一段高くなった位置に一つの座席が設けられている。

座席の位置や数は特に意味がなく、基本中央の水晶に一旦触れておけばあとは館橋内であればどこに居ても意識するだけで移動させることが可能である。

ちなみに、第二館橋内には巨大な菱形の黒水晶が中央に浮かび、その周囲を小さな菱形の黒水晶が総数一〇〇個ほど浮遊している。第三館橋は総檜《ひのき》造りで床には川や池が作られるほどの広さを誇り、背後に巨大な広葉樹が聳え立っているという仕様である。

なお、第二館橋は第一館橋の下部、第三館橋は大方のご想像通り『天の磐船』の底側に逆さまに吊り下げられるように建てられていて、戦闘時には不思議と誰一人近づかない、開かずの館橋となっている。

そんな館橋の環境はともかく、第一館橋は比較的見晴らしもよく、航行していない際にも景色を眺めるために頻繁に出入りすることが多かった。

ゲーム時に想像していたよりも遥かに雄大な眺めに感嘆しつつ、シアは呉羽の返答を待った。

「そうね、この速度なら、半日もかからないと思うんだけど……」

暫く思案したあとそう言って、呉羽は暫し目を瞑《つむ》ったあと眉を寄せた。

「あ、シア、駄目。もうちょっとゆっくり飛んで頂戴。今外見たけれど、大変」

言われてシアも目を瞑り、視線を飛ばす。

【遠見】のスキルである。

普通に動かす分にはそんなスキルを使うことはなかったゲーム内だったが、今は現実の世界である。

何か不都合が生じたのかと同じように視線を飛ばして外を見ると、どうやら対地高度が低かったらしく、周囲にギルドハウス移動による暴風が巻き起こっていた。

「いけませんね、高度を上げるか速度を落とすことを提案します」

同じく視線を飛ばしたヘスペリスが、呉羽に同意する。およそ常人が住む土地ではないため被害はないだろうが、野生動物とその辺に生えいてた草木に対しごめんとシアは頭を下げて速度を緩めた。

それでも時速にしておよそ数百キロは出ているだろうが、高度も若干上げたため被害は皆無となった。

流石に高々度を高速で飛ぶと魔力の消費が激しいので、自重している。

そう、実はこのギルドハウス、動かすために、操作を担当している者の魔力が消費されるのである。

実際にこの巨大な浮島を駆動させているのは、動力源である魔力炉から供給される魔力によるものだが、どういうシステムなのかは神のみぞ知る。

「しかし、大丈夫ですか？　結構魔力使うと聞いてますが」

「ええ、無理しなくとも何日か時間かけて行けばいいのよ？」

魔力の枯渇は回復に面倒……と言う二人に、とはいえ現在倉庫内に眠っている大量のＭＰポーションを使えば済む話だとシアに言われ、それもそうかと納得していた。

しかし、それに続いて言ったシアの言葉に、二人は呆れることとなる。

「ん、それにＭＰなら６万くらい残ってると思うから平気。あの三体の子たち呼ぶのにも使ったから結構減ったけど、まだまだいけるよー」

6万。その数字は確かに旧ゲーム内では廃スペックキャラならばさほど珍しくもない程度には居なくもなかったが、現在は転生後である。

累積レベルのおかげで魔獣討伐に苦労はなく、早々に高レベルに達している転生者たちとはいえ、MPを始めとした各種ステータスのカンストは夢のまた夢であったのだ。

「ん？　どったの？」

「いえ、やっぱりシアは面白いな、と」

「毎度毎度驚かせてくれるわねぇ、相変わらず」

不思議顔のシアに、二人は苦笑を浮かべて顔を見合わせたのだった。


そして翌日。

ギルド本部のある小国家、モノイコス王国の沖にギルドハウス『天の磐船』は着水した。

その際の振動で眼を覚ました宴会後そのまま雑魚寝に移行していた面々は、久方ぶりの本部に羽を伸ばそうと早速身仕度を整えるために各個室へと散っていった。

その際同時に眼を覚ましたハイジとクリスは、自分たちの個室を未だあてがわれていないこともあって、広間のソファーに身を預けていた。

かなり酷い二日酔いに襲われていたのである。

額に手のひらを当て少しでも痛みを引かせようとしていたところに、猫耳メイドのウイングリバー・ブラックＲＸにご丁寧に氷と香草が浮かんだ柑橘系《かんきつけい》の飲み物を差し出された。

「二日酔いにはまず水分補給が必要だからね」

そう言って微笑む猫耳メイドは、余り獣人と触れ合ったことがない二人にも、十二分に衝撃を与える一撃となっていた。

元々魔獣使い、そういったもふもふ趣味は潜在的に持っていたのかもしれない。

かくして彼女らは猫耳萌えの下地作りが完成してしまったとかなんとか。

「あ、それで二人とも規約は読んだ？　後でシアか呉羽に隅から隅まで読んで納得しましたって伝えたとき、いくつか質問されるからね？　ちゃんと眼を通しておくのよ？」

可愛い外見とは裏腹に、意外とおせっかいなお姉さん気質なようで、二人に言い含めていた。

その後自分の仕度があるからと去っていったウイングリバー・ブラックＲＸの背中に感謝を捧げ、二人はもらった冊子を開いた。

ギルド【シアとゆかいな下僕ども】規約

当ギルドはギルドマスターであるシアの下、加入冒険者諸氏による相互扶助の場と定義します。

また、新規加盟者のフォローやギルドの維持・管理・規模拡大の推進、魔獣討伐への参加や諸国家との文化的交流による社会の活性化を目指し活動します。

一、入団に際しての諸注意

原則として種族・性別・経験の有無は問いませんが、加入に際しては一定水準の能力確認試験を行います。

当規約への同意と現メンバーからの紹介と試験の合格、及び硬度八以上の複数のギルド幹部による承認を以って、加入とします。

新規加入から、一週間〜一ヵ月間を仮入団期間とします。

仮入団期間経過の後、正式加入希望者はギルド本部またはギルド支部にて、その旨を宣言してください。

二、ギルドメンバー諸氏への注意事項

運営方針を尊守してください。

犯罪行為には厳罰を以って対処します。

ギルド員同士の戦闘行為は、原因がなんであろうと厳禁です。

一ヵ月以上ギルドの仕事を請けることができない場合は、その旨報告を義務とします。

なお連絡のない場合、脱退と見なし追放処分扱いとさせていただく場合があります、ご了承のほどよろしくお願いします。

重篤な体調などで連絡不能な場合など、やむをえない場合には、回復後病状などのご報告をいただければ遡って処分を含めて取り消し、復帰を認めます。

三、討伐等について

原則として、魔獣及び賞金首もしくはその団体以外への攻撃は、不法行為と見なし禁止します。

魔獣狩りの際、討伐後の魔獣の権利などは、最初に相対し倒し切ったものが優先権を得るものとします。

助力を請われていない場合、横叩きは厳禁とします。

魔獣討伐戦において、高火力・広範囲に被害が及ぶスキルなどを使用する際には、周囲の者にその旨を伝えた上で同意をもらい、できる限り周辺への被害などの影響を抑えるようにしてください。

四、位階について

ギルド内における順位は硬度と呼称し、一～一〇までの位階で顕《あらわ》します。

位階の上下は位階規定（別紙）により、能力及びギルドへの貢献度を鑑みて決定します。

位階上昇の際、特に優秀な者には銘を授けることがあります。

五、違反行為など

上述のギルド規約に違反した場合や、依頼遂行時の契約違反などに対しては、情状酌量の余地ありとされれば、位階の降格・無償奉仕活動を科す・厳重注意もしくは自主退団扱いとします。

反省の色が見えないなど、更生の余地なしとギルド幹部ら過半数が判断した場合、ギルド追放処分、各国家の治安機構への報告を行います。

六、その他

国家及び商人・傭兵ギルドなどの大規模な組織と問題が生じた場合、個人・パーティー単位で解決しようとせず、必ずギルドに報告をしてください。

正否にかかわらず、ギルドとして対処いたします。

ギルド倉庫内のアイテムは、幹部以上のメンバーの承認により全て貸与が可能です。

なお新規加入者に対するフォローのために、使用する機会のない装備などのギルドへの寄贈を併せてお願いします。

七、シアって誰だよ禁止

追記＠以下の項目は、魔獣侵攻阻止完了後、暫定的に原状回復とします。

スキルは基本ギルドメンバー以外が居る場合、使用禁止。

「意外に普通じゃないか……」

「ほんっとに意外そうね、クリス」

「あんたもね」

予想以上に真っ当な内容だったことに、二人は驚き、そして暫くして現れたシアに規約への同意を伝えたのであった。

上空からギルドハウスが移動して暫く後、撤収も無事に進み最後の部隊が帰還の途についた。

後備えとして置かれていたシュヴァーベン領軍の指揮官が起こした問題の後始末と、その部隊の取り扱いに時間を取られ、結局将軍直下の部隊が最終部隊となったのだが。

魔獣侵攻阻止の戦場であったモルダヴィア大砂漠から離れ、ポントス暗黒海を左に見ながら海岸に沿って南西方向へと移動を開始。

今作戦のために臨時連合司令部が置かれている城塞都市、アストラカーンへと向かう。

その旅程の途中、ジョセフ・ジョフル将軍は各部隊からの損害報告のまとめを確認し、到着後の諸事を考え下準備を行っていた。

「各国軍、領軍の被害報告はまとまったか？」

「はっ、滞りなく。ですが……」

馬車の中、移動中でも書類仕事ができるようにと設《しつら》えられた簡易の執務席で、順調に仕事をこなしてゆくジョフルであるが、その傍に仕える事務官の顔色は幾分冴えない。

「ああ、冒険者ギルドの連中との件か？　あれはもう気にせんでいい。俺の方で始末はつけた」

アラマンヌ王国シュヴァーベン領が領主、レフィヘルト辺境伯公子ヴォルフラム・フォン・レフィヘルト。領軍の部隊長である彼による、冒険者ギルドの使者に対する狼藉と、それに対するギルド側の報復行動といった件である。

幸い撤収作業の見回りを行っていた自分自身でそれを確認していたために、大した問題にも発展しなかった。

というよりも、自分でさっさと話を収め、大きな話にさせなかったというわけだが。

それでも一応、公子とその取り巻きは拘束してあるし、公子の父であるレフィヘルト辺境伯による監視役が一部始終を見ていたらしく、今後公子の扱いに関しては辺境伯家は一切関知しないので好きに処分してくれ、というような言質も得ることができた。

どうも彼の素行はかなり問題になっていたらしく、今回の戦でどうにかしたかったのだが、常に後方に配置されていたために手出しのしようがなかったと見える。

そして、先の監視役というのが、そのどうにかする役目の人物だったのでは。

ともあれ、ジョフルの権限で、公子とその取り巻きご一行は特別仕立ての馬車で辺境伯領へと送り返されることになる。

御者は、件の公子の監視役の者が責任を持って請け負うと言っていた。

おそらくその馬車は帰還途中に何者かの襲撃を受けて、至極残念なことであるが、搭乗者はその命を散らすことになるだろうと思われる。

まあそれは推定される未来のことである。

ともかく、これで問題はなかったことにできるはずだ。

　ギルドに対しての詫びはまた改めて行うと告げては来たが、帰り際に渡された品々がその意義をぶち折りそうに思えた。

「いっぱいあるから気になさらずに」

　とギルドマスターであるという人物に持たされたそれらは、これまでに見たことも聞いたこともないようなものばかり。

　名をシアというそのエルフ女性は、実に美しく、凛《りん》として、それでいて儚《はかな》げであった。

　ジョフルとしては、成り行きとはいえ帰還して間もない冒険者ギルドの本来のギルドマスターである彼女と知己になれたのは重畳と言える。

「しかし……」

　それだけ呟いて、続く言葉は己の咽喉で押し殺した。

　もしも、あと少しだけジョフルの自制心が貧弱であったなら、彼の声帯は周囲の空気をこう震わせていたかもしれない。

『冒険者ギルドの連中は、なぜああまで美人美形だらけなんだ。いや、実に目の保養になるが。軍引退して領地を子供に継がせたら、ギルドに入れてもらえねぇかなぁ』

　貴族生活が肌に合わない、と言っていたのは、亡き実兄への言い訳ではなかったようである。

――幕間　某国騎士のひとりごと――

魔獣の侵攻。いや、奴らにとってはただただひたすらに走り続けているだけなのかもしれないが。

半月ほど前、国中の、聞いた限りでは、我が国のみならず、全ての国々に存在する神殿や祠《ほこら》に神の御使いが遣わされた。

それは、あの東の大砂漠よりも更に向こう、遥か彼方のアフローラシア大陸から、驚異的な数の魔獣たちが侵攻してくるとの神託を下すためであった。

三柱の神々はこの世界全て、大地のみならずそこに住まう者たち全てを生み出した存在故に、それらが行う行為を断罪しない。皆に大小の差はあれど加護を与えてくださるだけ。

そしてそれで十分だと、私は思う。

人同士ですら対立するのだから、ましてや言葉の通じぬ魔獣となど――。

魔獣侵攻が事実であることが、希少な飛行魔獣使いによる偵察で確認されたという。

あの劣悪な環境の砂漠の向こう側から、地を埋め尽くすような数の大小の魔獣が、倒れた仲間を食うことで腹を満たし、寸暇を惜しむようにこちらに迫って来ていると。

神託故に、報告の結果を待つ間にも準備が整えられ始めており、事実と確認された後は、取るものもとりあえず、我々騎士を始めとした戦闘可能な者たちは、女神の加護を祈りつつ戦場へと旅立っていった。

地理的に間に合わない西国の者たちは、遠隔地からでも可能な資金援助や、現地には間に合わないがために、国土守護の騎士たちが居ない隙を狙う盗賊などから人々を守る役目を担ってくれた。

後顧の憂いなく、目の前の戦いに挑めるというわけだ。

であるのだが、我らの陣の傍に立てられた陣幕は、どこの所属なのだろうか。

屋根に相当する部分に描かれた紋章は、どこの国のものでもない。

それにしても、アレは本当に紋章なのだろうか。

もしそうだとするならば、到底信じられない。

普通、家や国を象徴する紋章は、趣向を凝らした複雑なものが多い。

しかし、アレは……ただの赤い丸ではないか。

寄騎の者に問うてみると、あそこには噂に聞く冒険者と呼ばれる者たちが詰めているという。

冒険者ギルドなる組織を立ち上げた雑多な種族の集まりの、何でも屋。そう揶揄されている者たちだ。

様々なアイテムの製造から武器防具の生産・修理、魔獣退治からそれこそ子供の使いのような雑事まで請け負うためだ。

そのため、あからさまに侮蔑する者も多いが、私の見るところ凄まじい技量を持つ者も多く見受けられた。

特に、あの部隊を率いていると見られる竜人や、それに常に付き従う黒エルフ、ドワーフ族の男たちも、中々の立ち振る舞いを見せ、私ですら太刀打ちできるか怪しく思える。


負けるとは思いたくないが、勝てるとは絶対に言えぬほどに。

そして、戦いが始まった。いや、アレはもはや戦いとは呼べぬ。

蹂躙であった。

無論、我々の方が蹂躙される側である。

唯一、敵の勢いを殺し続けられたのは、やはりあの冒険者たちの陣営だけであった。

我らでは及びもつかない技と膂力。

なぜか魔法攻撃を行うものは見かけなかったが、あれほどの手練が居るのだから魔法使いが居ないとは考えられない。

やはり魔道具が高価で希少故に、たとえ使える者が居たとしても、そう易々と手に入らないために戦場へは出てこれないのだろう。

供をしていた寄騎たちも倒され、私もこれまでかと思われたとき、空が。

いや、天に蓋がされた。

そう思えるほどの巨大な何かがそこに出現した。

冒険者たちがそれを見上げて何やら歓声を上げている。

敵か味方か？　と考える以前に、某《なにがし》かの天変地異なのか？　と疑問を感じる中、突如として巨大な鳥が、しかも炎を身に纏った、幻想の中にしかその名を記されていない、火の鳥が姿を現したのだ。

――――そこからの記憶は酷くあいまいだ。

火の鳥に続き、敵味方入り混じった戦場の中、大地を凍らせ鋭い氷の牙で魔獣だけを噛み千切ったのは、神話にのみその名を残す、神を喰らう狼、フェンリル。

見渡す限りに広がる魔獣を、その暗黒の息吹でひと飲みにしてしまった、伝説に聞かされる無限の力を秘めた巨人、ギガンティス。

魔獣の侵攻が、それらによって食い止められた後、私は更に信じられないものを目にしたのだ。

空に浮かぶ何かから、光り輝くエルフの女性が、降ってくるのを。

その女性は、優しく輝く暖かな光で我らを癒し、そして消えていった。冒険者ギルドの面々とともに。


戦場に居た者にしか、理解してもらえないこの話。

国に帰ってから、何度か使える限りの伝手を用いて上奏をと努力したが、聞き入れてもらえなかった。

大臣どもは、きっとあの戦いを各国家だけの手柄にしようとしているのだ。

王に伝えようにも、近づくことさえ今は許されない。

彼らが本気ならば、国の一つや二つ容易く攻め落とせるだろう。

わざわざ冒険者ギルドなどというものを興してまで、氏素性のわからぬものをまとめて真っ当とは言いがたいが職につかせるなどということをする必要などはないのだ。

ただ、わが国にでも攻め込めば。

それだけで彼らは王を僭称《せんしょう》できる。

それだけの力がある。

けれど、彼らはそれをしない。

明らかに我らを蹂躙できるだけの力を持ちながら、韜晦《とうかい》し続けていたのだ。

おそらくは、全てが彼らの元へと降り立った、あの女性が率いるが故に。
そうだ、私は魅入られてしまったのだ。
冒険者ギルドに赴き、あの女神のような女性に仕える日々を夢想するほどに。
私は彼の地に赴き、彼らの行いを見届けよう。
そして、この国の悪意が彼らに及ばぬように盾となろう。
それが、私にできる、国と、彼ら冒険者とを、守るための最善の道なのだ――。

第4章

吾輩はシアである。名前はまだない。（マテ

「館首魔導砲、発射準備」

シアの声が全館に響き渡る。

「魔道ドライブ内、圧力上げろ。非常弁、全閉鎖」

「圧力上げます。非常弁、全閉鎖」

「魔導砲への回路、開け」

「回路、開きます」

シアの指示に、アマクニが答え順次操作を進める。

「魔導砲、薬室内圧力上がります」

「全魔力、魔導砲へ。強制注入機作動」

武器管制を行うヘスペリスが、計器類の数値の上昇を告げる。

「魔導砲、安全装置解除」

ギルドマスターとして、シアが兵装の安全装置を外す指示を出す。

「安全装置、解除。セーフティーロック、ゼロ。圧力、発射点へ上昇中、あとゼロ、二。最終セーフティ、解除。圧力、限界へ」

ヘスペリスは指示通りに動き、滞りなく準備を続ける。

「敵ギルドハウス、確認〜。前方、フタヒトマル〜」

熊子が索敵を終え、その位置を告げてくる。

「魔導砲、用意。カレアシン、操縦をヘスペリスに」

熊子の報告に頷き、シアは操縦を担当するカレアシンからヘスペリスへと操縦桿《そうじゅうかん》を渡すように指示を出した。館首魔導砲は、進行方向に向けてしか撃てないためだ。

「ヘスペリス、渡したぞ。うまくやれ」

「お任せください。館首目標に。ターゲットスコープ、オープン。電影クロスゲージ、明度フタマル」

ヘスペリスの前に、光学式の照準器がせり上がり、光の十字を刻む。

「目標速度、ゼロ。まあ、あっちは普通のギルドハウスだし」

当然だよねと言う熊子。

「魔導粒子出力、上昇」

アマクニの声に、シアが頷く。

「発射一〇秒前。総員対ショック・対閃光防御」

そして、ギルドマスターの発射宣言が告げられた。

「五、四、三、二、一、発射」

ヘスペリスのカウントダウン終了に被さるように、画面上にテロップが流れる。

『これよりギルドｖｓギルド戦の開始を宣言します。両陣営は――』

テロップが流れ終わるのを待たずに、極大の火線が敵ギルドへと伸びてゆき、見事に突き刺さる。

そして、盛大に火柱を上げたのだった。

『ゲルマニウム・ガミラシウム連合のギルドハウスのステータスが0になりました。戦闘は終了しました。勝利ギルドは「シアとゆかいな下僕ども」です。お疲れ様でした』

⚔

「ってのをやっただろ？　あれも元ネタは同じだ。ヲタなら知っとけよ……ってお前らはそっち系は知らんのかぁ」


過去、ゲーム内におけるギルド対抗の戦闘において、天の磐船による大規模攻撃により開始早々に勝利した際の記憶を穿《ほじく》り返させる。

まあ、実際のところこのようなシーケンスは必要なく、シアたちが魔力を注ぎ込んでしまえばいいだけの話なわけだが「様式美は大事」という彼女の一言で行われたことだった。

ちなみにこの一件により、同様の発射または発動までに時間が必要とされる儀式魔法の類が、戦闘開始以前から詠唱開始・戦闘開始と同時に発動、という手法が乱発した。

そのため次回のアップデートにて、戦闘開始前の詠唱は発動キャンセルというパッチが当てられたという。

「確かにそういうのもありましたが、そう言われてみればそうでしたね、としか」

「あー、そういえば。っていうか、あれ元ネタあったのねぇ。てっきり爺連中の戦時中の実体験からだとばかり」

力説するカレアシンに対し、右から左といった感じに聞き流している様子のヘスペリスと呉羽。

　どちらもそういった方面にはまるで興味がなかったために、国民的アニメと言われても概略程度しか知らなかった。

「そこまで年じゃなかったわ！　っていうか、第二次大戦中の戦艦には艦首に大口径砲はねぇ！」

「軽巡サイズの船体に大口径砲を一門載せた実験艦はあったそうじゃがな」

「そいつぁーすぐに他の艦種に改装されたろうが！　引っ掻き回すのやめろやアマクニよぉ」

　そしてカレアシン的には、基本どころか本能にでも刻まれているのではないか？　というレベルなので、許しがたいという思いでいっぱいだった。

「そんなこと言われてもねぇ。私、戦艦とか言われてもよくわからないし……」

「戦艦などに興味を持つのは男の子と相場が決まっております。その点私は当時から中の人は女の子でしたので」

　二人としても、興味ないから仕方ないじゃない、的なスタンスであった。

　そう言われては、カレアシンとて趣味に合わないものが多々あるわけだし、そうキツくも言えない。

　ヲタクの基礎知識じゃね？　といっても、年代も違えば性別も違う。

　呉羽は間違いなくヲタクなのだが、方向性が違う、と言うべきか。

　ヘスペリスに至っては元の世界では同性なのに感性は女性なのだから、カレアシンにしてみれば、端っからよくわからない世界の住人なのである。

「あー、もういい。まったく、シアは『広く浅くがヲタクの最適解です！』って言ってたが、マジそうなのかもしれんなぁ。にわかってのとはチト違うしな、シアの場合」

　カレアシンはそう言って肩をすくめ、元の世界で初めて『オフ会』というものを行ったときのことを思い浮かべた。

　元の世界で初めて顔を会わせたというか、寝たきりだったので見舞いに押しかけられたときのことである。

その際に彼女を見た最初の印象は、『儚げな娘』であった。

彼女と一緒に来ていた二人の男女……いや、二人とも男だったわけだが、そちらはまあちょっと変わった奴だなとは思ったが、印象としてはそれほど強烈なものではなかった。

引き籠もりの変態紳士など、今の世の中なら掃いて捨てるほど居るし、もう片方の女性に見える方にしても、昨今流行の『男の娘』という奴だろうと。

リアルで見ることになるとは夢にも思っていなかったが、事前に『そういうのもあるのか』と認識している分、理解に苦しむ存在ではない。

まあ、棒と玉をとっくに取り去っていたとは思ってもいなかったが。

しかし、シアは違った。

元の世界の名は、なんだったろうか。覚えているはずなのに、既に記憶の奥底から引っ張り出すことさえ億劫に感じる。

ともかく、彼女の存在自体がこの世界から隔絶しているように見えたのは、年寄り故の取り越し苦労という奴だったのだろうか。

寝たきり老人とは言いつつ、ネットはできるしゲーム内ならば色々と会話も楽しめる。

ヘルパーの方に食事と下の世話を済ませてもらって礼を言い、後は眠くなるまで時間を潰すだけの毎日。

暇にあかせてゲームを起動させ、街の広場で露店を開くと目の前を様々なキャラクターが行き過ぎてゆく。

露天商キャラと売買する者たちの会話が耳朶を打ち、様々な者たちの行き来が視界を埋め、時折目の前で人が突然襲われたりして驚くこともある。

そんな喧騒を眺めているだけで、寝たきりの日々が多少は和らいで苦痛ではなくなる。

露店を開いているとはいえ、店頭に並べているのは主にそこら辺で雑魚を倒せば普通にドロップするような貧弱なアイテムであり、そうそう客は興味を示さない。

時折それらに交じってごく稀に、ガチャで出てきた激レアアイテムをこっそり並べていたりする。

まあ、これは気に入った奴にだけ売るようにしているので、値つけは「応談」である。

別に高級高性能なアイテムを扱いたいわけではなく、ただ人の営みに交じりたかっただけなのでそのあたりはどうでも良かった。

だが、そんなときに声をかけてきたのがシアだった。

「こんちはー。儲かりまっかー」

「あ？　あー、ぼちぼちでんなぁ。っと、関西の人かい？」

「んにゃ、生まれも育ちも東京都内。んでも親が関西でねー、なんとなく」

初めての会話はそんなたわいもない掛け合いだった。なお関西でリアルに儲かりまっかーなどという台詞を聞いたことがある人は実際にいるのだろうか。少なくとも俺は知らん。

それはさておき毎日のように露店を開き、他人と触れ合うことで、まだ生きているということを、実感したかった。ただそれだけだ。

妻はとうに逝き、子はなせなかった。

後添いを、と周りから言われ続けたが、その気もなかった。

今際《いまわ》の際に「私が死んだら、できるだけ早く後妻さん、もらってくださいね」などと言われてハイそうですかと探せるものかと思う。

実際その言葉がなくとも、再婚をすることはなかっただろう。

連理の枝とは言いすぎかもしれないが、それほどに好いていたのだと今更ながらに思う。

その後生涯一人身を貫いて、後は死を待つのみと時間を浪費する毎日を送っている最中、まさかこのような今に繋がる出会いがあるとは夢にも思わなかった。

出会って暫くした頃、いつものように露店を広げているところにやってきたシアに、開口一番こう言われたのだ。

「ね、店主さん。私ね、ギルド立ち上げようと思って人集めしてるんだけど、ぶしつけで悪いんだけど、どうかな」

ぽかんと返事もできずに居た俺を責めることができる者など居まい。

ただのキャラクター、ゲーム内アバターが、これほど眩しく見えたのは初めてだった。

寝落ちしたのかと思えるほどに動かない俺に、目の前にしゃがみ込んだ彼女は焦ったのかなんなのか、色々なことを矢継ぎ早に話してくる。

我に帰った俺は、ギルドの立ち上げに協力することとなり、創立メンバーの一員として幹部登録されることとなった。

副ギルドマスターとなる人物からの視線が恐ろしく痛かったのが不思議だったが、その理由がわかるのはかなり後になってからである。

そんな感じでギルドを興したのだが、当然のように「オフ会しようぜ」という流れになっていった。

幸い初期メンバーのほとんどが関東近郊住まいで、集まるのにそれほど苦労はないと思われた。

俺以外は。

何ぶん寝たきりである。


ちょっとした外出もかなりの手間と下準備に金、そして同行する者の理解が必要となる。

なので残念ながら不参加を表明したところ、「じゃあ、じーさんのところでお見舞いオフ会ってことで」などという流れになってしまった。

どうしてこうなった。

正直、今の状況を見せたいとは思わなかったし、リアルに寝たきりの自分を見た相手の顔色を窺うというのもそれだけで辛いものがある。

それでも既に来る気満々なギルドマスターと、ちょうど時間が空いてるという二人も併せて来訪を告げてきた。

そして、出会う。

「はっはっは、若いくせにこんな爺の話についてこれるたぁ、見上げたもんだ」

「いやあ、恐縮です。ていうか、今時の同世代の人たち相手だと、逆に話せなかったりするんですけどね！」

それはそれで難ありだな、とは思うが。

傍で待つ二人はそんなことないと首を振っているが、

実際はどうなのだろうか。

とりあえず、楽しいひとときを過ごせたのだけは確かであった。

そして、ゲーム内ではギルド活動が増えた露店屋生活が、結構あわただしくものんびりと続くことになる。

しかし、今時の若い娘が沖○艦長ネタをノータイムで切り返してくるとは思わなかったぞ。

「ここで全滅してしまっては明日のギルドを守る者がいなくなってしまう。明日のために今日の屈辱に耐えるんだ、それがギルドマスターだ」

「ここで逃げたら死んでいった仲間に顔向けできません。ギルマスだったら、戦って戦って戦い抜いて、一人でも多くの敵を倒して死ぬ。それが責任者ってもんでしょう」

まあ、負けそうなフリをして楽しんでいたので、その後調子に乗って突っ込んできた敵ギルドのメンバーをタコ殴りにして逆転勝利したのはいい思い出だ。

そんなこんなで今に至るまで続くギルドメンバーとの縁は、ちょっとやそっとでは切れないものだなぁと思う。

たとえ、俺の趣味を尽く「興味ない」と言ってのけるサブマスと、旧ゲーム内での元嫁の存在があったとしてもである。


『何しかめっ面してるンよ、ドラゴンのおっさン』

「ああ？　ああ、なんだ貴様か。黙ってろ、剣には関係ない」

海に浮かんだギルドハウスの尖塔の上から、陸――モノイコス王国――を望んでいると、カレアシンの肩越しに声をかけてきたモノが居た。

あのときどさくさに紛れて連れてきたというか持ってきたというか勝手について来たというか。

口先がやけに達者な喋る魔法剣であった。

銘は刻まれていたのだろうが、削り取られていて今は読むことができないでいる。

『関係ないンよと言われてもよォ。俺様的にはあんたの傍が一番マシな感じでサぁ』

この剣、成り行きでココまで来たのはいいが、どうにも放置プレイで肩身が狭かったのである。

『普通サ？　俺様みたいな魔法剣様が手に入ったりしようもんなら結構な大騒ぎなわけよ。それが何？　コの人たちってば「あ、しゃべってるー」的な感想だけでスルー？　おかしくネ？　っていうカおかしいよネ！　この世の世間一般の常識的に考えテ！』

「まあなぁ。でもよ、逆に考えてみな。お前みたいなのでも普通なんだよ、ウチのギルドじゃあよ。なんか嬉しくなんねぇか？」

『嬉しイ？　嬉しいネぇ……。その考えはなかったが、どっちかっていうと「ステキ！　是非私に佩刀《はいとう》させて！」って言われたイ。できれば腰のくびれた胸のデカイ足の綺麗な凄腕ねーちゃん剣士あたりに』

「なんという贅沢な糞剣だ。溶かしてやろうか？」

言いつつ口の端からちりりと青黒い炎を吐き出した。

竜人としての種族スキルである火炎放射攻撃をちら見せである。

レベルにもよるが、範囲的には本物の竜に劣るとはいえ、攻撃力としては同等かそれ以上の超高温火炎を吐くことが可能なのだ。

カレアシンのレベルなら、下手な剣など溶ける暇も与えずに跡も残さず蒸発するだろう。

『いやあ、俺様なんかを普通に扱ってくれるだなんて、なんて心の広い御仁が多いところなんだゼ、ココは。――すンませンでした、勘弁してクださい、口が過ぎました』

カレアシンが深呼吸じみた動きで胸に大量の空気を送り込んでいるのを感じたのか、魔法剣は平謝りであった。

「はあ、まったく。厄介ごとが減ったと思や、雪だるま式に利子がついて戻ってきやがる感じだぜ」

ぼふん、と不完全燃焼のブレスを噛み潰し、カレアシンは視線を遠くに戻す。

今彼がここにいるのは、留守を預かっているからである。

シアら幹部連中は、モノイコス王国の港湾地区に建てられているギルド本部へと足を運んでいた。

そのまま王国の王都でもあるモノイコス城塞都市へと入り、王へ謁見するためである。

小さいながらも独立国家として存在するこの国の後ろ盾のおかげで、今のギルドは組織として真っ当に成立できているのだ。

ギルドマスターとしてまずはこの国の王へ礼を言わねばならないというシアの言葉に、呉羽らも同意し謁見の約束を取りつけたということだ。

しかし、とカレアシンは思う。

これまでは互いに持ちつ持たれつでやってきていたが、これから先はどうなることやらと。

下手にココの王様に変な野心なんかを持たれたりしてはたまったものではない。

ウチのギルドのマジックアイテムやら何やら全てを利用すれば、冗談抜きで、この小国がエウローペー亜大陸全土を席巻しうると彼は考えている。

まあ、どんな条件を出してこられても、請け負うことはあり得ないためそんな事態にはなるとは思わないし、面倒ならとっとと尻に帆かけて逃げ出せばいい、そう思ってもいるのだ。

王も王子も本当に王族かと思えるほどに能天気で、能力こそあるが、人が良すぎるのではないかと逆に心配するほどだ。

この国をぐるりと囲う山の向こう側は、この王国を内封するようにして存在するゴール王国があり、海沿いに東へと進めば大ゴート帝国が見えてくる。

また、海を隔てた先には二つの大きな島があり、狭い水道を挟んで二つの勢力が睨み合っているときている。

どちらも目と鼻の先ほどのこの国を巻き込む戦争がいつ起こってもおかしくはない立地である。

その地勢的な不利を外交だけで生き延びてきたあたりは賞賛に値するが、ひとたび桁違いな力を手にできるということがわかれば、どう出るか。

この謁見で、もしシアたちを人質にでも取られ、このギルドハウスを引き渡せと言われたら、断ることなどできるのだろうか。

いや、まあ、あいつらを拘束できる奴らがいるっていうならば、そもそもこんな小国に甘んじているわけがないんだが、と自分の心配性加減に嫌気が差すのであった。

「おじいちゃんは心配性、か」

『ンだ？　おじいちゃンってほどの年なンかい？』

「やっぱ溶かすかこいつ」

『ごめンってばよ』


一方その頃、モノイコス王国の冒険者ギルド本部では。

シアがとてつもないほどに脂汗を垂らしながら、眉をしかめていた。

彼女が今居る施設は、この世界における冒険者ギルドの本拠地である。

ギルドハウス『天の磐船』とは違い、転生してきたギルドメンバーらが自力で建築したもので、モノイコス王国の港湾部に隣接している。

なお正式名称は「モノイコス王国港湾地区地域管理棟兼冒険者ギルド本部」というのだが、その名が使われるのは書類上だけと成り果てている。

「大至急、改善が必要だわ」

「そ、そう言われると、そうかもしれないけれど……」

「私どもはもはや慣れてしまっていましたから……」

そんな彼女を、左右に立つ呉羽とヘスペリスの二人は、どうにかなだめようと悪戦苦闘をしていた。

「慣れるって……。慣れるのにどれくらいかかった？」

「私はそうねぇ、なんだかんだで半月くらい？」

「私は一週間で慣れました。背に腹は代えられません」

呉羽とヘスペリスの応えに、シアはウームと腕を組んで悩み始めた。

「仕方ない、今回は我慢よ私。次までにどうにかすることにしましょう。アマクニ呼んでおいて」

シアはそう決意した後、ゆっくりと席を立ち、部屋を出てとある個室へと足を運んだ。

それを見送った二人は、ため息をついて苦笑とともに此度の珍事を口にした。

「一番の難敵は、トイレだったとは。意外な落とし穴だったわね」

「このヘスペリス一生の不覚。ぼっとん便所に慣れて早幾年です。これが普通というこの世界の暮らしに染まってしまった自分を恥じております」

「いや普通でしょ、そう深く考えちゃ駄目よ。元の世界の私の田舎の実家なんて、汲み取り式便所でおまけに家の外に設置されてたわよ？　子供の頃の夏休みに田舎に行ったときなんて、夜の用足しはある意味地獄よ」

手のひらサイズの蜘蛛《くも》が、蛾が、そこらじゅうを這《は》い回り、飛び回っていたと言うのである。

今ならばなんとも思わず用を足せるかもしれないが。

「シアは根っからの都会っ子ですから、厳しいかもしれません」

「かもねぇ。大丈夫かしら」

「いえ、大丈夫じゃないから大騒ぎになっているわけで……」

そんなことを言い合う二人の耳に、「ひぃぃ〜〜〜〜」とか細い悲鳴が聞こえた。

「やはりというべきでしょうか、何か半泣きですが」

「……おつりでももらったのかしら」

慌ててトイレへと向かった二人を、這々《ほうほう》の体《てい》で個室から出てきたシアは、涙目で迎えたのである。

「溜まってるモノの上で、虫が……バッタみたいな虫がぴょーんって、ぴょーんって」

「下を見てはいけませんよと、あれほど言ったでしょうに」

「バッタではなくカマドウマと呼称される昆虫ですね。そのあたりの生物層は元世界と似通っているというのはありがたいというかめんどくさいというか」

お手洗いに入るために、長い髪をひっつめているシアの頭を抱きかかえ、なでなでして嬉しそうにしている呉羽と、事細かに要らん知識を伝えてくるヘスペリス。

もうその辺はどうでも良かったシアである。

「ぴょーんて!」

そんな我らが冒険者ギルドのご当地本部が存在する、モノイコス王国の港湾部であるが。

ギルド本部の建物は、港湾というには少し海から離れて建てられている。王城たる城塞都市へはまだまだ距離があるために、どちらかといえば一応港湾部、という扱いの土地一区画が、丸々冒険者ギルドの本部施設として占有されているのである。

まあ、他に使う者が居ないためにこれ幸いと下げ渡してもらっただけの、ただのだだっ広い土地である。

海が近いために塩が浮いてくる地盤は耕作には向いておらず、かといって港自体からはそれなりに離れてしまっているので使い勝手が悪く、放置されていたのだろう。

この国は海と山に挟まれていて耕作面積が少ないため、穀物の類は輸入に頼る部分が大きい。

幸い山一つ向こうのゴール王国は一大農業国家でもあるために、輸入自体はそう難しくない。

海の幸と山の幸は豊富で、そう多くない国民はさほど飢えることもなく、暮らしてゆくだけならば問題はなかった。

それに、この国は狭く貧しい故に、他国の領土的野心から外されているという点も幸いである。

国の防衛に割かれる資金が少なくて済むからである。

そんな弱小国家に建てられているのが冒険者ギルドの本部である。であるが、現在の冒険者ギルド本部周辺の雰囲気は、田舎の港……とは言えない様子になっていた。

ギルドメンバーによる積極的な介入により、大型船の着けられる桟橋やそれらの入港に支障のないようにするための、港の浚渫《しゅんせつ》。

それらの船が運んできた貨物を一旦納めておく倉庫などが、冒険者ギルドの出資で作られ、利用されていた。

おかげで陸路に頼っていた穀物の価格などが、海路による一括大量輸送で割安となり、国としては大変助かっている。

無論、それまで港を使用していた漁業従事者への補償のためなのか、彼らが利用するための港も新たに用意され、小さな魚市場と水産加工場も隣接されていた。

港の潮巡りの良い場所には生簀《いけす》が浮かべられており、ソレを狙って近づいてくる海の魔獣対策もギルドメンバーが請け負っており、まさに至れり尽くせりの状態である。

そんなこともあって、冒険者ギルドはこの国——特に港で働く者たち——から特に歓迎され受け入れられていた。

まあ、冒険者ギルド側からすれば、自分たちの都合で振り回しているようなものなので、感謝も文句も痛し痒《かゆ》しであったが。

そんな意外と活気に溢れる港町に隣接する形で建つギルド本部は、一見するとただの直方体、といった形状である。

味も素っ気もないといえば確かにそうなのだが、ギルド内での意見の調整がつかなかったという駄目な部分が理由である。

何せ、和風が良いだの西部劇に出てくるようなのが良い、シンデレラ城みたいなの希望だとかバベルの塔建てようぜなどと言い出す奴までおり、仕様を決めるための意見だけならば枚挙に暇がなかった。

いい加減切れた呉羽が三秒で描いたデザインを、アマクニら職人が細部を詰めて出来上がったのが、今のギルド本部棟である。

そんな曰くつきの建物の最上階の一角で、シアはぐったりと背もたれつき肘掛つきの革張りふかふかクッションな執務椅子に沈み込むように腰掛けていた。

「シア、王城の感想は？　リアルであんなところに入るのは初めてでしょう？」

目を半ば閉じた状態で、シアは呉羽から差し出された氷の浮いたグラスを受け取り、ゆっくりと口をつけ、そのまま一気に飲み干すと口を開いた。

「疲れた」

そう言って、けぷ、と小さく噯気《げっぷ》を吐く。

「実に端的な御感想、ありがとうございます。ともあれお疲れさまでした、シア」

「そんなに疲れないはずだけれど。まあ、慣れも必要よね。うん、お疲れ様」

　その様子を見て苦笑するヘスペリスと呉羽だが、実際のところシアが精神的に疲れたのだけは確かなようである。

「だいたいさ？　私、挨拶に行くだけのつもりだったのに、なんで会食とかするかなぁ？　まあ、ご飯は美味しかったから良いとして」

　王国側としては、それだけギルドを重視していますよということをアピールしたかったのだが、シア的には王様なんだから「よきにはからえ」でいいジャンと思ってしまうのである。

「まあ、あっちはあっちで思惑がありますから、当然の成り行きかと。あと、食事が美味しかったのは冒険者ギルドのおかげです」

「へ、そなの？」

「まあ、この国優先で狩ったり作ったりした食材を卸してるしねぇ」

「元の世界の料理レシピも、ギルド秘伝として、計量カップやらの各種調理器具・調味料込みで販売してますし」

「そうそう。あとね、長粒種だけど幸いお米みたいなのもあったし、大豆に小麦も似たようなのもあったから、味噌《みそ》モドキは作れたのよね。爺さんたちには感謝しても仕切れないわ。あの人たちの子供の頃、家で味噌作ってたらしいわ」

　亀の甲より年の功とはよく言ったものである。

　豆があっても米があっても、麴《こうじ》菌《きん》が、種麴がなければ味噌はまともに作れない。

　餅麴という、豆やら小麦やらをペースト状にして丸めて作る手法も行ったが、こちらはクモノスカビなどの菌が多く混じるために味的に一般向けではなく、お勧めできない仕上がりだった。

　なので、皆で知恵と記憶を引っ張り出して、ああでもないこうでもないと数年かけて種麴を作り上げたのだと。

　苦労はしたがそれ以上に納得できる味噌ができたということらしい。

　味噌が作れるとなると、醬油《しょうゆ》の前身であるもろみも取れる、この二つが揃えば日本人としてはもう無敵である。

「ノートPC内のデータ使えば更にいいものできそうね」

「だわね。あと、飯盒《はんごう》のセットも中々良い売れ行きなのよね。旅商人とか、傭兵団なんかに」

「胃袋から支配とか、流石中の人が日本人なだけあるわね」

これまでの経緯の一端を話す呉羽とヘスペリスに、シアは苦笑しながら身を起こした。

「さて、それじゃやることやっちゃいますか！」

「アラ、もう復活？」

「熊子ではありませんが、復活が早くなりましたね、シア」

スタスタと扉に向かうシアの後に続いて二人。

「まーね。こっち来てから頭の中がすっきりしてるってのが大きいわ」

「ああ、『新しいパンツを穿《は》いたばかりの正月元旦の朝』みたいな感じですね、わかります」

「へぇ、ということは。シア、精神的な問題点がこちらに来て解決したのかもしれないわね」

「ん～？　そうなのかしら。もしかすると、そうなのかもしれないけど……。――あ」

ふと何かに気づいたのか歩みを止めるシア。

「どうしたの？」

「これ、精神系の状態異常防止が付与されてるアイテムだわ。あと、ＩＮＴ上昇」

呉羽の問いかけに、シアは額につけたサークレットに手を沿え、二人に視線を向けた。

「あー、なるほど」

ゲーム同様、とりあえず装備していたアクセサリー類。

どれをとっても廃人プレイで装備していた一品ばかりなので、おまけの効果がかなりのものである。

「べんりー。ていうか、これ依存性とかないよね？」

「……多分ないのではないかと」

「うん私もそう思う。きっとそういうのはないんじゃないかしら？　それに、気にすることないわ、あったとしてもどうにでもなるし」

必殺神聖魔法で、と笑う呉羽に、シアとヘスペリスもそりゃそうだと頷きを返す。

「それで、何から始めますか?」

「そーね。あ、とりあえず、ギルド規約書き換えしよう」

「ああ、禁止事項消さなきゃねぇ」

『シアって誰だよ禁止』の一文である。

くすくすと笑うヘスペリスに、シアは苦笑で返すが、それだけじゃないと告げる。

「あと、いくつか追加で加えたいんだけど」

「かまいませんが、なんと?」

「『ギルド脱退には一五〇〇万神金貨の違約金を支払うこと』、くらいは書いとかないと」

「よくわかりませんがわかりました。他には?」

元ネタはわからないが、そういったネタもあるのかと頷くヘスペリス。

しかしシアの言った金額は、現在の通貨レートだとちょっとした国の年間国家予算レベルである。

一旦入ったら抜けられないぞと脅すのも良いかもしれないと、ヘスペリスは同意した。

事実、それらの大国にしてもそれだけの神金貨は保有していないだろうし。

ゲーム内では普通に使っていた通貨単位であったが、この世界ではその通貨一枚だけですらちょっとしたレアアイテム扱いだ。

そういえば、ギルドとして貯めていたゲーム内通貨、持ってこれてるのだろうかなどと考えながら、ヘスペリスは手にしたギルドカードの表面に人差し指を滑らせていく。

「あ、早速使ってる? どう? 使えてる?」

ジョフル将軍を連れ帰って色々とグダグダしたせいで、作りそこなっていたヘスペリス・呉羽・カレアシンら三人のカードも、遅まきながらスキルを使用して作り上げていた。

「ええ、便利です。しかも、実体にスキルを使用したおかげなのか、こう——」

言いながら、ギルドカードからぱっと手を離す。

あ、と驚き手を伸ばすシアだが、カードはヘスペリスの膝ほどの位置でその落下速度を緩め、逆にふわりと上昇を始めた。

「便利です。落としてなくす心配はせずに済みそうです」

そう言って胸元に浮き上がっているカードを再び手にして微笑むヘスペリスに、シアは満面の笑みを浮かべ拳を握り締めた。

「ぐっじょぶーね、私」


それは、何の前触れもなく告げられた。本当に唐突に、告げられたのである。

ありとあらゆる国々に存在する、三柱の大神を祀《まつ》る神殿にて、神の御使いから預言を賜ったのだ。

神託――それは疑う余地もない未来の出来事を告げる言葉――により、魔獣の大襲来が告げられたのである。

各国は日頃の対立意識などは据え置き、その対策に翻弄された。

冒険者ギルドの本部が置かれているモノイコス王国もその範疇《はんちゅう》に漏れず、なんらかの働きを担う必要があった。

であるのだが、如何せん距離があるのと、何より準備に時間がかかるために当地よりの派遣は間に合わないとして、近隣諸国で軍の派遣が間に合う国々へと、間接的な支援活動に従事することとなった。

流石に大国と言われる国などは、編制も糧食の確保も素早く、すぐ隣のゴール王国などは即座に各国と連携を図った上で、大規模な軍を組織、整然と出立していったという。

以前はともかく、現状経済的にさほど困窮はしていないモノイコス王国であるが、常備軍を保有していないため、同様の即応態勢などは望むべくもなかった。

国土も小さく、人口も少ない上に、これといった産業もない。

商業的に考えても大きな街道が通っているわけでも

ないこの国は、正直他国から手を伸ばしてまで欲しいと思わせるだけの価値がなかった。

そのため、自国の防衛は対国家ではなく対魔獣、対亜人を主眼に置いた形となり、大規模な戦闘を想定した軍事組織などは存在しなかったのだ。

陸続きになっている隣接国家はゴール王国一国だけ、というのもそれに拍車をかけていた。

ゴール王国としては、いつでも片手間で攻め滅ぼせる程度の国であった上、比較的友好国でもある。

金をかけて軍事行動を起こして占領するよりも、むしろ商品の一方的な輸出先であることと考えれば、現状維持の方がよほど利益を生むと考えられていた。

そのために長年放置されてきた、というのが正解なのだろう。

無論、王らの外交努力もあっただろうが、それはただただ下手に出て機嫌を損ねないようにするという屈辱的な行為に他ならなかった。

「だからといって、あの頃は他にどうしようもなかったわけではあるが」

そう口籠もるのは、由緒正しい先祖代々伝わるやけに背もたれが縦に長い椅子に身を沈めている、モノイコス王国の王である、フランチェスコ・ガルバルディ・モナイコスである。

装飾の余りない、磨き上げられた石で組み上げられているシンプルではあるが荘厳な印象を見る者に与える謁見の間。

その最奥の一段高くなっている場所で、王は一人物思いに耽っていた。

王の配下としての常設軍。

それはともすれば国庫を疲弊させてしまうほどの散財を余儀なくされる。

純粋に対軍戦闘だけを主眼に置いた者たちなど、それだけにしか使い道がない。

今現在、王国が抱えている常備戦力といえば、片手に余る程度の近衛騎士と、それらの従士、王城の警備を任せている衛兵と、稀に出没する亜人や魔獣を撃退するための、弓兵を兼任する剣士部隊ぐらいである。

総勢にして一〇〇に満たない。

城下の治安維持すら、臣民らの手により自警団を組織させ行わせているという、下手な領軍にすら劣るやもしれない体たらくである。

無論、下手に軍備を整えてしまうと、お隣の軍事大国を刺激してしまうという事実もあるが、やはり一番の理由は金である。

それがある日。

愚鈍との誹《そし》りは聞かないが、賢王と言われるほどではない彼に似ず、やけに聡明に育った息子である王太子が連れてきた者たちによって、様変わりすることになった。

初めは怪しげな連中だと思い、会うことすら否定的だったのだが、王太子はそんな彼に対していつになく饒舌《じょうぜつ》に、遠回しにではあったが廃位まで仄《ほの》めかし、最後には頷かせたのである。

暫定的な代表者として姿を現したのは、魔人と呼ばれる容姿を持つ女性であった。

魔に触れて生まれ出るモノ。

その生まれ持った高い能力故に表立って忌避されることはないが、敬遠されることは間違いなく、いわゆる流れ者になるのが常だと言われていた。

のだが、このように一集団をまとめて率いていると は、なんとも珍しい。

また、魔人として生まれた者は、魔獣同様にその身に秘めた魔に惹かれ、異形に転じたまま戻れぬ者もいるという。

そこまで行かずとも、外見は酷く醜悪になることが多いとか。

けれど、謁見に際して着飾ったのであろうが、それを差し引いてもその女性は姿形もさることながら、麗しいと思えるほどの所作と、その瞳に宿る高い知性を示す輝きを持っていた。

まさに傑物という言葉を体現していたのである。

そして、何より。

妖艶《ようえん》とはこのことかと思えるほどの美貌であった。

傾城《けいせい》とも思える姿に、もしや王太子が籠絡されたのやもしれぬと密かに傍に立つ本人に問うたほどであった。

答えははっきりと否であったが。

曰く、彼女は男性に対して恐怖を覚えるのだと。

そう言って向き直った王太子は他の者には聞こえぬ声で、言った。

「彼等と知り合って、まだ僅かではありますが、彼女が男性に触れるところは見た記憶がありませぬ。それがたとえ身内であっても」

そんな相手に、内心を露わにせず応対することにこれほど尽力することになろうとは、思いもよらなかった。

その彼女の申し出は、何か裏がありますと言っているようにしか思えないものであったから。

曰く、冒険者ギルドなる組織を興したいので、王家としてその承認を。

その見返りとして、破格の保証金を支払う用意があること。

更に、収益に応じて税とは別に借款も可能だという。

また、根拠地としての施設を建設したいということだったが、利用し難《がた》い立地であろうといかなる地味であろうとかまわないという話なので、それも許した。

一も二もなく承認してしまったのは、今でこそ英断と思えるが、当時は暫くの間浅慮であったかと悩んだものであった。

結果として、彼等の興したギルドは、成功した。

王太子曰く、それでも彼等としてはまだまだ物足りないらしい。

その彼等が、神託に呼応して出兵したいと聞いたときには耳を疑った。

自らの利益を優先する商人、という彼等の顔の一面をより知っていたからかもしれない。

その出立に際して、そういえば彼等は自ら秘境に赴き魔獣を狩り、希少な植物や鉱物を、果ては幻獣が住み着く古の遺跡にまで探索の手を伸ばすというのを聞き及んだ。

それほどまでに手練ならば、足手まといにはならぬであろうと口をついたのを聞いた王太子は、珍しく吹き出して笑った。

何がそんなに可笑《おか》しいのか。何度聞いても、それには答えてくれなかった。

そして、神託の日。

城下は静まり返り、道を行く者は自警団の者と、街の大門を守る衛兵のみ。

魔獣の侵攻に伴い、根づいている各地の魔獣が活性化するのではという噂も流れたため、自然と戒厳令のような状態となってしまっていた。

戦々恐々としながら、なんらかの報告が上がるのを待つが、結局その日は何事もなく陽が沈んだ。

そして、明くる朝。

陽が昇る東の空に、ぽつんと何かが浮かんでいるとの報告が、城の櫓《やぐら》からもたらされた。

水平線の彼方に小さく見えるそれは、間違いなくこちらに向かっているという。

それは、遥かに遠い海の彼方でありながら、確固とした存在感を示していた。

それは、巨大な城とも、岩の塊とも見えた。

そしてそれは。

「冒険者ギルドの、モノだと？」

「はい、城に詰めておりますギルドの者が、櫓にて確認をされて、間違いないと」

王城の一室に居を構え、冒険者ギルドとの連絡役を担っている男がいる。

年嵩《としかさ》であるが慇懃な男で、城内での受けも良い。

常に沈着冷静で言葉遣いも至極丁寧、仕事は文句のつけようもなく、こちらの疑問や注文には即座に応え、満点以上の結果をもたらしてくるという、非の打ちどころのない優秀な男であった。

少々マイペースすぎる嫌いはあるが、それを差し引いてもこれまた傑物と言わざるを得ない人物である。

王自身もその男のことは知っており、その優秀さを目にして何度か引き抜こうと高待遇を示したことがあったが、残念ながら袖にされた過去がある。

何が気に入らないのかと問うたこともあったが、その男の答えはというと。

「そうですな。強いて申し上げれば、貴方様はシア様ではない、という点ですかな」

そう言って、片眉を上げげた男は、いつも通りのかっちりとした礼をして、退出していった。

家臣が退出の際に付き添った折に、なぜそこまで頑なに断られるのか、と尋ねたところ、「二君に仕えずという言葉がありましてな」などと言いながら去っていったという。

そういう男の言ならば、信用できる。

王は、さてどう対処すべきか、それを話し合おうとしたが、その前に、件の男が珍しくギルドからの連絡が入ったと伝えに来たという。

その内容というのが、冒険者ギルドの本来の責任者である女性がやっと帰還したとのことで、これまでの王国からの援助に対して是非とも礼を、ということで謁見を求めてきたという。

状況を鑑みるに、それはあの空を飛んできた岩の城に、すなわち冒険者ギルドの真の長が座乗していたことに他ならないのではないか。

そして、彼の者たちがその帰還を待ち望んでいたという人物の人となりを知るのは早いに越したことはなく、あわよくば――。

そこまで考えて、王は頭《かぶり》を振って、それは悪手だと思い直した。

隣で王太子が剣の柄に手を置いているのは、脅しではあるまいと。

下手なことをしでかそうとしたら、間違いなく退位を迫られ、そして恐らくはそれは誰も止める者などなく、初めからその予定だったかのように粛々と禅譲が行われ、王は隠居という名の幽閉が良いところだろうか、などとあり得ないようなあり得る未来を想像して息を整えた。

何をしようとも、王国の中では許される王たる身であるが、許されるからといって身に危険が及ばないということではないのである。

取り急ぎ支度を済ませ、執務室に男を呼び寄せ、入室を許した。

「突然まかりこしまして、早速のお目通り。感謝のしだいもございませぬ」

「前置きはよい。話は聞かせてもらったが、お前たちの真の長が帰還を果たしたということらしいが、真か？」

　王は、ギルドがどう出るつもりなのかを許れずに居たため、真偽を問いただすという行為から始めた。

　すると男はいつも通りの表情と口調で、その通りと肯定した。

　あくまでも、事務的に伝えに来ただけだといった印象である。

　それならばと、王は脇に控える秘書とも呼べる書記官に一言二言尋ね、今日のところは時間が取れないために、明日此方からギルドの方に連絡を送ることとして、退出を促した。

　すると男はもう一つお伝えする事柄が、といつも通りの飄々とした声で告げてきた。

「魔獣の侵攻は、昨日未明に撃退が完了したとのこと。本陣からの王国への報告は今暫くかかるかと思われますが、まずはご一報までに。然《しか》らば御免」

　言い終えると男はいつもの如く見事な礼をして、謁見の間を後にした。

　いつも通りの男のいつも通りの対応であったが、幾分浮かれているような色合いが口調に混じっていたと感じたのは、王たちの気のせいだろうか。

　そうして翌日。

　朝の早い時刻に、王城からの知らせがギルドへと届くこととなる。


「冒険者ギルド、ギルドマスター・シア殿」

　呼び出しが入場を告げる中、ゆったりとした仕草で一人の人物が姿を現した。

　ここはモノイコス王国の王城、その謁見の間である。

　磨き上げられた、石造りの大広間の中央に敷かれた真紅の絨《じゅう》毯《たん》の上を音もなく歩くのは、冒険者ギルドの真の長であるという、エルフの女性であった。

美しい金髪はまとめられ、綺麗に結い上げられており、そのせいでその特徴的な両耳がとても目立つようになっている。

シャープなラインの柳眉にすっきりと通った鼻筋。

切れ長の目には黄金色にも見える翡翠色《ひすいいろ》の瞳。

花弁のような唇は艶やかで、そこから零れ落ちる言の葉を早く耳にしたいと思わせた。すっきりとした雰囲気のドレスを纏うその姿は、触れるや解けてしまう雪の結晶のようで。

全てが黄金比により生み出されたかのようなその姿に、王はおろか、王太子も、その他彼女を視界に入れた全ての者の思考が、溶けた。

シアはゆっくりと歩みを進め、王の前で立ち止まった。

そのまま恭しく頭を下げたが、跪かず、シアは面を伏せたまま声を発した。

「初めてお目にかかります。冒険者ギルドがマスター、最高位の硬度一〇を戴いております、『星の金剛石《ダイヤモンド・スター》』シアと申します。不敬とは承知しておりますが、膝を折ることはご容赦願います」

そう言い切ると、彼女は王の言葉も待たずに顔を上げた。

しゃらん、と音が鳴るような動作で彼女が立つと、周囲の空気が一変した。

先ほどまでの柔らかな感触が、今まさに肉に食い込もうかというほどの刃のそれに変わったのだ。

が、不意にそれが消え去ると、今度は何かに包み込まれるような、柔らかな気配がその場を支配した。

まるで酒精に満ちた空間をたゆたうような心持ちに皆の精神が囚われてしまい、先ほどの非礼を誰も窘《たしな》めようともしなかった。

「許す」

王が一言だけ、絞り出すように、それだけ呟いた。

とたん、何の前兆もなく、全てが元に戻った。

とはいえ、何がどう変わったのか、誰にもわからなかったが。

「御身が彼の冒険者ギルドの最高責任者ということで

あるが、真か」

その身を以って、実感しているにもかかわらず、王はシアにそう尋ねた。

ギルドマスター代行、現在は副ギルマスとなっている呉羽と顔を合わせた折には先のようなことは起こらなかったのだから。

「はい、ギルドマスターとして、全ての責任を負う者です」

はっきりとそう言い切ったシアに、王はまた言葉を投げた。

「名は、シアだったか。シア、なんと言うのかね」

王としては、何気なく聞いた一言であったが、シアは大きく眼を見開き、静かに閉じてから、口を開いた。

「シア。ただのシアです」

これからもよろしく頼む、的なことをなんとか伝えることができた王は、シアの退出後どっと疲れが出たのか、玉座に倒れるようにもたれかかった。

傍らでは王太子も膝に手を置き、息も絶え絶えに身体を支えていたほどだ。

他の、謁見の間で半ば観客のように見ているだけだった近衛や文官たちなどは、更に酷い体たらくである。

両の手を床について、息を荒らげている者もいれば、口元を押さえて駆け出してゆく者すらいる。

その身から発する存在感とでもいうべきモノだけで、抵抗力の低い者は体調に異変を感じてしまったのである。

「……アレはいったい、本当にヒトなのでしょうか、父上」

「……さてのぉ。見た目は間違いなく、エルフではあったが――」

とはいえ、ただのエルフのわけがない、という結論に達した親子は、即座に次の行動に出た。

王城を出る前にシアを確保し、今暫く王宮に留めて改めて多少なりとも深い話のできる場を持ちたいと願ったのだ。

王城の通路を、待機していた呉羽とともに歩むとこ

ろをなんとか捕捉できたのは僥《ぎょう》倖《こう》であった。

そのまま二人まとめて昼食に招待したところ快く受けてもらえ、今度はなぜかなんら違和感のようなモノをもたずに、ゆっくりと食事と会話を楽しむことができたのであった。


「さて、そういうわけでこれからなんだけど」

シアと呉羽、ヘスペリスの三人は、ギルド本部内部を闊歩《かっぽ》していた。

「とりあえず、ココを見学したい」

そう言うシアの希望を先に叶えようというのだ。

特に急ぐ用事もないので、それはすんなり了承された。

このギルド本部、木造四階建てで建坪はちょっとした体育館程度の面積を誇り、一階から三階までは吹き抜けになっている。

形状は縦横比が2:3ほどの長方形で、裏庭はちょっとした広場になっている。

一階は入り口から入るとすぐ正面が受付カウンターになっており、訪れた者にすぐ応対できるようになっていた。

その受付を挟んで左右に通路が設けられ、そこを通って奥に進む形となっていて、右側通路を抜けて進むと、各種のギルド取り扱い商品が陳列された売店となっていて、左側を行くと椅子とテーブルが並ぶ、食堂の体を成している。

売店の方は、レア物からご家庭でも使えるようなお求め安い価格の商品まで雑多に扱っており、中々に繁盛していた。

食堂の方はといえば、予想以上にこざっぱりとしていて、雰囲気としてはどこぞのフードコートのようで、早い安い美味いの三拍子が揃った店として、周囲の港湾労働者たちからも好評を博しているらしい。

通路は受付を通り抜けると合流して一つになり、更に突き当たりまで行くと裏庭へと出られる扉があって、その左右には二階への階段がある。

二階は宿泊施設になっていて、キャットウォークのような通路が吹き抜けの外周を取り巻いている。

そしてぐるりと壁に沿うように部屋が並び、一階からの階段の反対側、ちょうど一階入り口の上あたりに、三階への階段が中央へ伸びるように設えられている。

三階部分の吹き抜けの開口部は、下の階の半分ほどの大きさで、三階はギルドメンバー専用の宿泊施設――どう見ても下宿であるが――と、ギルドメンバーへの仕事を斡旋《あっせん》するための事務所になっている。

そして、三階への階段を上ると、正面に一つ、折り返すように右側に最上階への階段が一つ、計二つの階段が存在している。

正面の階段がギルドマスターの部屋と、倉庫に続く階段で、折り返している方がギルド職員らの個室が並ぶフロアへと昇る階段である。

その三階は、正面から見て右がギルドの実務を行う事務所とロビー、左側がギルドメンバーの個室という形だ。

四階は大半が倉庫とギルドマスターの部屋で占められ、残りが職員の個室が並ぶ区画となる。

シアは呉羽とヘスペリスを連れて四階の最奥に位置するギルドマスターの部屋を出て、左右に設けられている倉庫を横目に見ながら通路の突き当たりにある階段を下り、三階へ。

この階ともう一方の階段で上がった職員用のフロアは全て同じ造りの部屋となっているために、これといって見るべきものはないというヘスペリスの言に、じゃあとそのヘスペリスの部屋を覗かせてもらった。

実に普通の造りの一部屋で、作りつけの小さな棚とクローゼットとタンスに、ベッドと机。

「うーん、シンプルというか素っ気ないというか」

「ココはほとんど眠るためにしか使いませんから。装備類は上の倉庫でまとめてますし」

そう言われてみれば、納得できる仕様ではある。

寛ぐのは主に部屋の外、階段のあるあたりがロビーのようになっていて、そこで雑談するか一階の食堂で騒ぐのだろう。

二階は一般人の客相手の宿となっているが、空いている部屋を覗かせてもらうに留めた。

こちらも同じような仕様で、違いがあるとすれば、全て壁沿いのために窓がついているかどうかとダブルやツインなどの部屋の仕様が違うぐらいだろう。

一階に下りると、売店も食堂もそれなりの人で埋まっている。

もう暫く経てば、人も捌けるだろうという呉羽にシアは頷き、そちらは後回しにして一階突き当たりの扉から裏庭に出た。

日が傾き始めている中、裏庭をぐるりと見渡す。

右側には生け垣で大きく囲われた区域があり、左側には木造の小屋と、少し離れてレンガ造りの建物が建てられていた。

広く取られている広場では、何人かの冒険者たちが訓練を行っているようだが、土壁や大きな杭《くい》で障害物のある状態の中での戦闘を模しているようで、誰が居るのかまでは見えない。

邪魔をしないようにとシアはそちらには近寄らないようにした。

「あっちはアマクニら職人の作業場所になっています。そちらは、まあいわゆる馬小屋ですね。中に居るのは魔獣や幻獣ですが」

指を指しながら言うヘスペリスに、シアの瞳がキラーンと光ったが。

「残念ながら、今は全て出払っています。距離のある各ギルド支部へ支部長として赴く者は、足の速い魔獣使いが適任ですので」

召集はかけたが、魔獣侵攻戦の影響で現在も各支部は対応に追われ、未だ離れられないとのことらしい。

それなりに責任感のある者を宛てがったのもあったが、それが良かったのか悪かったのか。

一転してしょぼくれたシアであったが、もう一方の生け垣が気になった。

「うー、残念。あ、あっちは何が？」

緑に覆われている区画を指差して、シアが呉羽に訪ねる。

「ああ、あそこは湯殿よ。お・ふ・ろ」

その一言で、シアはふらふらとそちらへと流れていった。

生け垣の向こう側には、この世界には似つかわしくない光景が広がっていた。

「……露天風呂」

そこは、木を組んで造られていたり、岩を組み合わせて造られた湯船、東屋のような屋根が設けられた休憩所、おまけに白い砂と岩、松に似た針葉樹で造園された庭と、日本の温泉そのままの光景が出来上がっていた。

「いいでしょう？　ギルド本部はココに一番力入れてると言ってもいいくらいよ？　しかも天然温泉かけ流し！」

得意げに笑みを浮かべる呉羽に、シアは言葉にならないのか無言でカクカクと頷くばかりであった。

「まあ造ったのは爺さんたちですが」

なのになぜにあなたが鼻高々なのですかとヘスペリスの突っ込みが入ったりしたが。

「精霊さんに温泉を頼んだの、私だもの」

と言う呉羽の言葉に、ぐぬぬとなったヘスペリスであった。

日が暮れてから皆で一緒に入るということにして、その後は作業所を覗いたが、今は非常事態が続いていた後なので誰も居ないということだった。

もう暫くすると、様々なところから武具の修理依頼や大量の新規購入などの話も舞い込んでくるだろうが、それには今暫く猶予があるだろう。

戦が終わってまだ二日、戦場だったモルダヴィア大砂漠からは陸路だと急いでも一〇日はかかる。現代日本とは違い、即日発送翌日到着など夢物語だ。

心の準備をする時間ぐらいは取れるわねという呉羽に、シアは苦笑して応え作業所を後にした。

外に出ると、訓練していた者たちが装備を外して仕舞うところであった。

「あ、ハイジとクリス。それに熊子に黒子さんじゃないの」

手ぬぐいで汗を拭くハイジとクリスに対し、熊子も黒子さんと呼ばれたウイングリバー・ブラックＲＸも、汗一つかいていない。

「にゃ、シア〜。お疲れにゃ〜」

猫耳をピンと立てた彼女は、ニコニコとシアたちが近づくのを待った。

「お疲れさま。新人のお相手悪いわね、二人とも」

「ん〜？　いつものことだし、誰かがやってあげないとね〜」

呉羽の言葉に、黒子さんも手をふりふりそれに応じた。

「それに他の連中は加減ってモンを知らないしね。ウチらみたいなスカウト系のメンバーじゃないと、大怪我させちゃうし」

小さな胸を張ってそう言う熊子は、それなりに冒険者としての貫禄を新人に見せたのだろうと思われる態度を示していた。

「おお、熊子が真面目だ。いつ以来だろう」

「ねーちん失礼だな！　ウチだってたまには真面目に相手するってばよ」

ぷりぷりと憤慨する熊子は、その容姿も相まって逆にシアに抱きかかえられてかいぐりかいぐりされてしまった。

止めようと声をかけた黒子さんも巻き込んで、シアのかいぐり攻撃は続けられた。

逃げようともがく熊子と黒子さんを難なく捕まえ続けるシアを見て、ハイジは眼を丸くしてヘスペリスに問いかけた。

「あの、ヘスペリスさん？　ギルドマスターは、魔術師ですよね？」

「そうですが何か？」

驚きを隠せないままのハイジに、ヘスペリスは何か問題でも？　と不思議そうに首を傾げて問い返した。

「いや、私も見てて驚いたんだけどさ。ハイジと私の二人がかりでも一太刀も擦らせることができなかったのよね、熊子ちゃんに。そのあと剣を取り落としたって想定で組み手もやったんだけど、私らどっちともあの二人に手も足も出なかったのよ。そもそも、こう……お互い袖と襟を掴み合った状態から始めたのに、いつの間にか地面に叩きつけられてるし」

「そうそう、倒れてからも続けていいって言われてたから、押さえつけようとして抱きつこうとしても、するする逃げられたし」
口を揃えてそう言う二人に、ヘスペリスは苦笑しながらシアたちを見つめた。
シアは未だに逃げ出そうとしている二人をまとめて抱きかかえて弄り倒し続けていた。
その横では呉羽がその光景を見ながら微笑ましそうに佇んでいる。
「ああ、いいですね、こういうの」
新人二人にどう説明したものやらと考えながら、彼女はそう呟くのであった。

巻末おまけ　転生です。ええ、そりゃもう転生ですとも

気がつけば、蒼々とした大平原に、俺は立ち尽くしていた。ああ、自己紹介から始めようか。

俺の名は、今は、今となっては最早、カレアシンという名のただの竜人だ。

竜人ってのは、言ってみりゃ竜と人間のハイブリッドだな。ファンタジー世界のお約束、伝説上の生き物、力の象徴、ドラゴン。その竜の、その全てを人身に詰め込んだ存在。

鉄よりも硬い竜鱗で覆われた肉体、岩をも握り潰せる膂力、全てを燃やし尽くす焔《ほのお》を吐き、その爪や牙はあらゆるものを切り裂き嚙み砕く――。

ついさっきまでは、寝たきりの老いぼれたただの人間だったが、紆余曲《うよきょく》折《せつ》があってこんな物騒な成りをしている。

頰を撫でる風を感じながら、俺は「ああ、夢じゃなかったのか」と不思議と納得していた。

事の次第はこんな感じだ。

寝たきり老人の慰みにと、とあるVRMMORPGをダラダラとやっていたのだが、ろくに身動きできない自分が、たとえ仮想世界の分身としてとはいえ、自在に動き回り、いろんな人と交流やら対立やらをすることが楽しく、本来なら一人寂しい老後の暮らしだったところに光明を感じていた。

転機となったのは、そのゲームが仮想現実よりも更に一歩どころか数歩進んだバージョンアップがなされるという発表が行われてからだった。

全感覚投入化《フルダイブ》。

要するに、意識を身体から切り離し電脳空間へと繫げる技術を開発したとかで、電子世界に構築された空間で実際に生身のままのような感覚で自由に動き回れることになる、という話だった。

網膜投影に立体音響、実際に触っているかのように感じる手袋やブーツでも十分に楽しめていたというのに、更にそこまで行くのかと。

年季の入ったヲタでもあった俺は、寝たきり独居老

人となっていても、もうそれだけで生きていてよかったと思ったものだった。

専用筐体の発売予定が公表されるや、当然の如く飛びつくように予約を入れ、発売と同時に入手した。

色々と悪評が立ったりすることの多いKONOZAMAでの通販だったが、問題なく発売日に届いた。そうしてサービス開始日を今か今かと待ちわびて、開始予定時刻と同時にログインしたところ、選択肢が与えられたのだ。

――――
巻きますか
巻きませんか
――――

じゃねえよ。

――――
→転生しますか
転移しますか
お断りします
――――

こうだ。

ログイン……昔ながらの老いぼれヲタク的には電脳世界への『ダイブ』とか『ジャック・イン』などと言いたいところだが、まずは初期登録。

フルフェイスヘルメットのような顔の部分が上に開く機構になっているインターフェイスを被り、個人認証を行う。後は自動で脳内の電子信号というのか、電位差を走査して意識を肉体から切り離し、代わりに身体維持用の代替電脳が生理機能を管理するようになるという話だ。

俺は寝たきり故にオムツ常備だから問題ないが、若い奴らはどうするんだろう、と当初思っていた。しかしその配慮は成されているようで、体調に異変が起こればログアウトを打診され、ときには強制的にログアウトされる仕様らしい。

しかし、そのうちきっとペットボトラー的にオムツ常備な廃神やら尿道カテーテル入れたりするような奴が出てくるだろうなと予測される。

それはともかく、ログインした次の瞬間、俺は真っ白な空間に居た。

手も足も見えず、いや白い空間というのさえ実際に見えているのかどうかも怪しいほどに白い、そんな空間に視界が、意識が、埋めつくされたのだ。そんな中で、目の前にさっきの三択が現れたのである。

いや、正確にはその選択肢が浮かび上がる前に、なんだかよくわからないモヤのようなものが視界の真ん中に浮かび上がったんだが。

当然その時点でおかしい、と思った。インターフェイスとともに届いたゲームのマニュアルは穴が開くほどに目を通したし、ログインしたあとの旧バージョンからのキャラクターを移籍する手順などは暗記してしまっているほどだ。

確かログイン後の最初の画面は、旧バージョンからの引継ぎを行いますか、という選択だったはずなのに、それなのになんだろう、このモヤはと不思議に感じた直後のことであったから。

もしかすると視覚情報が正しく俺の老いぼれた脳故にまともに反映されていないのかと考えたところで、そのよくわからないものの傍に件の選択肢が浮かんだわけだ。

よかった、脳が老化しすぎてるせいで不具合が、とかじゃなくってと、動かせない触れられない手で胸を撫で下ろしたのである。

だが何がなんだかわからぬままにしばらく逡巡していると、いつの間にか選択肢の横にある、よくわからない何かが形を変えるのを感じた。

そう、感じたのだ。

そして、感じたと思った瞬間に、そこに存在していた。あたかもそこに初めから居たかのように、当たり前のように存在していた。

ぼんやりと白く光る何かのように見えて、確固とした何かがそこにあると感じるという矛盾した存在。

「初めまして、私は三柱の大神が一柱、世界を従える独神であるギヌンガルプが使徒、『神に魅せられ邏《めぐ》る者』、カミラの鬼と申します。以後よしなに」

「お？　お、おう」

その言葉と同時に、俺の目の前にあったモヤだったた何かは、一瞬にして艶やかな色合いをした服を纏った、やけに男前の兄ちゃんに姿を変えた。

ただ、額の右側あたりから一本、と言っていいのだろうか。

ちょうど青筋が出るあたりに、細い針金を何十本、何百本と束ねて寄り合わせたような、歪《いびつ》に尖った角が生えていたのが、普通の人間とは違う点だった。

簡単に話を聞けば、なんでもこのゲーム自体が、彼の言う神様たちが創った、神様自身が守護する世界の模倣らしい。

このゲームで人の魂を選別し、希望する者をその世界へと転生もしくは転移させてくれるということらしいが……。

「転生は、コレまで使ってたキャラクターとして生まれ変わる、ねぇ」

ゲーム内での転生と同じく、望んだ種族に生まれ変われるという。

そう言われて、俺は、一も二もなく飛びついた。

どうせ寝たきりで一人寂しい老後を送っていた身である。妻には先立たれ、子は居ない。当然親類縁者も、だ。

なんの問題もない、と俺は使徒とやらに転生する旨を告げた。

僅かな逡巡もなく即決した俺に、相手はかなり驚いていたが、程なく転生の説明と手順とを話し始めた。

曰く、俺だけというわけではなく、旧バージョンでギルドを組んでいたメンバー全てが候補だという。

なんでも「いや、実のところこれほどの適性を持つ方々がいらっしゃるとは思ってもいなかったのです」ということらしい。

他の世界でも同様のことを行ったが、せいぜいその世界で一人二人が関の山だったとか。

それが、この世界じゃあ、ウチのギルドにやけに偏っちゃあいるが、望外の人数が見つかったと。

おかげさまで神様連中が歓喜して転生特典を奮発、

特にうちのギルドマスターには選別の労を減らしてくれた功労特典として、今使っているギルドハウスをまるごと送ってくれるらしい。

それなら更に問題はない。

何しろウチのギルドハウスには、これまでに貯め込んだお宝アイテムがごっそりと詰まっている。

ほんの一部だけでも売り払えば、ソレこそ家どころか城が建つってものだ。

そうして俺は、まだ細かな説明がと言いかける使徒に対して、「ゲームの元になった世界なんだろう？　あの世界のことなら端から端まで知ってる」と言って、強引に転生を進めさせた。

……後で、もう少し話を聞けばよかったなと後悔することになるわけだが、それは言っても始まらない。

そうして俺は、こうして平原に立ち尽くしていると いうわけだ。

ゲーム内での姿のままだとするならば、俺の今の姿は角が三本生えた巨軀となっているはずである。

額からは黒光りする薄く長い、剣のような角。側頭部には左右対になって後方へと流れるように伸びる流線型の角。

そして、その角を計算に入れなくても二メートルを超えバランスよく筋肉のついた巨体を誇っている。

首から下は、角と同様の漆黒の鱗で覆われ、そのまま腕や足下まで滑らかな光沢を見せている。

尻には腕と同じくらいの太さの尻尾が一本生えており、先の方で二股に分かれていた。

肩の後ろあたりには、これまた一対の翼が、器用に折り畳まれて身体にぴたりと張りつくように収まっている。

身につけているものと言えば、ゲームの初期装備と同じく、ピッチリと食い込むようなパンツのみ。

使徒の野郎、コッチ方面のサービスはなしか。

せめて初心者御用達の武器に防具、サバイバルに必要なナイフなんかの基本装備くらいつけてくれればよいのにと思ったが、しかし、今はそれ以上に、心が躍る。

俺は思わず翼を広げ、腹の底から声を発した。

「ウオオオオオオオオオオオオオオオオ！」

全力で雄叫びを上げる。

何年ぶりだろうか、なんの心配もなく大声を張り上げることなど。

何年ぶりだろうか、自分の足で大地を摑むのは。

何年ぶりだろうか、こうして青い空を仰ぎ見るのは。

「五月蠅《うるさ》いです、少しは自重してください」

……何年ぶりだろうか、見目麗しい女性に叱責されるのは。

気づけば俺のすぐ傍に、肌が浅黒く、耳の長い、腰まである銀髪をさらりと風に靡《なび》かせる、やけに女の象徴部分が盛りに盛られたダークエルフと呼ばれる種族の女性が突っ立っていた。

しかも、俺と同じくゲームにおける女性キャラの初期装備である、シャツとスパッツ姿である。

思わずまじまじと見てしまうが、目の前の黒エルフは表情一つ変えずにこう言った。

「……じろじろ見ないでください、不愉快です」

「お前だって見てるじゃねえか。おあいこだおあいこ」

見るな、と言われても。

今や枯れた爺ではなく、若く精力に溢れた竜人である俺にとって、恐ろしいほどに目の毒な人物がそこに居るわけである。

俺は下半身を落ち着けるべく、話をそらして無理矢理話題転換を行った。

「あー、とりあえず……どうしよう」

「どうしましょうか。何ぶん情報が足りません」

会ったことがないはずなのに、昔ながらの知り合いのような感じで会話ができるのは、恐らくあれなんだろうな、とあたりをつける。

「あー、お前あれか、転生したのか」

「……ご同類、ということですね。その雰囲気からすると、爺さんですか？」

「爺さん言うな。この口の悪さ、ヘスか。相変わらずだな、おい」

「あなたにだけは言われたくありません。いつもいつも相も変わらず布団でネット三昧の爺さん」

「へっ、残念だったな。もう俺は爺じゃねえ。若き竜人カレアシン様よ」

「でしたら私も麗しき女ダークエルフ、ヘスペリスとでも言えばよろしいのですか？」

睨み合うようにして口角泡を飛ばす勢いで言い合う俺たちは、いつしか無言になり、そしてどちらからともなく、呟いた。

「お、お前も即決したのか」

「……五月蠅いですよ。即決はお互い様でしょう、この野郎」

「違いねえ」

そうして俺たちは二人して笑い合った。

次の転生者がやってくるのはそれからしばらくの時間がかかったが、二人して色々と試行錯誤をしているのが楽しくも素晴らしい時間だったと言っておく。


「異世界に、転生か、転移、ですか……」

その日、私はいつもと違うわくわく感を持って、ゲームを始めようとしていました。

いつもと違う、というのは、新たに購入した全感覚投入型機器を使用してのログインだったという点でしょうか。

「はい、私は三柱の大神が一柱『聖なる混沌《コウ・ラ・イール》』が使徒『星鏤《ちりば》めたる』そ……」

「では転生で」

所定の装置を身につけて起動を行うと、目の前に浮かんだのは真っ白な空間と、三つの選択肢。

そしてそこに居た一人の男？ でしょうか。

神の使徒とやらが、何か言いかけていましたが、肝心なことは既に聞き理解し決定しました。

「あ、あの」

「転生で」

「アッハイ。わかりました」

きっぱりと言い切って、やっと頷く使徒と自称するお方。

神様の使徒と称するならば、せめてもう少し臨機応変に行動してもらいたいものです。

細かいことはどうでもいいのでとっとと転生させな

さい、すぐに。

　そうして私をこの忌まわしい肉体から解き放ちなさい。どう足掻いても、生物として女にはなれないこの身体から！

「早くっ！」

「ひゃいっ⁉」

「ということがあったのです」

「……そりゃお疲れさん」


　私と大して変わらないタイミングで転生したとおぼしき、黒鱗の竜人男性。

　私よりも頭二つは高く、倍以上太い肉体となっているが、以前と申しますか前世においては寝たきり老人であった、今世においてはカレアシンと名乗っている私と立場を同じくする転生者であります。

「あのなんとかいう神の使徒とやらが、さくさく動いていれば真っ先に転生してたのは私だったかと」

「別に良いじゃねえか、早かろうが遅かろうが」

「一番最初に転生しておいて、真っ先にギルマス《シア》を出迎えてあげるのは私の責務です」

「いやその考え方はおかし……くもないか。お前さんら、やけにあの嬢ちゃんに肩入れしてるしなぁ」

「最先鋒のあなたに言われたくはありませんが」

「うーん、お前さんらとはちょぃと感覚が違うんだがなぁ」

　おっしゃりたいことは概ね理解していますが、納得はできません。

　本人としては子や孫を見ているような気分なのでしょうが、前世においてはともかく、今世においてはそれはまかり通らなくなるからです、肉体年齢的に考えて。

　とはいえ、私どもの見解は、恐らく一致しているでしょう。

「あのコが来るとして、どれくらいかかると思われますか？」

「来るってこと自体は確信してんだがなぁ……。なんやらかんやらあるからなぁ、あの娘も。その辺考えるとどうもなぁ。例の縛りプレイの件に関しちゃ、累積レベル自体はカンストまでもう少しとか言ってたけどよ」

「はい、スキルもほぼコンプリートしていたはずです。……ギルド設立の理由の半分が、ギルマス権限のスキル取得したかったから、というのには当初呆れましたが」

そんな他愛もないことを話しながら、私たちは自分たちの肉体を矯《た》めつ眇《すが》めつ確認しておりました。

望んだとおりの褐色の、健康そうなダークエルフ女性の身体。

細くしなやかな指には桜色の形の良い爪が綺麗に生え揃い、当然のことながら指毛など生えておりません。

腕は細いながらも張りのある、無駄な肉など一切ついていない、二の腕のお肉？　何それ美味しいの？と今なら胸を張って言える靭《しな》やかさ。

胸元を見れば予想以上に巨大な、女性的な女性の女性たる象徴が深い谷間を形成しております。

天然自然のそれに指先を添わせ、手のひらで持ち上げ、両の手でたぷんたぷんと揺らしてみますと、その動きは前世でのコヒーシブシリコンバッグを入れた胸に比べたら月とスッポンどころの騒ぎではありません。

なんでしょう、このなんとも言いがたい柔らかでいて適度な弾力を保つ物体は。

コレが夢にまで見た……おまけに先っちょの……うん、ここはあとで一人になってからじっくりと確認いたしましょう。

胸元を見ていたら、ふと垂れ下がってくる頭髪に気がつきます。

細く柔らかな銀の髪。褐色の肌に銀髪は、私的にある種完璧な組み合わせなのです。

人によっては白い肌に黒髪、あるいは金髪、中にはピンクの髪などという方もいらっしゃるでしょうが、個人的には譲れません。

さらりと頰を撫でる髪に手をやると、予想以上の心地よい指通りが感じられました。

長い銀髪は腰まで届き、その細くくびれた腰のラインは自画自賛になるでしょうが、一つの究極体型ではないかと思えるほどです。

安産型と言えばいいのでしょうか、丸みを帯びた桃尻に手を当てると、胸とはまた違う絶妙の肉感的反発力。

そのまま太腿《ふともも》へと滑るように伸びる自身の手の動きを止められないほどの感動が私を突き動かします。

ひらめ筋も美しいと思えるほどの伸びやかさをもって踝《くるぶし》へと続き、かかとのすべらかな感触などもうたまりませんでした。

当然の如くかかとの皺などなく、目につくようなスネ毛など微塵も存在しません。

頭のてっぺんからつま先に至るまで、微塵の手抜きもなく形作られたこの姿。

小指の爪の形状までもが愛らしく、いとおしい。

夢にまで見た女性の肉体、どこにもメス一つ入っていない自然の身体。

私の本懐、ここに極まれりと言えるでしょう。

目の前の雄々しい竜人も、私と似たようなことをしつつ、軽く屈伸などをしながら肉体のスペックを測ろうとしているようです。

私も軽く身体を動かしたのですが、思った以上の出鱈目な身体能力に、呆気に取られたといいますか、笑いが止まらないほどでした。

ゲーム時代と比べれば、スペック的には下がっているのでしょうが、前世の肉体と比較したならば、というよりも比較する方が間違っているのでしょう。

「……オリンピックのメダルでオセロができる、というレベルの身体能力が現実になるとは思いもよりませんでした」

「俺なんざ戦車とでも喧嘩《けんか》できそうなんだが……」

軽くラジオ体操を行ってみたりしたのですが、大きく振っただけの腕が空気を引き裂く音を発したり、その場で軽くジャンプなどをしたときには自分の身長を楽に越えて跳び上がっていました。

お互い自身の能力を些か笑えないレベルだと実感できたのか、若干頬が引きつっているような気がしないでもありません。

「さて、これからどうするか……」

「どうすべきでしょうか。個人的には早急に転移してきているはずの仲間を探すのが一番リスクも少なく有益に思えますが」

それは彼も考えていたのでしょう、私の言葉に頷きながら、視線を彼方に向けて進む方向を思案しているように思えました。

と、そのときでした。

一人の真っ白な少女がいきなり目の前に姿を現したのは。

その少女は肩幅ほどに開いた両足でしっかりと大地を踏みしめ、閉じていた目を開くと右手を前方に軽く握り込んだ状態で突き出し、ゆっくりと下ろしてゆき、こう言いました。

「転……生……！」

そう言うや、右手と左手を交互に左右に掻き分けるように振り、右手は腰に、左手は握り拳を作って斜め前に突き出しました。

気のせいか、目から火花が飛び散っている気がします。

「私は死んだ旦那の嫁！　ウイングリバー・ブラック！　ＲＸ！」

両の手を交互に前方で振りつつ、ピキ――ン、と奇妙なサウンド・エフェクトが流れたような気がしますが、まあ気のせいか誰かのスキルでしょう。

というか、ご挨拶的自己紹介乙であります。

「まだかかりそうですか？」

「いま少し……って別に姿変わるわけじゃないですから。えと、ヘスペリス？」

「ええ、こちらは寝たきり爺さんです」

「お前な、もうちょい言い方ってもんがだな」

「じゃあトカゲで」

「お前な……」

「まだ私で三人目ですか？　結構他の皆さんゆっくりなんですねぇ」

私たちのかけ合いを歯牙にもかけず、ウイングリバー・ブラックＲＸ――通称黒子さんもしくはブラックさん――はさくっと会話を進め始めました。

「ヘスもお爺ちゃんも、やっぱりさっくり決めちゃいましたか。うんうん」

納得納得と頷く彼女に、私も爺さんも小首を傾げて何か言いたそうに眉間に皺を寄せた。

「ああ、私の場合はですね、ほら、旦那死んじゃってるじゃないですか。せめて子供でも居れば違ったんでしょうけど、残念ながら恵まれなかったですし、もう生きててもしょうがないなーって思ってる矢先でしたから」

結構重い理由をさらりと言ってのける黒子に、私たち二人は若干引き気味になるほどでした。

「ヘスもお爺ちゃんも、こう言ったらアレだけど、渡りに船だったでしょ？」

「まあ……否定はしません」

「そうだな……、その通りだ」

頷く私たちに、黒子はにっこりと微笑みつつ、ぴょこんと頭から飛び出している猫耳を左右別々に器用に動かしながら、同じリズムで尻尾も左右にふりふりして、こう言いました。

「とりあえず、何か食べるもの探しましょ。そろそろおなか空かない？」

「ああ、腹減ったってほどじゃねえが、どっちにしても考えなきゃだわな」

「ですが、見渡すかぎり人家はなさそうですが……。食べられそうなもの、あるでしょうか」

当たり前のことを言い出した黒子さんに私は内心首を傾げました。

この方は、こう言ってはなんですが、非常に面白がり屋な人物です。

面白ければそれで良く、面白くないのならば出直してきなさいという方針で生活なさっておいでした。

それがこのような当たり前のことを言い出すというのは少々不可解なのです。

「あーん、ヘスってば何その眉間の皺は。別に獲って食うだけの話じゃない」

取って食うというわけじゃない、という用例ではないのですか。

いいえ、確かに間違ってはいないのですが何やら釈然としません。

「適当に食べられそうなもの探してね。あ、鑑定スキルで毒の有無とか調べられるから。二人は持ってる？」

「残念ながら」

「俺は一応持ってはいるが？　商人プレイは伊達じゃねえ」

　私は戦闘に関してならば詠唱魔法に精霊魔法、神聖魔法による攻撃及び支援、物理的な近接戦闘から遠距離攻撃、範囲攻撃に特殊攻撃、自爆、逃亡など、全てにおいて熟練の域に達していますが、そういった系統のラインナップからはかなり遠ざかっていました。

　だって、魔法ぶっ放してすっきりしたいじゃないですか。

　ちまちまと採取とか製造とか、そのあたりはそういうのがお好きな方に丸投げしておりましたから、持っているのはせいぜい初期のソロプレイ時に仕方なく取っていたポーション作成スキル程度。

　ですが、とりあえず何でもいいから狩ってこいというのならば問題はありません――。

　そう思っていた時期が私にもありました。

「無理」

「って、諦めはえーな。高々ウサギっぽい何かじゃねえか。別にアレくらいなんともないだろうに」

「いえ、無理です。流石にちょっと……」

　あれから、何か狩ったらココに集合、と言って目印になりそうな大木に印を打って黒子と別れました。

　鑑定スキル【目利き《へうげ》】を持ってる黒子と、【金剛石《汝の正体》の瞳《見たり》】のカレアシンのどちらについて行くかで葛藤しましたが、黒子から「あ、私は一人の方が動きやすいので」と言われ、カレアシンと行動しています。

　見渡す限り、何も居そうになかったのですが、少々落ち着いてくると、そこかしこに何かが居るのがわかるようになってきました。

　常時発動の気配察知スキルの賜物のようです。

　大木の枝には小鳥が、岩陰には甲虫的な何かが、そして、地面にところどころ盛り上がった部分があり、そこは何かが穴を掘った盛り土で、その奥に何かが潜んでいるのだと理解できる程度には。

流石にゲームのように矢印で表示されることはありませんでした。

私たち二人は、ゆっくりと静かにその穴に近寄っていきました。

すると、ぴょこりと二本の薄く長い何かが飛び出してぴくぴくと動き、あたりを警戒しているのだということがわかりました。

その仕草には記憶があります。

体高約一五〇センチほどのウサギ。みたいな魔獣。

この世界……というかゲーム時代には、初心者の討伐対象でありました、グレートラビットという魔獣です。

ウサギのくせにクソでかいです。

地面に開いた穴から頭だけ出して周囲を窺ってから姿を現したのですが、見た目はそのままウサギなのに、大きさが前世のウサギの域を超えています。

なんでしょう……猫だと思って近づいたら、虎サイズを超えてライガーレベルでした、という感じでしょうか。

いえゲーム内でも自分のキャラクターと大きさを比較してウサギにしては大きいなとは思っていましたが、現実に見てみると違和感どころの話ではありません。

「流石にこのサイズ相手に素手ではリアルだと気後れしますね」

「仕方ねえなぁ。うりゃ！」

少々躊躇っている間に、カレアシンが一気に巨大ウサギに駆け寄り、まったく反応する暇を与えずに首を手刀で切り飛ばしていました。

「さて、血抜き血抜き」

「ウサギを首切りで一撃必殺とか……。ある意味逆のような気がしないでもありません」

カレアシンは、飛ばした頭を私に投げ渡すと、狩ったグレートラビットの足を摑み、引きずるようにして黒子と合流するために元居た目印の木に向かいました。

木の根元に着くと、木に絡みついている蔦《つた》を引き千切り、何本か編み束ね、次に抜き手を足へと突き込み、深く切り込みを入れそこに先ほどの紐《ひも》を通して持ち上げ切れないか確かめた後、適当な枝振りを探して足を上にして吊るし、血抜きを始めました。

しばらくそのまま放置している間に、黒子が手を振り振りこちらへと戻ってくるのが見えました。

「やー、大漁大漁。そっちも大物だねぇ。こっちはコレとコレとコレとー」

黒子は一つ一つ指差して言いながら、肩に担いだ物や両手に溢れるような収穫物を下ろしていきます。

腕ほどありそうな大きな魚が数匹、エラやはらわたまで抜かれて綺麗に処理された状態で、木の皮のようなもので編まれた紐で括られています。

また、プリンスメロンほどの大きさの胡桃《くるみ》のような実をいくつか、お手玉するように片手で持ち、一斗缶ほどある巨大な……卵？　でしょうか、それが肩に担がれていました。

「これねー、中身はなかったのよね。どうもここんとこから中身だけ飲んじゃったみたいで」

指差す先には手のひらサイズの穴。どうやら黒子が訪れる前に、他の捕食者が殻を割って中身をいただいてしまった後だったようです。

「いやまあ、好都合といえば好都合だったんだけどねー」

そして殻を足元にそっと置くと、手にしていた巨大胡桃を両手で掴み、「ふんっ」と気合を入れて綺麗に真っ二つに断ち割りました。

中には申し訳程度の白い杏仁が納まっていましたがそれは黒子によって投げ捨てられました。

「あれ、食べると下痢するみたい」

じゃあなぜ持ち帰ったのかと聞く前に、黒子はその実の殻を卵の穴に突っ込み、すぐ取り出しました。

「はい、のど渇いてたでしょ？」

ああ、卵の殻を水筒に、胡桃の殻をコップ代わりにと用意したのだと理解した私は、どれだけ察しが悪いのかと自分が情けなくなりました。

「ちゃんと卵の殻は洗ってるからねー」

そう言いながらカレアシンにも同様に水を汲み差し出しているのを見るにつけ、本当に女性だと言えるのはアレくらいの気が利く人のことを言うのだろうかと内心不安になったりもしました。

その件に関しましては、後々「アレは特別」と言われたことにより、無理はしないように気をつけることとなりましたが、黒子に関しては本当に彼女があの場に居て助かったと思います。

その後も黒子無双は続きました。

彼女はココから地平線の向こうに聳える山の麓《ふもと》まで走り、そこにあった森で探索を行ったらしいのですが、距離にしておよそ二〇キロを半時間余りで走破したのだそうです。

「往復で一時間ほどかな。金メダル楽勝だよね」

などと、彼女はやけに良い笑顔で言ってのけます。

その後、何度か私も同行して彼女の狩りに付き合いましたが、私の森の民である補正を加味しても、猫種の獣人である彼女の方が森の中では上手であったのは言うまでもありません。

「早く製造系のスキルが豊富な人、転生してこないかなー」

川原で拾ったという黒曜石のような黒い石を割って作ったガラス状の石器ナイフ片手に、木の枝を削って箸や匙《さじ》を作り出す彼女は、前世ではいったいどのような主婦だったのでしょうか。色々興味は尽きません。

コレまでシアばかりを追いかけていた私でしたが、コレからは色々と他の方々の楽しいところを探して生きたいと思います。

「ヘスー、誰か転生してきたっぽいよー」

……この感触、奴か⁉

コレは是非丁重にお出迎えして差し上げなければいけません。

それでは皆様、今日のところはこの辺で失礼させていただきます。

「今行きます、黒子」

転生して、良かったです。

MMORPG？知ってますけどなにか？／完

あとがき

初めましての方も、そうでない方も、拙作『MMORPG？知ってますけどなにか？』をお手にとっていただきまして誠にありがとうございます。作者のでーぶでございます。

初校を編集担当氏に戻してすぐ、「あとがきとプロフィール書いてください。なんでもいいんで」との返信があり、何を書けばよろしいのやらと思案しながらPC画面とにらめっこしているわけですが。

「何でもいいが一番困るのよね」とは夕飯は何が食べたいと聞かれた時の答えに対する苦言としてしょっちゅう言われておりますが、実際困る。いやマジで。

あまりにもネタがなくて「あれか、座談会か。今や忌避されて久しいキャラクターによる座談会をやってしまえばいいのか」などと愚考したり。

本編には登場しない女神様と使徒でどつき漫才させたり、登場人物全員に感謝の言葉を述べさせてそこに俺も混ざって「なんででーぶ君が⁉」と驚かれたりすればいいのかと……思ったりもしましたが、流石にそれはやめておこうと改めてキーを叩いているところであります。

なので取り敢えず出版に至るまでの経緯でも書いて茶を濁すことにしよう、かなと。

この作品を書籍化したいという連絡をいただいたのは、さる平成二七年秋の事でございました。

心の底から「大丈夫なのか、これ書籍化して大丈夫なのか？」と心配する中、冬に入る頃には書籍化を告知して、それから今に至るまで一年と数カ月。

「小説家になろう」で本作をお読みくださっている方や書籍化を知らせた知人友人からは「まだなのか」「内容が内容だけに……」といろいろ心配された末にですが、なんとか無事発売と相成りました。

うん、まだ尺が余ってる。一年と数カ月のところをもう少し細かく書くとですね。

編集氏と顔合わせが決まったり無くなったり、やっとお会い出来たり。

イラストを担当してくださる方が白狼先生に決まった時は「うわ、この人の漫画持ってるよおい。電子版だけど」と小躍りしたり、サイン貰えないかなとか思ったり。

キャラクターの絵が順次上がってきた時なんて鼻血ものでした。

他にも色々とあってようやく本となったわけですが。

一冊の本を作ると言うのはこれほど手間暇がかかる事なのだなぁと、実際にそういった作業に触れることが出来たのも得難い経験となりました。

それにしても、物書きの趣味が高じた結果、出版にこぎつけられたというのは、正しく冥利に尽きるというところでしょうか。

そろそろ文字数も埋まってきたようなのでこの辺で。

今この本をご購入してくださった皆様、作品を公開する場を提供していただいた㈱ヒナプロジェクト様、出版に携わっていただいた編集氏を初め、営業流通他、お力を貸していただけた版元の皆様方、イラストを担当していただいた白狼先生、そして出版に至るまでお付き合い頂いたなろう読者の方々、本当にありがとうございました。

またどこかでお会い出来れば幸いです。

平成二九年二月吉日

でーぶ

MAG Garden NOVELS

MMORPG？知ってますけどなにか？

発行日　2017年4月25日 初版発行

著者 でーぶ　イラスト 白狼

発行人　保坂嘉弘
発行所　株式会社マッグガーデン
〒102-8019 東京都千代田区五番町6-2
ホーマットホライゾンビル5F
編集 TEL：03-3515-3872　FAX：03-3262-5557
営業 TEL：03-3515-3871　FAX：03-3262-3436
印刷所　株式会社廣済堂
装　幀　小椋博之、佐藤由美子

ISBN978-4-8000-0669-1 C0093